語り継ぐ戦争

―中国・シベリア・南方・本土「東三河８人の証言」

広中一成 著

えにし書房

語り継ぐ戦争──中国・シベリア・南方・本土「東三河8人の証言」 目次

おわりに——215

はじめに

「歴史は繰返す。方則は不変である。それ故に過去の記録は又将来の予言となる」(1) 寺田寅彦

東三河と軍隊

中核都市の豊橋《とよはし》市を中心に豊川《とよかわ》市・田原《たはら》市・蒲郡《がまごおり》市・新城《しんしろ》市・設楽《したら》町（北設楽郡。以下同じ）・東栄《とうえい》町・豊根《とよね》村の計八市町村からなる愛知県東部、通称東三河《ひがしみかわ》は、日本の大動脈である国道一号線・東名高速道路・東海道新幹線が東西に貫く交通の要衝であるとともに、輸入自動車台数と金額がともに二十年連続全国一位(2)を誇る三河港を擁するなど、日本の国際貿易の重要地としても知られる。また、農業についても、一九六八（昭和四十三）年に豊川用水が全面通水して以降、露地野菜や施設園芸作物の全国屈指の産地となり、交通の便を生かして、首都圏をはじめ、全国各地に農産物を出荷している(3)。

このように、今日、経済的に大きな発展を遂げた東三河が、戦前、「軍都」(4)として栄えていたことは、全国的にはあまり知られていない。

一八八二（明治十五）年、日本陸軍は国内の治安確保、ならびに東アジアの覇権をめぐる諸外国との軍事的緊張に対応するため、二年後の一八八四（明治十七）年から十年をかけて、歩兵二十八個聯隊の創設

豊橋公園内に建つ歩兵第18聯隊碑

歩兵第18聯隊兵営跡に造られた豊橋公園の入り口には、現在でも兵営正門の門柱と哨舎が遺されている。

などを目標とする兵力整備計画を決定した。(5)

計画初年度、陸軍はまず八個聯隊を創設し、名古屋鎮台（一八八八〔明治二十一〕年に第三師団に改編）には豊橋に歩兵第十八聯隊の設置を実行した。しかし、当時の豊橋には聯隊将兵千数百人を収容する施設がなく、一八八六（明治十九）年になって、豊橋旧吉田城内に兵舎を設け、聯隊を受け入れた。(6)以後、第十八聯隊は、「三遠」と呼ばれた三河・遠州（静岡県西部）から徴集された兵士（兵卒）が多く入隊し、地域の出身者で構成された、いわゆる郷土部隊が誕生した。(7)

東三河に根づいた第十八聯隊は、近代日本初の外征戦争であった、一八九四（明治二十七）年の日清戦争や、その十年後の一九〇四（明治三十七）年、大国ロシアを相手とした日露戦争に出征し、どちらの戦場でも華々しい活躍を見せた。そして、戦争を終えて、第十八聯隊が豊橋に凱旋帰国すると、町民らは町を挙げて兵士らを歓迎した。(8)とくに、出征した男性の代わりに留守を預かっていた女性たちにとって、兵士となった自分の父親や夫、兄弟や息子が無事に戦場から戻ってきてくれたことは何よりの喜びであった。

第十八聯隊の登場で「軍都」となった東三河は、一九〇八（明治四十一）年、陸軍第十五師団を渥美郡高師村（現在の豊橋市高師《たかし》町一帯）に誘致したことで、その発展は最高潮に達した。

師団とは陸軍部隊の最小戦略単位で、原則として、二個歩兵聯隊を隷下に置く旅団二個と、騎兵・砲兵・工兵・輜重《しちょう》兵など歩兵以外の聯隊によって構成された。[9] このとき、豊橋に置かれたのは、第十五師団司令部のほか、第十七旅団司令部・歩兵第六十聯隊・騎兵第四旅団（騎兵第二十五・二十六聯隊が所属）・騎兵第十九聯隊・砲兵第二十一聯隊・輜重兵第十五大隊・工兵第十五大隊など[10]で、兵営など関連施設に移転してきた将兵とその家族の総数は一万人余り[11]に達した。

旧第 15 師団司令部庁舎は、1998 年に国の登録有形文化財に選ばれ、現在、愛知大学記念館（愛知大学東亜同文書院大学記念センター）として利用されている。

当時、約四万人の人口を抱えていた豊橋は、主力産業の養蚕業が不況にあえいでいた。そこに、急に一万人余りの消費者が生まれたことで、豊橋の経済は一気に好転し、将兵をおもな顧客としたサービス業や、軍関連の企業を中心に活況を呈した。また、豊橋経済の発展は第一次世界大戦に伴う日本の好景気と相まって、隣接する東三河のその他の地域の経済を刺激し活性化[12]させた。

しかし、その好景気も、一九二五年の第三次軍備整理、いわゆる宇垣軍縮[13]で第十五師団の廃止が決定[14]したことで終わりを告げた。師団が豊橋から去ると、将兵相手の店舗が軒並み閉店し、市内に五〇〇軒もの空き家ができた。[15]

戦争体験の「記憶」を記録する

昭和時代に入ると、日本は昭和恐慌と呼ばれた深刻な経済不況や資源獲得の問題を、中国大陸へ進出することで解決しようとした。一九三一年九月十八日に起きた満洲事変は、その足掛かりとなった。そして、日中両国は一九三七年七月に北京郊外で発生した盧溝橋事件を機に、約八年に及ぶ全面戦争に突入した。

一方、日中戦争[16]を通して深刻化した日本と米英との対立は、一九四〇年九月の日独伊三国同盟の成立、および日本の南進政策の実行により決定的なものとなった。[17]一九四一年八月、アメリカの対日石油輸出全面停止によって、米英と戦争か否かの岐路に立たされた日本[18]は、アメリカとの交渉が行き詰まると、ついに対米英蘭戦争を決意し、同年十二月八日、米領ハワイ・真珠湾と英領マレー半島への奇襲攻撃を敢行した。十二日、日本政府は日中戦争を含む対米英戦争、およびその後の推移で発生する戦争の呼称を「大東亜戦争」とすると閣議決定した。[19]

緒戦で勝利を挙げた日本は、開戦後半年足らずで、西はビルマ（現在のミャンマー）からマレー半島、オランダ領東インドであったジャワ島・スマトラ島など大スンダ列島、南はニューギニアからソロモン諸島に至る広大な領域を占領下に収めた。[20]

しかし、一九四二年六月、日本海軍は連合艦隊の総力を結集して行ったミッドウェー海戦でアメリカ太平洋艦隊に敗北し、主力航空母艦（空母）「赤城」・「加賀」・「蒼龍」・「飛龍」の四隻などを失うととも

に、開戦以来保持していた太平洋の制空権もアメリカ側に奪われた。(21)

その後、日本軍はアメリカを中心とする連合軍を前に敗戦を重ね、戦線を縮小させた。一方、アメリカは、一九四四年六月から、大型爆撃機B-29を使った本格的な日本本土空襲を行い、大都市を中心に多くの大きな被害を与えた。(22)そして、米軍は、一九四五年八月六日と九日、広島と長崎にそれぞれ原子爆弾を投下し、日本を敗北に導いた。

この大東亜戦争に、豊橋第十八聯隊は長く最前線で戦い続けた。日中戦争全面化のきっかけとなった第二次上海事変で、第十八聯隊は敵前の上海呉淞《ウースン》に強行上陸したが、頑丈なトーチカに行く手を阻まれ、上陸から三ヶ月の間に約四〇〇〇人もの死傷者を出した。(23)さらに、第十八聯隊は中国大陸を転戦後、一九四四年二月、一転して米軍の迫るマリアナ諸島に派遣を命ぜられたが、その途上で米軍潜水艦の攻撃に遭い、聯隊長ともども多くの兵士が海中に没した。そして、生き残った聯隊将兵も米軍の猛攻を受けて玉砕した。(24)また、第十八聯隊以外の部隊に所属していた東三河出身の陸海軍将兵たちも、戦場の最前線に立って、命をかけて戦った。(25)

過去の歴史を振り返ることは、将来自らがどのような道を歩めばよいのか考えるときのビジョン（先見）となる。冒頭の物理学者寺田寅彦の言葉は、それを言い表している。

近年、日本を取り巻く国際情勢は緊迫の度を増している。この状況のなか、今後、私たちが採るべき道を選択するうえで、いま一度、過去に起こした大東亜戦争の歴史を振り返る必要があるのではないか。

終戦から七十年近く経ち、当時のことを語ることのできる戦争体験者が極めて少なくなっている。まさに今、戦争の生の「記憶」を次世代に残す最後のチャンスであると言える。

戦後、平和を享受してきた私たちが、戦争の惨禍を二度と繰り返さないためには、大東亜戦争の「記憶」を共有し、そこからさまざまな経験を学び取り、次の世代に継承していく必要があろう。

これまで、東三河で戦争を体験した生存者による回想録や文集は数多く発表されてきた（巻末の本書関連文献目録を参照）。彼らの体験談により、今日までに東三河の戦時中の様子がある程度明らかになってきた。

一方、東三河出身の元将兵による回想録もすでにいくつか発表されているが、大東亜戦争の戦場は極めて範囲が広く、彼らが戦地で体験したことは、まだ充分言い尽されてはいない。

本書は以上の問題意識に基づき、軍隊と繋がりの深い東三河を例に、東三河に縁のある八人の戦争体験者の戦争の「記憶」を収録した。

本書を通して、東三河と大東亜戦争との係わりが少しでも垣間見えたら幸いである。

補足：戦争体験談の編集手順について

本書に掲載した戦争体験談は、およそ次のような手順でまとめた。まず、各戦争体験者からインタビュー取材の許可を得たうえで、インタビュアー（広中一成）が戦争体験者のもとへ出向いて、一回約二時間程度のインタビューを、一回から数回行った。

次に、活字化したインタビュー記録を読みやすくするため、各戦争体験者の同意のもと、インタビュアーが時系列、あるいは内容ごとに編集した。そして、その原稿をインタビューを受けた戦争体験者に送付して内容の確認と加筆訂正をお願いした。この原稿のやり取りを数回行い、戦争体験談としてまとめた。

なお、実証史学の観点からいえば、インタビュー記録に手を加えることは、証言の一次史料的価値を損ねてしまうことになる。そこで、本書では証言が史料としても使えるよう、証言が正しいかどうか、関連資料に可能な限りあたって確認し、それを注で示した。

注

（1）寺田寅彦『科学と文学』、岩波書店、一九三二年、二〇頁。
（2）「国際貿易港「三河港」について」、豊橋市ホームページ（http://www.city.toyohashi.lg.jp/8051.htm）、二〇一四年五月七日閲覧。なお、名古屋税関調査部調査統計課の調べによると、二〇一二年の日本全国の輸入自動車台数三十五万二〇七三台のうち、三河港に輸入されたのは全体の三九・一パーセントにあたる、十三万七七七三台で、二位の千葉港の七万五一二台を二倍近く引き離した。また、輸入総額九〇八二億一一〇〇万円のうち、三河港はその三六・一パーセントにあたる、三三三三億五二〇〇万円で、同じく二位の千葉港二二一七億三一〇〇万円を大きく上回った（名古屋税関調査部調査統計課「Nagoya Customs The Research and Statistics Section」〔http://www.customs.go.jp/nagoya/boueki/tokuh2502.pdf〕、二〇一三年五月、八頁、二〇一四年五月七日閲覧）。
（3）「東三河農業要覧２０１３」、愛知県ホームページ（http://www.pref.aichi.jp/cmsfiles/contents/0000010/10896/2013nougyouyouran_1-13.pdf）、二〇一四年三月、二頁、二〇一四年五月七日閲覧。なお、二〇〇六年の東三河の農産物の出荷額は愛知県全体の四七・二パーセントにあたる、一四六六億円に上った。農産物のおもな品目はトマト・メロン・キャベツ・白菜・レタス・ブロッコリー・ミカン・柿・ぶどう・生乳・肉用牛・豚・鶏卵などで、施設栽培による菊やバラも生産が盛んである（同右、五頁）。
（4）通常、東三河で「軍都」と称する場合は、豊橋市を指す（たとえば、兵東政夫『軍都豊橋―昭和戦乱の世の青春に捧げる―』、私家版、二〇〇七年）が、本書では、静岡県浜松市以西を含む東三河全域を指す用語として用いる。
（5）森松俊夫「連隊の変遷」、『別冊歴史読本　第一二三号　地域別日本陸軍連隊総覧』、新人物往来社、一九九〇年、四三頁。
（6）豊橋市編『とよはしの歴史』、豊橋市、一九九六年、二〇六～二〇七頁。
（7）前掲『軍都豊橋』、九頁。
（8）前掲『とよはしの歴史』、二〇七～二〇九頁。

（9）森山康平「部隊と兵隊」、近現代史編纂会編『陸軍師団総覧』、新人物往来社、二〇〇三年（三版）、八～九頁。

（10）前掲『軍都豊橋』、四四、四六頁。なお、豊橋駐屯部隊以外に、静岡の第二十九旅団司令部と歩兵第三十四聯隊、浜松の歩兵第六十七聯隊も第十五師団の隷下となった（同、四六頁）。

（11）通常、平時の師団兵力は約一万人であるが、戦時になると、増員をするため、平時の二倍から三倍にまで膨れ上がった（前掲「部隊と兵隊」、『陸軍師団総覧』、一四頁）。

（12）たとえば、奥三河の設楽町では、大正時代に入ると、都市から様々な物が流れ込み、それらを扱う商店が村内に開店した。それに伴い、村民の生活はこれまでの身の回りの物を自給自足で賄う様式から、生活必需品を商店で買い入れるという商品経済の形に変化していった（奥平忠夫「戦争とくらし」、設楽町『設楽町誌『通史編』』、北設楽郡設楽町、二〇〇五年、五一八～五一九頁）。

（13）宇垣軍縮とは、一九二五年五月、宇垣一成陸軍大臣主導のもと行われた軍縮整備で、陸軍装備の近代化と引き替えに、高田第十三師団、豊橋第十五師団、岡山第十七師団、久留米第十八師団、計三万三〇〇〇人を削減した。宇垣が軍縮を断行した背景には、第一次世界大戦後の世界的な軍縮の流れと、日本政府が第一次世界大戦で膨張した財政の整理緊縮を勧めていたという事情があった（有馬学『〈日本の近代4〉「国際化」のなかの帝国日本1905～1924』中央公論社、一九九九年、二五一頁）。

（14）このとき、第十五師団司令部とともに、歩兵第六十聯隊・歩兵第六十七聯隊・騎兵第十九聯隊・野戦砲第二十一聯隊・工兵第十五大隊・輜重兵第十五聯隊も廃止され、歩兵第十七旅団司令部は静岡市に移駐された。また、新たに工兵第三大隊名古屋から豊橋に移された（前掲『軍都豊橋』、四九頁）。

（15）同右、五〇～五一頁。

（16）一九三七年七月七日、盧溝橋事件が勃発すると、日本政府は九日、今回の日中両軍の衝突を「北支事変」と名付けた（防衛庁防衛研修所戦史室『戦史叢書18　北支の治安戦〈1〉』、朝雲新聞社、一九六八年、一八頁）。その後、戦線が華北から上海一帯にまで広がると、九月二日、日本政府はこれまでの「北支事変」という呼称を「支那事変」に改めた（同、二四頁）。日本政府が中国との戦いを宣戦布告のない「事変」としたのは、日本が国際法上の交戦国となった場合、第三国とくにアメリカからの軍需物資の輸入が困難になるためであった（藤原彰『昭和の歴史　第五巻　日中全面戦争』、小学館、一九八二年、九〇頁）。

（17）江口圭一『十五年戦争小史』、青木書店、一四二頁。

（18）同右、一五一頁。

（19）「大東亜戦争」以外にも、主戦場や主敵を示す「太平洋戦争」や「対米英戦争」、政治的な目的を明確にした「興亜戦争」などの名称の候補が挙がったが、最終的にはソ連参戦の可能性を考慮した「大東亜戦争」が採用された（庄司潤一郎「日本における戦争呼称に関する問題の一考察」、『防衛研究所紀要』第十三巻第三号、防衛省防衛研究所、二〇一一年三月、四五頁）。なお、戦争の呼称について、日本の歴史学の分野では、戦後、侵略戦争を否定する観点から、「大東亜戦争」の使用は控えられ、もっぱら「アジア・太平洋戦争」などという呼称が用いられてきた。しかし、これも政治的・思想的イデオロギーを含むものとみなされ、近年では、「より広い東アジアを戦域とする戦争」という地理的理解から、肯定的に「大東亜戦争」の呼称を用いる研究者が増えてきた（庄司潤一郎『ブリーフィング・メモ「あの戦争」を何と呼ぶべきか』、「防衛研究所ニュース」第一六〇号、防衛研究所ウェブサイト〔http://www.nids.go.jp/publication/briefing/pdf/2011/briefing_1601.pdf〕、二〇一四年閲覧、四頁）。本書も、この近年の動向にならい、歴史的呼称として「大東亜戦争」（以下、カギカッコ省く）を用いる。

(20) 中村隆英『昭和史（上）』、東洋経済新報社、二〇一二年、三九七頁。

(21) 同右、四〇〇頁。

(22) 米軍による日本本土空襲と、終戦直前に行われた米艦隊による日本本土への艦砲射撃によって、日本全国の被害は全焼が約二二一九万戸、死者が約五〇万人、被災者が約一〇〇〇万人に及んだ（木坂順一郎『文庫版　昭和の歴史　第七巻　太平洋戦争』、小学館、一九八九年、三九一頁）。

(23) 前掲『軍都豊橋』、八一頁。

(24) 同右、八六～一〇七頁。

(25) たとえば、豊橋騎兵第四旅団は、満洲事変後の一九三二年に満洲に派遣され、その後、大東亜戦争終結まで中国大陸各地を転戦した（同右、五七～五九頁）。また、太平洋戦争開戦後、豊橋で新たに編成された歩兵第百十八聯隊（のちに静岡に移駐）と歩兵第二百二十九聯隊（のちに岐阜に移駐）も、中国大陸や南方戦線に派遣され、米軍と壮絶な戦いを繰り広げた（同右、一〇七～一六一頁）。これら旅団や聯隊以外の陸軍部隊、ならびに海軍部隊にも東三河出身の将兵は所属し、各地の戦場で活躍した。

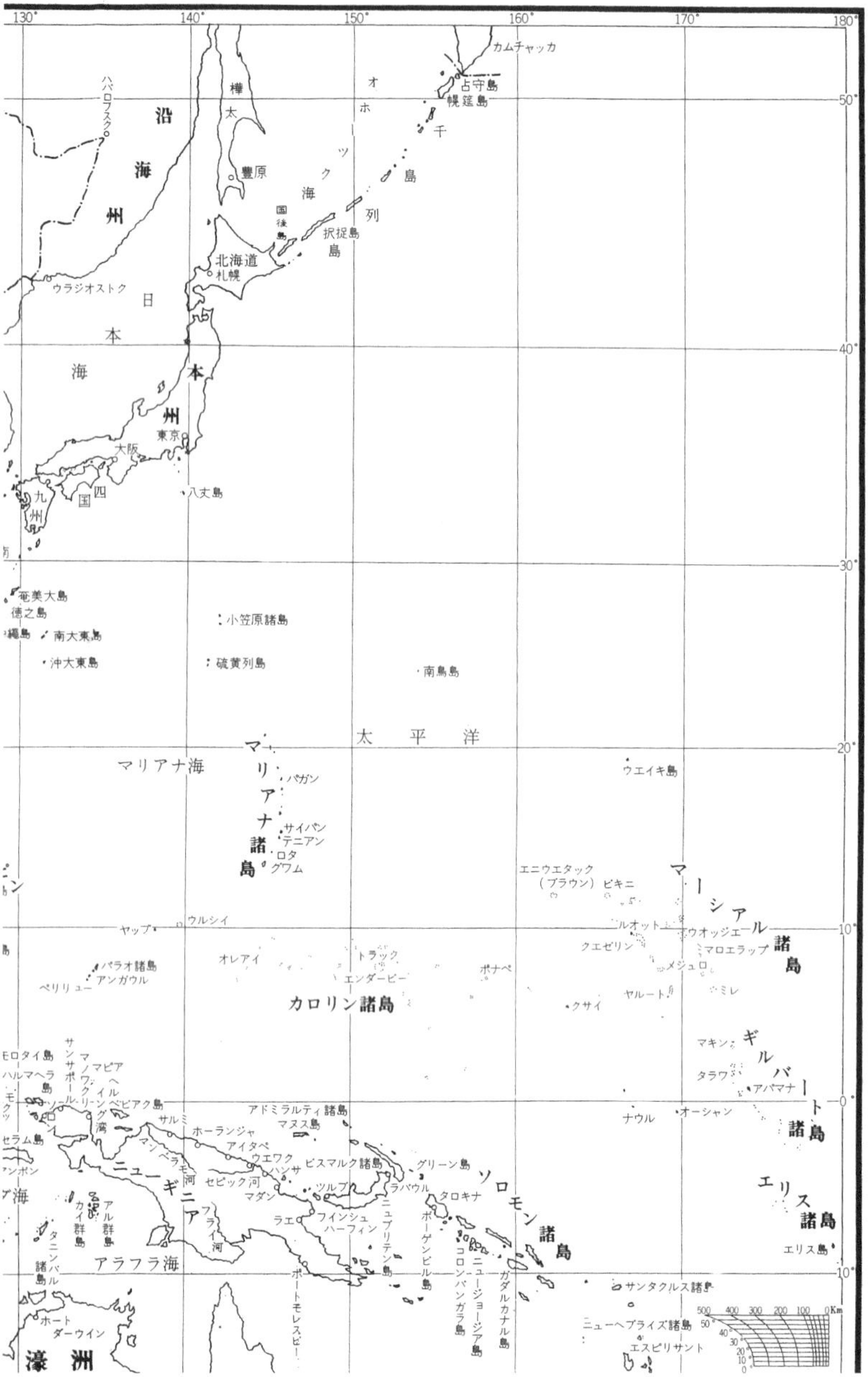
130°
140°
150°
160°
170°
180°
50°
40°
30°
20°
10°
0°
10°
カムチャッカ
占守島
幌筵島
千
島
列
島
ハバロフスク
沿
海
州
樺
太
豊原
オ
ホ
ー
ツ
ク
海
国後島
択捉島
北海道
札幌
ウラジオストク
日
本
海
本
州
東京
大阪
四
国
九
州
八丈島
奄美大島
徳之島
南大東島
沖大東島
小笠原諸島
硫黄列島
南鳥島
太　平　洋
マリアナ海
マ
リ
ア
ナ
諸
島
パガン
サイパン
テニアン
ロタ
グワム
ウエイキ島
エニウエタック
（ブラウン）
ビキニ
マ
ー
シ
ア
ル
諸
島
ルオット
ウオッジエ
クエゼリン
マロエラップ
メジュロ
ヤルート
ミレ
ヤップ
ウルシイ
パラオ諸島
ペリリュー
アンガウル
オレアイ
トラック
エンダービー
ポナペ
カロリン諸島
クサイ
マキン
ギ
ル
バ
ー
ト
諸
島
タラワ
アパマナ
ナウル
オーシャン
モロタイ島
ハルマヘラ島
サンサポール
マノクワリ
マピア
ヘイルンク湾
ベビアク島
サルミ
ホーランジャ
アイタペ
ウエワク
ハンサ
セピック河
マダン
アドミラルティ諸島
マヌス島
ビスマルク諸島
グリーン島
ラバウル
タロキナ
ソ
ロ
モ
ン
諸
島
エ
リ
ス
諸
島
エリス島
セラム島
ニ
ュ
ー
ギ
ニ
ア
マンベラモ河
フライ河
ラエ
フインシュハーフィン
ツルブ
ニューブリテン島
ボーゲンビル島
コロンバンガラ島
ニュージョージア島
ガダルカナル島
カイ群島
アル群島
タニンバル諸島
アラフラ海
ポートモレスビー
サンタクルス諸島
ニューヘブライズ諸島
エスピリサント
ダーウイン
濠　洲
500
400
300
200
100
0
Km

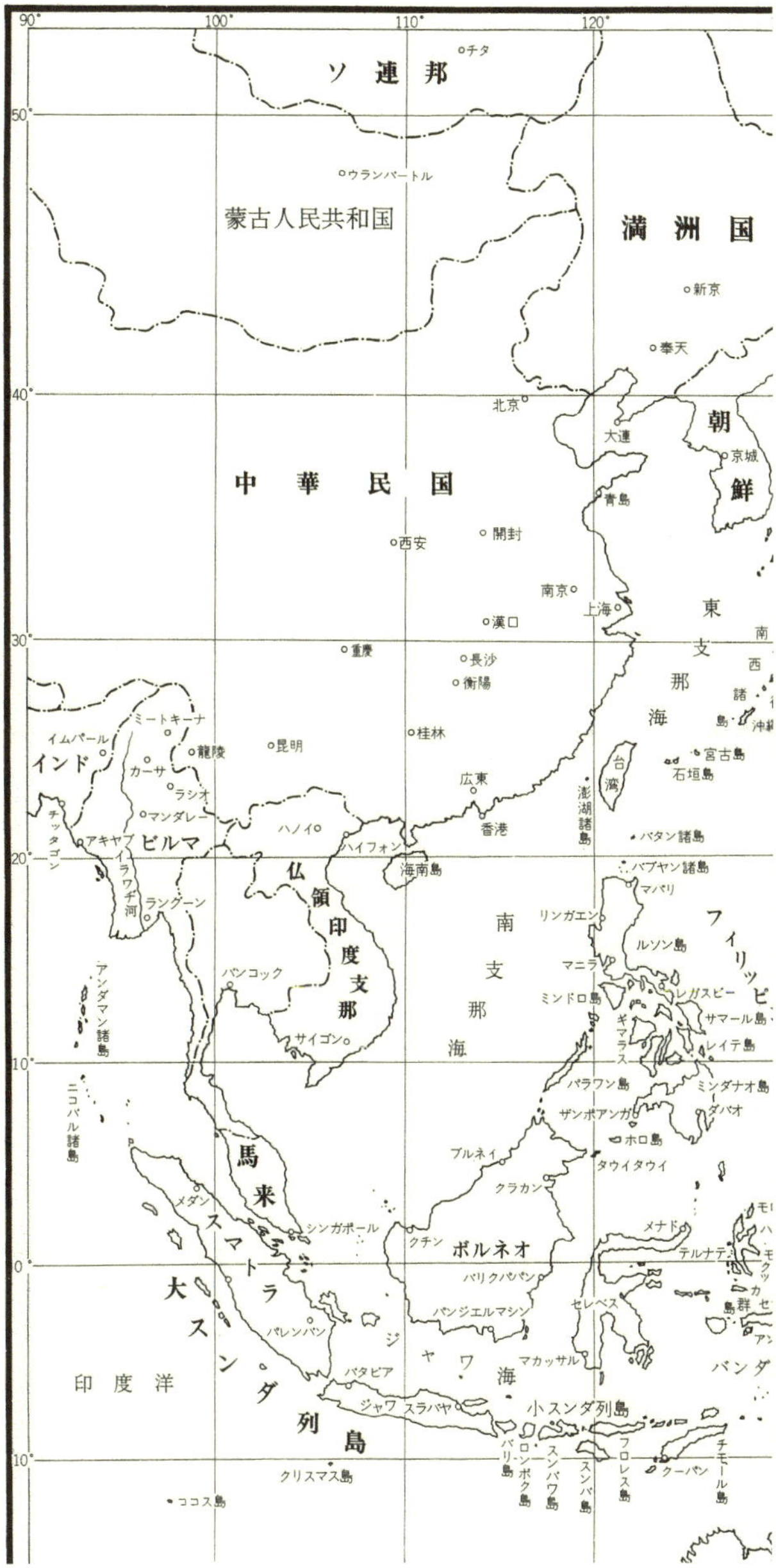

アジア太平洋地域図（服部卓四郎『大東亜戦争全史』、原書房、1965年、附図第一）

第一章　中国（満洲）・シベリア

一　「炊事場」からみた日中戦争[1]

話し手　杉浦《すぎうら》右《う》一《いち》

杉浦右一氏

〈杉浦右一略歴〉

一九一七（大正六）年、愛知県南設楽《みなみしたら》郡作手《つくで》村（現在の新城市作手）生まれ。一九三七（昭和十二）年、徴兵検査に甲種合格し、一九三八（昭和十三）年一月、豊橋歩兵第十八聯隊に入隊する。同年四月、日本軍占領下の南京に駐屯していた第十八聯隊残留部隊に転属するが、同年九月頃、戦闘中に負傷し、内地送還を命ぜられ、豊橋や静岡県伊豆で療養生活を送る。一九三九（昭和十四）年八月、現役満了後、新城の職業紹介所に勤務するが、一九四一（昭和十六）年八月、召集を受け、静岡歩兵第三十四聯隊[2]に入隊する。一九四四（昭和十九）年八月、満洲国奉天省遼陽の歩兵第二百四十二聯隊[3]に転属し、衛生隊や鉄道警備隊に配属される。終戦後、中国国民党軍の捕虜として強制労働に従事する。一九四七（昭和二十二）年四月、帰国。

はじめに

本章は、豊橋歩兵第十八聯隊上等兵として日中戦争に従軍し、終戦後は中国で約一年半、捕虜生活を送った杉浦右一氏の戦争体験談である。一九三七年七月、日中戦争が勃発すると、歩兵第十八聯隊は名古屋第三師団の隷下部隊として、第二次上海事変に参加した。さらに、上海攻略後、撤退する中国軍を追って、長江（揚子江）南岸を進み、中華民国首都の南京に迫った。十二月十三日、日本軍によって南京が陥落すると、第十八聯隊は南京に入城し、敵残存部隊の掃討や治安維持にあたった。

杉浦氏は、日本軍の南京占領後の一九三八年四月、南京を警備していた第十八聯隊の残留部隊に派遣された。戦闘中に脚を負傷したために一度帰国したが、現役満了後の一九四一年八月、再び召集を受けて静岡歩兵第三十四聯隊に入隊し、一九四四年に満洲遼陽駐屯の歩兵第二百四十二聯隊に転属した。

杉浦氏は脚に重傷を負って長い行軍ができなかったため、部隊内の将兵に食事を提供する炊事班に配属された。杉浦氏は炊事場に常駐し、契約した地元商人から食材を仕入れたり、カロリー計算に基づいた献立を作成したりして、将兵たちの胃袋を支えた。

軍隊が戦争を続けるうえで、兵士たちに三度の食事を提供する炊事係は、欠くことのできない重要な職務であり、それを経験した杉浦氏の証言は軍隊の実相をみる上で大変貴重なものといえる。また、捕虜収容所での体験も看過してはならない。

上等兵に進級した頃の杉浦氏

作手村の杉浦氏の生家。父重宏は作手村長を務めた地元の名士であった。

南京に出征

――では、まず杉浦さんが兵隊になった頃のことからうかがわせてください。

もともと、私の実家は林業と農業をやっていて、日中戦争が始まった頃、私は家業を継ぐために岡崎にあった学校に入って農地改良の勉強をしていました。そのため、私は兵隊になる気なんて全然なく、そもそも背が低かったので兵隊に合格するはずもありませんでした。

しかし、当時私の父親は作手村の村長[4]で、たまたま一緒の宿に泊まっていた豊橋の歩兵第十八聯隊の司令官に「息子をよろしく」と頼んだらしく、昭和十二年に私が二十才で徴兵検査を受けたとき、私がその司令官の前に立つと「君は甲種合格だ。おめでとう」と言われました。家族から兵隊になったのは私が初めてだったので、父親はとても喜びましたが、母の悲しみは相当なものでした。

昭和十三（一九三八）年の一月十日、私は初年兵として十八聯隊に入営し、四月二十七日にはもう華中に行って南京城に入りました。十八聯隊は南京を攻略した部隊ですが、すでにそのときに

旧日本陸軍高師ヶ原演習場は、現在、高師緑地として整備され、市民の憩いの場となっている。

杉浦氏（中央）と同年兵。厳しい訓練で初年兵は戦場で戦えるだけの丈夫な体格を作りあげた。

十八聯隊は残留部隊しか残っておらず、私たちはそこに合流しました。

不思議なことに、私は一月に兵隊となったときに二等兵でしたが、二月にはもう一等兵となり、四月に南京に行くときには早くも上等兵になっていました。普通、上等兵になるには兵隊になってから少なくとも一年はかかるもので、なぜ私がそのように出世したのかはいまだによくわかりません。

私は十三年一月に初年兵として徴集されると、華中に行く前にまず豊橋の兵舎で訓練を受けましたが、それは厳しいものでした。朝は起床ラッパとともに起きて、点呼を受けたあと体操をしました。そして、朝飯をすぐ済ませると、吉田城内の兵舎から演習場のあった高師ヶ原（高師原[5]）までまず駆け足で行き、さらに二川《ふたがわ》（豊橋市二川町）まで行って訓練をやり、それが終わると軍歌を歌いながら兵舎に帰りました。これを一月から四月まで毎日やりました。繰り返し訓練が続いたので、兵隊になったときに体が弱かった人も、終わる頃には見違えるほど丈夫になっていました。

訓練の間、また訓練が終わっても初年兵のときは敬礼ばかりしていました。練兵場の中を歩いているときでも、風呂に行くとき

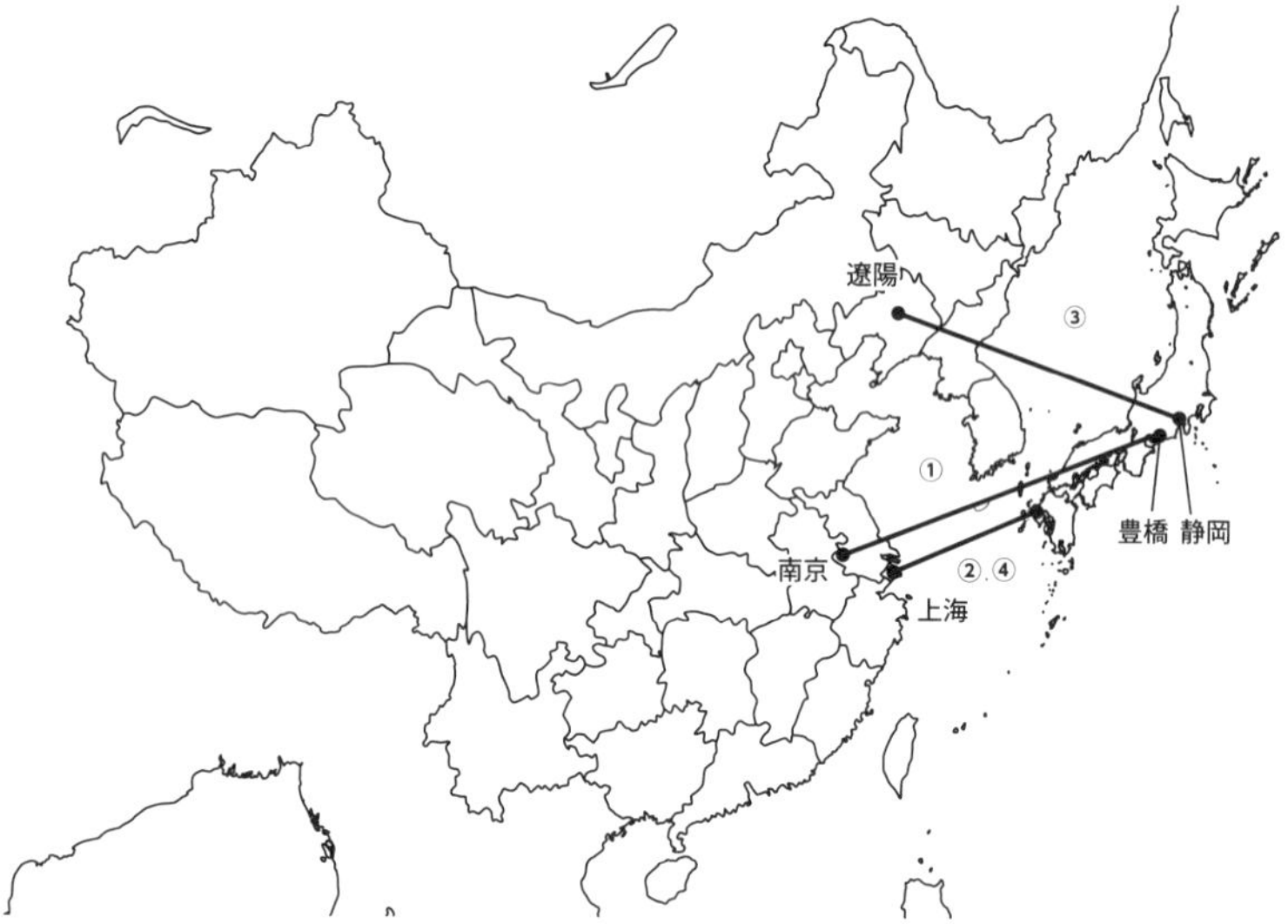

杉浦氏の出征と帰還の経路
①豊橋歩兵第18聯隊隊兵士として南京に出征（1938年4月）。②戦地で負傷し内地送還（1938年9月頃）。③静岡歩兵第34聯隊兵士として遼陽に出征（1944年8月）その後、歩兵第242聯隊に編入。④捕虜収容所での生活を終え復員（1947年4月）。

でも敬礼をしっかりしなければ古参兵から殴られました。

三ヶ月間豊橋で訓練をやり、四月に南京に行きましたが、それからもしばらくは訓練をやりました。そのとき、私は初めて捕虜の虐殺というか、手足を縛った捕虜を前に並べて、「前へ前へ」と命令されながら銃剣で刺す訓練をやりました。[6] これをやらなければ度胸がつかないとのことで、強制的にやらされました。嫌でも何でも、横を向いてでも突き殺さなければなりませんでした。そのとき、捕虜には目隠しすらさせませんでした。殺された捕虜は南京の大きなゴミ捨て場に全部捨てましたが、翌日になると、中国人が全部回収していきました。

――そのときの南京市内の状況はどうでしたか。

南京は少し前に日本軍が占領したので、

てっきりまだ混乱して悲惨な状態にあるだろうと思っていました。ところが、私が南京に入ったときにはびっくりするくらい落ち着いていました。恐らく日本軍が相当協力して治安を維持したんだろうし、そこでの十八聯隊の功績はとても大きかったと思います。

十八聯隊は南京にしばらくいたあと、揚子江（長江）の各地に出て行きました。最初の頃は激しい戦いがありましたが、それから戦いらしい戦いはありませんでした。揚子江の辺りには匪賊がいたので、潜んでいそうな各部落を回っていきました。そのとき、日本軍は随分悪いことをしたかと思います。日本軍がもうすぐやって来るという情報が部落に知れると、女こどもはみんなどこかへ逃げて行きました。

そうこうしている間に、南京の周辺は日本軍によって制圧されましたが、私はある部落での討伐戦に参加中、負傷してしまいました。残念ながらその部落の名前は忘れてしまいました。

――負傷したのはいつ頃ですか。

大阪赤十字病院で療養をする杉浦氏

ちょうどその年の九月頃(7)だったと思います。雨期だったので、泥沼の中で戦闘をしながら一キロ進むのが精一杯でした。そのとき、炸裂した敵の迫撃砲を受けて脚を負傷してしまいました。それでもそのまま行軍したため、泥の中で傷が化膿してしまい、ウジがわくようになりました。幸い、後方に赤十字がいたのでそこに急いで行って診断してもらい、上海の黒田病院というところに送られました。そのあとすぐ内地還送を命じられ、翌日

伊豆・吉奈温泉で療養中の杉浦氏（左から二人目）。当時、吉奈温泉は、豊橋陸軍病院の温泉療養施設として利用されていた。

吉奈温泉では、ときおり演芸会や歌謡ショーが開かれ、療養者の心を癒していた。

には船に乗り、大阪の日赤病院（大阪赤十字病院[8]）に入院しました。そこで二ヶ月ほど治療を受けると少し良くなったので、豊橋の高師ヶ原にあった陸軍病院[9]に移されました。また、それからしばらく経って伊豆の吉奈《よしな》温泉で療養しました。その温泉は一般の旅館でしたが、軍隊が抽出したものでした。

療養後、昭和十四（一九三九）年の八月に軍から現役満期を告げられ、実家に帰りました。でも、前年四月にみんなに旗を振られて出征したばかりで、もう内地の土は踏まないと覚悟を決めて出てきたものですから、帰るのはちょっと恥ずかしかったです。特に、私の父親は息子の中で初めて甲種合格した私に大変期待していたので、私としては兵役免除で生きて帰るのは忍びなかったです。

バスに乗って村まで戻って、バス停から家まで二キロの沿道を歩きました。すると、私を見つけた村中の人たちが私を迎えに来てくれて、それから学校の校庭で挨拶をしましたが、生きて帰りましたなんて言えず、お詫びをするしかありませんでした。それでも、村のみんなは私に「ご苦労様、よく頑張った」とか、「無事に帰ってきてくれたね」とか、いろいろと励ましの言葉をかけてくれました。

迎えてくれた村の人のためにも、故郷でお国のために役立ちたいと思い、ある日、新聞で見つけた一件の国家試験を受けたところ運よく合格し、昭和十五（一九四〇）年の七月一日付けで実家近くの新城の職業紹介所に勤めることになりました。ちょうど、所長が京都帝大の法科を出た方で、仕事に関する法律についていろんなことを教えてもらいました。

炊事班員として

ところが、昭和十六（一九四一）年の八月二日、私のところに召集令状が届き、今度は静岡の歩兵第三十四聯隊に入ることになりました。多分、また私の親父が司令官に頼んだのではないかと思います。私は脚を悪くしていましたが、軍の事務くらいはできるだろうということで、召集されてしまいました。

当時は大東亜戦争が始まろうとしていた頃で、奉公袋を提げて三十四聯隊の兵舎まで行きました。軍からは内緒で行けといわれたので見送りも何もなく、毎日ひとりかふたりずつその部隊に入れられました。しかし、戦争中にも拘らず、三十四聯隊に入ってもたいしてやることがなく、毎日鉄砲を担いでは、演習場の周りや安倍川の河川敷を走ったりしていました。恐らく、私は部隊の員数を合わせるために入れられたのでしょう。

――静岡の三十四聯隊にいるとき、戦争がどういう状況にあったかは知らされていましたか。

いいえ、はっきりとは知りませんでした。私は静岡で三年ほど過ごし、昭和十九（一九四四）年八月に中国に再び行きましたが、そのときも戦争の状況ははっきりとはわかりませんでした。しかし、昭和十九年になると本来兵隊になるはずのなかった丙種の人までも徴兵されるようになったので、何かおかしいとはうすうす感じてはいました。実は、私の兄が丙種で戦争が始まってからも徴兵されることはありませんでしたが、昭和十九年九月に突然兵隊にされてしまい、間もなくサイパン島で亡くなりました。

――再び中国に出征されたそうですが、どこに行かれましたか。

昭和十九年八月、私は突然中国に行くよう命ぜられましたが、なぜかそこでも内緒で行くよう指示されました。静岡駅から有蓋貨車に乗って、どこかの港に着き、そこで大きな船に乗せられました。貨車に乗っている最中は外が全く見られなかったので、どのルートで行ったのかは全然わかりませんでした。大きな船が中国の港に到着すると、また列車に乗せられました。そして着いたのが満洲の遼陽というところで、そこに駐屯していた関東軍第百八師団所属の歩兵第二百四十二聯隊に入りました。

第二百四十二聯隊には、私たち以外にも満洲で召集を受けた在留邦人も来ていました。私たちはみんな召集兵だったので、しばらく教育を受けていましたが、私は足が悪かったので戦闘には出られず、結局、作戦部隊からは離れて炊事の献立を作る事務を毎日やることになりました。部隊には戻らず炊事の部屋で毎日泊まって、献立に必要な食料を倉庫から出し入れする監視をしたり、不正があってはいけないからと、仲間とふたりで野菜や米を調達したりしました。野菜とかは軍が契約している満人から納入していました。だから、鉄砲を担いで戦場へ行くということはしませんでした。

――食料の調達の時にどういう不正がありましたか。

軍は満人の一般商人と契約して野菜を仕入れていましたが、そのとき起きた不正というのは、野菜を納入してくる満人が仕入れ値を実際よりも高く書いて差額をくすねたり、持ってくる野菜の量を予定よりも少なくして利益を得るというもので、私たちはそれを阻止するため、三人くらいで見張りながら毎日の仕入れを相当厳格に行いました。

そのように厳しい監視の下に仕入れを行っていましたが、それでも商人はたびたび私たちに賄賂を渡して不正をはたらこうとしました。心の弱い兵士は賄賂をもらってしまうことがありましたが、私は賄賂をもらっては軍の威信を傷つけてしまうので、それだけは決してやらないでおこうと強く心に誓いました。満人から品物を受け取ったあとは、聯隊本部の会計係がかかった費用を彼らに支払いました。

仕入れのときは随分と気をつかいましたが、それが無事に終われば炊事班はカロリーに気をつけて料理を作ればいいだけでした。カロリー計算はあらかじめ衛生兵が全てやってくれましたが、それに基づいて毎月の献立をちゃんと作らないと、聯隊副官からサインをもらえませんでした。普通、献立作りは軍曹が担当しましたが、軍曹はそんなことなかなかできないので、慣れている私が代わりにやりました。

――料理はどのようにして作られましたか。

まず朝飯ですが、調理のときに使う材料は前日のうちに人数分を炊事場に用意しておきます。そして、午前二時になると、各中隊から炊事当番となった初年兵がひとりずつ炊事場に派遣されてきて、献立表に従って料理を作りました。炊事場には一回で一〇〇人分くらい作れる大きな鍋としゃもじがあり、それらを使って毎回部隊全員分を調理しました。

――杉浦さんも調理に参加しましたか。

調理を手伝うときもありましたが、だいたい調理は当番に任せて、私は炊事場にある事務所で伝票の処理などをしていました。

――料理ができ上がるとどうなりましたか。

部隊の兵士はみんな朝の五時に起きて、点呼を取ったあとに体操をして、それから朝の食事になりました。そして、午前七時になると、週番上等兵が「飯上げ」と大きく号令し、それを聞いた当番の初年兵が「飯上げに行ってまいります」とあいさつをして、各班の飯上げ当番が十人揃うと、週番上等兵が点呼をとって、整列しながら炊事場に朝飯を取りに来ました。整列するのは、もし途中で上官に会ったときに失礼にならないようにするためでした。彼らは炊事場で食事を受領すると、ただちに自分の班に戻って配膳の準備をしました。

自分たちの食事以外にも、当番は下士官の部屋に行って食事の準備をしなければなりませんでした。下士官がまず箸をつけなければ、兵士たちはいくら目の前に食事が用意されても食べることはできませんでした。要領のいい当番は、下士官の心証をよくするため、「下士官室に食事の用意に行ってまいります」と大声で叫んで、我先に下士官室に行って配膳をしました。

それぞれの班で食事が終わると、「食缶返納」といって、当番は食缶という食事の入った容れ物をきれいに洗い、炊事場に返納しました。だいたいその頃には八時の訓練が始まる時間になったので、当番は急いでその準備をしなければなりませんでした。

——慌ただしい朝の食事ですが、食事時間はだいたいどれくらいありましたか。

一分か二分です。目の前に食事が来たら、一気に口にかきこんで終わりです。素早い人は、みんなの配膳が終わる頃にすでに食べ終わっていました。なんでそんなことをするのかというと、急いで外に出て訓練の準備をすると、それを見た上官から褒められ出世に結びつくからでした。

——昼食の場合も朝食の時と同じようなやり方ですか。

同じような場合もありましたが、部隊が演習に行くときには、朝のうちに兵士たちの飯盒にごはんとおかずを詰めました。飯が多い少ないと兵士から文句が出るといけないので、飯盒に同じ分量だけ料理を入れなければなりませんでした。時折、上官がチェックをしに来ましたが、分量に偏りがあると一から やり直しを命ぜられました。

——炊事場ではどんな料理を作りましたか。

家庭で作るものとほとんど同じで、日本人の口に合うものでした。朝はご飯とみそ汁、昼は煮物のようなもの、夜はカレーなどです。でも、どうしても自分の食べたいものをよく作ってしまいました。作業は存外楽しかったです。

炊事をやっていたせいで、たまに中隊の将校がやってきては、私みたいな一兵士に砂糖をねだってきました。私は料理に使う分から一部だけあげました。料理の中に入れてしまう砂糖なので、少しの分量を将校に分けたところでばれることはありませんでした。本当はそんなことはしてはいけませんでしたが、それくらいはしょうがないと思ってあげました。これは軍隊の中のひとつの「助け合い」でした。

――そういう生活ができるということは、遼陽は比較的治安がよかったということですか。

それはよかったです。遼陽は日露戦争以来治安は問題ありませんでした。事故もありませんでしたし、共産党のゲリラもいませんでした。兵隊が日曜日に外出しても、普通の人と何も変わりませんでした。

困ったことといえば、冬のトイレでした。大便をするとみんな凍ってしまいましたが、満人がそれを壊して持っていってくれましたので助かりました。あと砂塵も大変でした。いくら窓をきちっと閉めても、サッシがなかったのでいくらでも中に入ってきました。外に出たら一寸先も見えず危険でした。

――献立を作る以外に炊事班ではどういう仕事がありましたか。

炊事のときに伝票を書かないといけませんが、普通下士官はそんなもの書けないので、私が手伝いました。あと、各部隊に配る支給品の管理をしました。例えば羊羹なんかは一度に何百本という数を支給しましたから、それを管理するのが大変でした。

――その羊羹は日本から送られてきたものですか。

いいえ、朝鮮で作ったものです。存外固くて評判がよかったです。あと、キャラメルやまんじゅうもありました。それらお菓子は炊事班から各部隊に支給しました。また、正月とか特別な日にも甘いものを料理につけました。

――中国人が作ったものは支給しませんでしたか。

それはありませんでした。中国人が作ったものはやはり何か気になるので、仕入れませんでした。

――遼陽にはいつ頃までいらっしゃいましたか。

そのことについては、ひとつ大変な目に遭ったエピソードがあります。二百四十二聯隊には一個中隊の中に十人くらいの召集兵が編成され、私は第三中隊に配属されました。その中で人事関係の仕事は曹長がやっていましたが、私の十人の仲間のひとりが、曹長の人事に不正があるとして、曹長の首もとに銃剣を突き出して抗議をしました。急な事態だったので、ほかの仲間はそれを止めることもできず、大変なことになったと思うしかありませんでした。このとき、私は炊事場にいたので、もちろん何が起きたか全くわかりませんでした。

曹長を脅したその仲間は、事件後ただちに重営倉に入れられ、憲兵隊は彼を軍法会議に回しました。そして、彼を止められなかった私たち九人は当分の間進級なしということになりました。連帯責任とはいえ、ひどいものです。それからすぐ、私たち九人は二百四十二聯隊の衛生隊に配置換えさせられ、またすぐ満鉄の線路を警備する部隊に移されました。さらに昭和二十（一九四五）年四月、万里の長城から北に十キロメートルくらい離れた部落に駐屯していた一個中隊に転属しました。その中隊でも私は炊事を担当しました。献立作りのほか、最後の清算までしたり、書類を大隊本部に送ったりもしました。私はその中隊の部隊長や将校たちのお世話になりましたが、なぜか彼らの名前や中隊の部隊名を今何も思い出すことができません。転属を繰り返された衝撃が大きかったのでしょうか。

――その中隊での生活はどうでしたか。

万里の長城の部隊にいたときには、ひとりの中国人の通訳を採用し一緒に生活をしました。通訳がいないと現地で野菜の調達などができませんでした。

――どのように野菜を調達しましたか。

その通訳と一緒に近くの部落に行って野菜を売ってもらいました。その部落の村長が案外いい人で、村長が部隊に遊びにくると、私たちはお酒を出してもてなしましたし、私たちが部落に行くと、村長はご馳走を出してくれました。村長の家にいる間、私たちは何人もの部落の住民と会っていろいろな話をしました。そういうことを何回も繰り返しているうちに、だんだん部落の人たちとうちとけてきて、何かあると私たちに協力してくれるようになりました。

――部落に行って何か危険なことはありませんでしたか。

すでにある程度討伐が成功していましたし、通訳があらかじめいろいろと情報を持ってきてくれたので危険なことはありませんでした。敵部隊との戦闘もそれほどあったわけではなかったので、余った爆弾を川に向かって投げて爆発させ、それにびっくりして浮いてきた魚を捕まえて料理の材料にすることもありました。捕まえた魚は生では食べられなかったので干物にしました。

――野菜を調達するときにお金を払ったと思いますが、そのときはどういう種類のお金を使いましたか。

日本円を使いました。それをもらった中国人は喜んでくれました。

中国での収容所生活

それからしばらく中隊での生活が続きましたが、戦争が終わる前の日の八月十四日、「明日、ソ連と戦闘を開始する。全員私物は一切焼却しろ」との命令が出たので、糧秣とか調味料がいっぱいありましたが、油をかけて全部火をつけて燃やしてしまいました。そして、十五日にみんな揃ってその地域を出発しました。そして、万里の長城の下まで貨物列車で来たら、天皇陛下の玉音放送があると耳にしましたが、私たちがそれを聞かないよう、軍はその放送を流しませんでした。

私たちはソ連といつでも戦闘ができるよう列車の中で銃に実弾を詰めて準備をしていましたが、遼陽まで来ると、いきなりソ連兵が私たちを囲んで武装解除されられました。私たちはソ連と戦うつもりでいましたので、何が何だかわけがわからなくなりました。

ソ連兵に捕まった私たちは捕虜収容所に入れられました。そこで普通に捕虜生活ができればよかったですが、気温が零下二十度から三十度、ひどいときは四十度くらいまで下がり、その中で仕事をさせられました。

——どこの捕虜収容所に入れられましたか。シベリアに送られましたか。

いいえ、遼陽にあった捕虜収容所に送られました。その収容所は以前、日本軍がソ連兵を収容するために建てられたもので、そこに私たち全員が入れられたわけです。一般の市民はその昔日本軍がそこでソ連兵を虐待したように、捕虜収容所に入れられた私たちも同じようにソ連兵に殺されるだろうと言っていました。でも、私は戦地で落とすはずだった命をなくしても惜しくはなかったので、殺されてもさほど問題ないと思っていました。

——その遼陽の収容所はソ連が管理していたものですか。それとも中国が管理する収容所でしたか。

ソ連です。中国軍はいませんでした。遼陽では中国側との関係が存外よく、日本人も中国人もみんないい生活をしていましたが、ソ連がそこにやってくると、そこら辺にある物みんな持って行ってしまいました。

——収容所ではどのような生活を送りましたか。

収容所に入った一日目は休養させてもらい、次の日から作業が始まりました。作業はそれぞれ各地区に分かれて、平らな所にテントを張ってやりました。決して建物の中には入れさせてもらえませんでした。そして、寝るときは毛布一枚だけ与えられ、テントの下で寝かされました。しょうがないので、テントの中に藁と作業のときに使ったセメント袋を敷き、布団代わりにセメント袋を掛け、さらに、シャツの中にセメント袋を縫い合わせて風を通さないようにしました。それでも、零下三十度くらいになると、とてもじゃなく寒いので、ペチカを焚いたりして暖を取りました。そういう生活だったので、私たちの仲間の半分は亡くなりました。

また、食料も悪く、馬に食わせるようなコーリャンとか大豆を一ヶ月分まとめてくれましたが、大豆だけを食べようとしても食べられるものではなく、大きな窯で大豆を煮て、それぞれに分けました。そして、みんなでどうにかして大豆を加工して食べようとしましたが、一ヶ月それればかりでは、とても食べられませんでした。でも食べないと死んでしまうので、私たちはやむを得ず、そこら辺にある草やソ連兵が捨てる白菜の根をみんな拾って、大豆と混ぜて一緒に食べました。もう汚いとかどうとかは言っていられませんでした。結局、青いものを食べなければ体がもちませんでした。

ときには、作業の工程でお米を整理することがあると、ソ連兵の目を盗んで米を懐に入れて持って帰りました。でも、たくさん入れると腹が膨れて、検査のときにソ連兵にばれてしまうので、ほんのわずかだけ持ってきて、みんなで炊いておかゆにしたり、草の青いところを摘んでそこに混ぜたりして食べました。捨てられた物を食べたり、食べ物を盗んで食べるなんて、私たちは乞食と一緒でした。

私たちの収容所では、全ての捕虜が家屋には入れられず、テントの中で生活させられていたため、熱病がはやり、四十度以上の高熱を出して次々と亡くなっていきました。その遺体は鉄条網の隅に泥をかけて埋めましたが、私たちは日本に帰れるのかどうかもわからなかったので、その仲間の形見を残すこともできませんでした。

――遼陽の収容所には何年間いましたか。

一年近くだったと思いますが、はっきりしません。遼陽の収容所にしばらくいたあと、私たちは中国国内を転々とさせられました。遼陽の次に行ったところは、地名はわかりませんが、田んぼのまん中にあった収容所で、私たちの住み家を作るという名目でレンガの建物を作らされました。しかし、それができ上がると、その建物は私たちの家ではなく、軍隊の兵舎にされました。つまり、私たちはだまされたわけです。

さらに、そのあと、私たちは上海の収容所に連れていかれました。ご存知の通り、上海は中国の一等地で郊外にはいくつもの豪華な別荘がありました。私たちが上海に着くと、理由はわかりませんが、その別荘の解体作業を命ぜられ、ダイナマイトを使って数軒の別荘を破壊しました。

次に私たちがやったのは、中国軍が作ったトーチカを撤去する作業でした。昭和十二年八月、十八聯隊は上海に上陸し、トーチカに立て籠もっていた中国軍を打ち破りましたが、それはとても激しい戦闘でした。そのトーチカは周囲を鉄板で覆い、銃身だけが出るような穴が前方にあるだけでした。中国軍はその穴から機関銃を連射したので、十八聯隊は上陸するのになかなか難儀しました。やっと上陸してもトーチカからの攻撃が激しかったので、十八聯隊は夜間を利用してトーチカの死角に前進し、手榴弾や大隊砲を集中的に使ってトーチカを破ることができました。そういうトーチカを撤去するということですから、大変骨の折れる作業でした。

収容所生活が二年くらい過ぎた頃、ちょうど私は体が悪くなり、そろそろ運も尽きたかと思いました。その矢先、昭和二十二（一九四七）年の四月に乗船命令が出て、またどこかに連れて行かれると覚悟して船に乗ると、日本人が来て「あなたたちはもう内地に帰れますよ」と声をかけられました。でも、日本人がいくらそう言ってても帰れるなんて信じられませんでした。すると、船が佐世保に到着し、検疫を済ましまして上陸することができました。収容所にいた二年間は一回も風呂に入っていなかったので、シラミから何から虫がいて体がとても痒かったです。

佐世保に着くと、前の店に海藻で作った甘い羊羹が売っていたので、私は支給された二五〇円を使ってそれを買い一生懸命食べました。しかし、そのお金は家に帰るための切符代や電報を打つための費用だったので、家には帰ることを伝えぬまま窓から汽車に乗り込みました。

豊橋に到着すると、一面焼け野原だったのでびっくりしました。遼陽では上層部が情報を握ってしまっていて、私たちは内地の状況が一切わかっていませんでした。豊橋は吉田城の屋根が少し残った程度で、駅からずっと焼け野原が広がっていました。そして、駅前では人々が天幕を張って闇市を開いたり、寝転んだりして生活をしていました。当時、私の家は豊川の海軍工廠の近くにありましたが、いままでの苦労で頭がどうかしていて、自分の家がどこにあったのか全然わからなくなり、家の前を何回も通り過ぎても一切気づきませんでした。ようやく自分の名前が書いてある表札を見つけて、初めてそこが自分の家だとわかりました。そのとき、家族は私の消息が一切わからなかったので、私が突然帰ってきたの

戦争 果てぬ苦しみ

豊橋の94歳・杉浦右一さん 従軍体験 語る

太平洋戦争で中国に出征した豊橋市大清水町の杉浦右一さん(九四)が十二日、自宅近くの喫茶店「大清水駅前さろん」で戦争体験を語った。杉浦さんは喫茶店の常連で、杉浦さんから従軍していたことを聞いた店長の安形健郎さん(五七)が企画。呼び掛けに応じて集まった地域の住民らが耳を傾けた。

杉浦さんは一九三八(昭和十三)年に歩兵第一八連隊に入隊し、中国に出征。負傷して帰国後、四一年に召集され再び中国へ従軍し、現地で終戦を迎えた。

杉浦さんは「万里の長城の部隊に転属し、日本のことは全然分からなかった。玉音放送も理解できず、ロシアと戦争すると思い、列車に乗り、着いた先で降りたら武装解除を命じられた。裸一貫で収容所に入れられた」と話した。

さらにロシアでの抑留を振り返り、「熱病がはやり、食料は馬のエサのコーリャンと大豆。栄養失調で歩けず、草でも何でも、青い物は食べた。仲間の半分は亡くなった」と、しっかりとした口調で語った。

（石屋法道）

戦争体験を話す杉浦さん＝豊橋市大清水町の大清水駅前さろんで

現在、杉浦氏は豊橋の自宅近くで戦争体験を語る活動を行っている（『中日新聞』、2011年３月13日）

でびっくりしていました。帰ってすぐ、私は原爆が落とされた広島や長崎、空襲に遭った海軍工廠にお参りに行って、生きて帰って来られたことを感謝してきました。

帰ってから私は元の職場に戻って仕事を始めました。当時は非常に優遇されていて、召集を受けても給料はそのまま出ていて、私が軍隊からもらっている給料を差し引いた額が実家に送られていました。当時は国そのものが面倒を見てくれていたわけです。

毎日職場に勤めるようになりましたが、戦争で頭がどうかなっていて字を忘れてしまい、文章すら書けなくなってしまいました。字が書けなければ役所では何も仕事ができず、一年間は文章の書き方の本を読みながらひたすら字の勉強をしました。実際帰ってみると、生きて帰って来るとは思っていなかったので、とても恥ずかしかったです。

※

炊事場で過ごした杉浦氏の戦争体験は、これまであまり明らかにされてこなかった戦地での兵隊の生活の様子がみてとれ、非常に興味深い。また、賄賂に厳しくしたり、将校が砂糖をねだってきたりした体験は、史料を見ているだけでは浮かび上がってこない、軍隊内部の実相のひとつであろう。そして、野菜の調達を通して部落住民と交流するというエピソードは、駐在部隊がどのように現地住民と折り合いをつけていたのかという問題を考えるうえで注目できる。このほか、収容所での体験は、記録として残らないという点で貴重なものといえる。

注

(1) 本章は、広中一成「「炊事場」からみた日中戦争―元陸軍伍長・杉浦右一インタビュー―」(『愛知大学国際問題研究所紀要 第一三九号』、愛知大学国際問題研究所、二〇一二年三月、二六九～二八三頁)を加筆訂正したものである。

(2) 一九二五年の宇垣軍縮で豊橋陸軍第十五師団が廃止された際、同師団歩兵第二十九旅団の隷下にあった静岡歩兵第三十四聯隊は、第二十九旅団ともども名古屋第三師団に編入された(陸上自衛隊第10師団司令部編『第三師団戦史』、私家版、一九六五年、一〇頁)。

(3) 歩兵第二百四十二聯隊は、一九四四年八月十七日、満洲第九独立守備隊歩兵第十八大隊を基幹に現地編成された部隊で、錦州省錦県周辺の警備に当たった(森松俊夫監修『日本陸軍歩兵連隊総覧』、前掲『別冊歴史読本 第一二三号』、九二頁)。

(4) 杉浦氏の父・杉浦重宏は、一九三二年六月から一九三八年六月まで、第十二代目作手村村長を務めた(作手村誌編集委員会編『作手村誌 資料編 歴史・行政財政・産業・教育・民俗文化』、ぎょうせい、二〇〇八年、一四二頁)。

(5) 高師ケ原は、豊橋市南部を流れる梅田川に囲まれた洪積台地で、一九〇七年、豊橋に陸軍第十五師団が設置されて以降、終戦までの間、おもに陸軍の演習場として利用された(吉川利昭『豊橋めぐり』、東三文化会、一九八二年、九三頁)。

(6) 一九一二年に日本が批准した「陸戦の法規慣例に関する条約」および条約付属書、通称「ハーグ陸戦法規」によると、捕虜(俘虜)は人道的に取り扱い、戦闘で自衛の手段なく投降してきた敵を殺傷してはならないと定められていた(伊香俊哉『戦争の日本史22 満州事変から日中全面戦争へ』吉川弘文館、二〇〇八年、三刷、一三三頁)。

(7) 一九三八年九月頃、歩兵第十八聯隊は漢口作戦で京漢線(北平(北京)―漢口)を北上してくる中国軍を捕らえるため、安徽省六安から河南省信陽方面に向けて行軍していた。この頃、河南省付近は雨期にあたり、日本軍は進軍に難渋していた。杉浦氏はこの作戦中に足を負傷したと思われる（兵東政夫『改訂 歩兵第十八聯隊史』、歩兵第十八聯隊史刊行会、一九九四年、三一三〜三一四頁）。

（８）大阪赤十字病院（日本赤十字社大阪支部病院）は、一九〇九（明治四十二）年、救護員の養成と、一般診療ならびに救療事業を専門に扱うことを目的に設立された。開設当初の病床数は約二〇〇床であったが、その後、逐次拡張され、大正末期の一九二五（大正十四）年には、開設時の二・五倍の五〇六床となった（大阪赤十字病院編『大阪赤十字病院五十年史』、大阪赤十字病院、一九五九年、一頁）。

一九三七年に日中戦争が勃発すると、大阪日赤は大阪陸軍病院赤十字病院となって、一部職員病棟を残して、入院病棟をすべて陸軍傷病兵の収容にあてた。さらに、大阪日赤は陸海軍の要請に応じて、病院所属の看護婦を赤十字戦時救護班として編成し、日本国内や戦地に派遣した。その総数は救護班が二十六個班、人員が六三〇人で、このうち、小野ゆき婦長をはじめ、二十五人以上が戦死した（同右、六頁）。

（９）豊橋陸軍病院は、一九〇八年、陸軍第十五師団設置にともない、歩兵第十八聯隊兵営内にあった豊橋衛戍病院を愛知県渥美郡高師村（現在の豊橋市中野町）に移転して開設された。日中戦争が起こると、豊橋陸軍病院は戦傷者を収容するため、市内の南栄に分院を開設し、一九四五年になると、本土決戦に備えるため、疎開分院を蒲郡・玖老勢・田口・長篠（以上、東三河）・飯田（長野県）・天竜・海老・古奈（以上、静岡県）に設置した。戦後、ＧＨＱの指令に基づき、日本政府が「陸海軍病院の処理に関する覚書」を決定すると、豊橋陸軍病院は一九四五年十二月一日に設立された国立豊橋病院に施設と人員、資材など一切を明け渡した（吉川利明『東三河の戦争遺跡』、私家版、一九九九年、二〇頁）。

二　忘れ得ぬ満洲・シベリアの「記憶」

話し手　鈴《すず》木《き》英《えい》一《いち》・兼《かね》井《い》成《しげ》夫《お》

鈴木英一氏

〈鈴木英一略歴〉

一九二五年七月十二日、愛知県豊橋市松葉町生まれ。一九四三年三月一日、満洲電信電話株式会社（満洲電電）[1]入社。同年四月一日、満洲電電委託生として興亜通信工学院[2]に入校し、電気通信の技術を学ぶ。一九四四年三月一日、満洲国黒龍江省チチハル（斉斉哈爾）に渡り、満洲電電チチハル管理局技術課線路係に勤務。同年九月二十五日、関東軍第一兵技教育隊（満洲第二六三部隊）に入隊。一九四五年一月、関東軍第百七師団歩兵第百七十八聯隊（満洲第二〇九部隊）[3]に転属し、満洲国西部ウサコウ（五叉溝）に駐屯中、ソ連軍侵攻に遭遇する。同年八月二十九日、興安総省イントール（音徳爾）で武装解除を受け、シベリアに抑留される。シベリアではチタ州ハラグンで伐採作業などに従事。一九四八年六月二十七日、抑留を解除され、ナホトカから舞鶴港に引揚げ。その後は、公務員を務める。

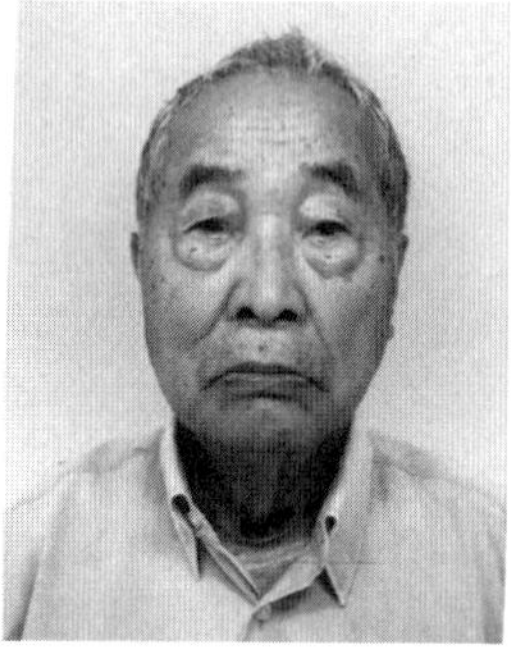

兼井成夫氏

〈兼井成夫略歴〉
一九二五年、愛知県豊橋市生まれ。幼少期を田原で過ごす。名古屋の三菱重工業退職後、一九四二年末に陸軍軍属[4]として東京府北多摩郡府中町（現在の東京都府中市）の陸軍燃料廠[5]に入廠。八ヶ月の研修を経て、満洲国四平《しへい》省四平市（現在の吉林省四平市）の陸軍燃料廠四平製造所（四平支廠、または第二分廠[6]）に転属する。一九四四年末、徴兵検査に甲種合格し、一九四五年二月、満洲国東部綏芬河《すいふんが》の第二百二十九国境警備隊（二一〇五四部隊）に入隊。ソ連軍侵攻時は狙撃手として従軍する。同年八月十七日、ソ連軍の武装解除を受け、シベリアに抑留される。一九四八年十二月、ナホトカ経由で帰国。戦後は会社員を務める傍ら、アマチュア写真家として活躍。

はじめに

本章では、大東亜戦争末期、陸軍兵士として満洲に侵攻してきたソ連軍と戦い、その後、数年間、シベリアで抑留生活を送った鈴木英一氏と兼井成夫氏の戦争体験を取り上げる。

一九四五年八月九日、ソ連軍は日ソ中立条約を破って[7]満洲に侵攻し、満洲国を崩壊に追い込むとともに、多くの日本人将兵を捕虜とした。

ソ連は捕虜たちを各所に集めると、次々と列車に乗せ、日本から遠く離れたシベリアへと送った。シベリアの過酷な環境と十分な栄養を与えられないなかで、捕虜たちは日夜、重労働を強いられた。その結果、捕虜たちは衰弱し、その多くが命を落とした。日本側の資料では、シベリア抑留者の総数は五十七万五〇〇〇人で、死者数は五万五〇〇〇人とされている。しかし、ロシア（ソ連）側の資料には不明な点が多くあり、実際の数は今日に至ってもよくわかっていない。(8)

鈴木氏と兼井氏は、満洲とシベリアでどのような体験をしたのか。両者の体験談から、壮絶な戦争の一面を見てきたい。

1　鈴木英一インタビュー(9)

戦車への肉迫攻撃訓練

――私が鈴木さんのことを知ったのは、二〇一一年に豊橋市中央図書館で開かれた「戦争体験を語る会」(10)で、ご講演をうかがったときでした。そのとき、鈴木さんはシベリアに抑留された体験談をお話になられました。今回はそれをもう少し詳しくお話していただけないかと思っています。

そうですか。私はシベリア抑留の記憶は風化させてはいけないと思っています。現在では全国強制抑留者協会が中心となって、シベリア抑留の実態を残すための様々な活動(11)が行われています。そのひとつとして、愛知県支部は毎年県内各地でシベリア抑留展というのを開催しています。すでに三十ヶ所以上を回りました。

――その展示会には私もおじゃましたことがあり、シベリア抑留体験者の方のお話もうかがいました。展示されていた抑留者の遺品なども拝見いたしました。「戦争体験を語る会」で、鈴木さんはシベリア抑留前に満洲で過ごされていたときのことをお話になっていましたが、いまいちど、その体験をうかがわせてください。

わかりました。僕は当時、満洲電電というところで働いていたんですが、そこまでのことからまずお話しましょう。

満洲については、そもそも兄ふたりが満洲に渡っていたので、何となくは関心をもっていました。中学を出て、この先何しようかと考えていたところ、昭和十八（一九四三）年、たまたま満洲電電の委託生になり、茨城県の満洲鉱工青少年技術生訓練所(12)で、一ヶ月間、訓練を受けたあと、東京の興亜通信工学院という学校で一年間勉強をすることになりました。そして、無事に卒業すると、すぐ満洲電電のあったチチハルに渡りました。

当時のチチハルはとても平和で、食べ物や酒もたくさんありました。また、繁華街にもよく行ったし、路地裏でやっていた影絵芝居も、たまに見に行きました。

――たしかに、太平洋戦争が始まってからも、満洲は平和だったといわれていますね。そのチチハルにあった満洲電電ではどんなお仕事をされたんですか。

僕が勤めたのは満洲電電のチチハル管理局(13)技術課線路係というところで、管内の電信電話線の建設と保全の仕事をしていました。何といっても思い出深いのは、マンチュリ（満洲里）でいちばん端の電柱

満洲電電チチハル管理局技術課に務めた頃の鈴木氏。

チチハル市内龍沙公園を訪れた鈴木氏。

満洲鉱工青少年技術生訓練所正門を抜けて作業に出発する訓練生。

満洲の企業に入社する中等学校卒業生は、まず満洲鉱工青少年技術生訓練所に入所し、開墾作業などを通して、満蒙開拓の精神を叩き込まれた。

訓練生は、食事前に必ず「軍人勅諭」、「弥栄」、明治天皇の「御製」を大声で唱え、そのほかに、「箸取らば天地御代の御恵み、祖先や親の恩を味わえ」、「箸を置くときに思えよ奉恩、道に怠りありはせぬかを」と斉唱した。

に登って、「ああ、これが満洲の最果てなんだ」と感慨に耽ったことでした。

——満洲電電ではどれくらいの期間働かれたんですか。

一年もありませんでした。それというのも、満洲で十九歳を迎えたときに、現地で徴兵検査を受け、関東軍第一兵技教育隊に入隊することになったんです。それまでは満二十歳で国民の義務として徴兵検査を受けることになっていましたが、それが満十九歳に繰り上げられたんです。

僕の入隊した部隊は技術兵を養成する部隊で、電気関係の弱電や強電[14]、無線などを兵隊に教え、電気の専門兵としてそれぞれの部隊に派遣するというのが任務でした。僕は満洲電電にいた関係で配属されました。そこで、なぜか僕は強電の担当に回されました。そこでは電気関係のことを教えましたが、さっきも申し上げたとおり、もともと僕は弱電の電話線を張る仕事をやっていて、強電は全然畑違いの分野でとても難儀しました。

第一期検閲が終わると、歩

満洲電電第十四中隊

1945年1月、ハルピンの陸軍兵舎前に立つ鈴木

兵科に転科することになり、関東軍第百七師団歩兵第百七十八聯隊に転属されました。この部隊は、ハルピンで編成された新設部隊で、方々の部隊から兵士を寄せ集めてできました。秋田の聯隊が基幹だったので、秋田の人が多かったですし、北関東の人も多くいました。

——その部隊ではどんな訓練を受けたんですか。

最初は対米用に夜間演習をしていましたが、いつの頃からかソ連に対抗するために、ソ連軍の戦車に飛び込む訓練をするようになりました。

——戦車に飛び込む訓練ですか。

はい。地雷を持って戦車の下に飛び込んでいくんです。訓練ではリヤカーを使って、その下に潜り込んでいく練習をしました。これ以外にも、地面に人がひとり入れるたこつぼ（一人用の壕）を掘って、その中で地雷を抱えて待っていて、そこに戦車が来たら飛び出していくという訓練もありました(15)。

——死ぬ覚悟で訓練していたんですね。

そうです。地雷を持って死んでこいといわれているのと同じでした。少し前にノモンハン事件(16)があり、そのとき、日本軍はソ連の戦車に対し火炎瓶で応戦しましたが、戦車が強化されたので、それからは肉迫攻撃といって、戦車の下に飛び込んでキャタピラーに地雷を挟み込めば戦車を擱座させられるのではないかと考えたんです。

ソ連侵攻と葛根廟《かっこんびょう》事件

――鈴木さんが突撃の訓練をされていた頃、太平洋戦争で日本側の損害が激しくなり、関東軍からも多くの兵員が南方戦線に送り出されましたが[17]、その様子を鈴木さんはご覧になりましたか。

はい。昭和二十（一八四五）年七月に、関東軍は「根こそぎ動員」[18]というのをやって、満鉄に勤めていた僕の兄も兵隊にとられてしまいました。とにかく、兵隊の減った関東軍は無理矢理でも員数合わせをしなければならなかったわけです。

その頃、僕のいた部隊はハルピンからチチハルに移ったんですが、七月六日、チチハルからウサコウ（五叉溝）というところに移駐して陣地構築を命ぜられました[19]。なんでそんなことをさせたのか。今から考えると、昭和二十年四月にソ連が日ソ中立条約を破棄すると通告してきたんですが、実際に失効されるまでは時間があったので、それまでにおもだったところに陣地を造らせたんだと思います。実際に、師団長と僕の部隊の部隊長が興安というところに行って、兵舎建築の場所を視察に行っていました。

そのとき、ちょうどソ連軍が満洲に侵攻してきたとの連絡が入り、部隊長は大急ぎでウサコウに戻ってきました[20]。

ソ連軍が攻めてきたとはいっても、そのときの日本側といえば、本当に悠長なもんで、なんと、ソ連軍が来たその日（一九四五年八月九日）に僕の部隊に入隊してきた者がいたんです。いわゆる学徒兵で、満洲の大学から来たと言っていました。それと当時に、朝鮮半島からも若い人が入ってきました。その

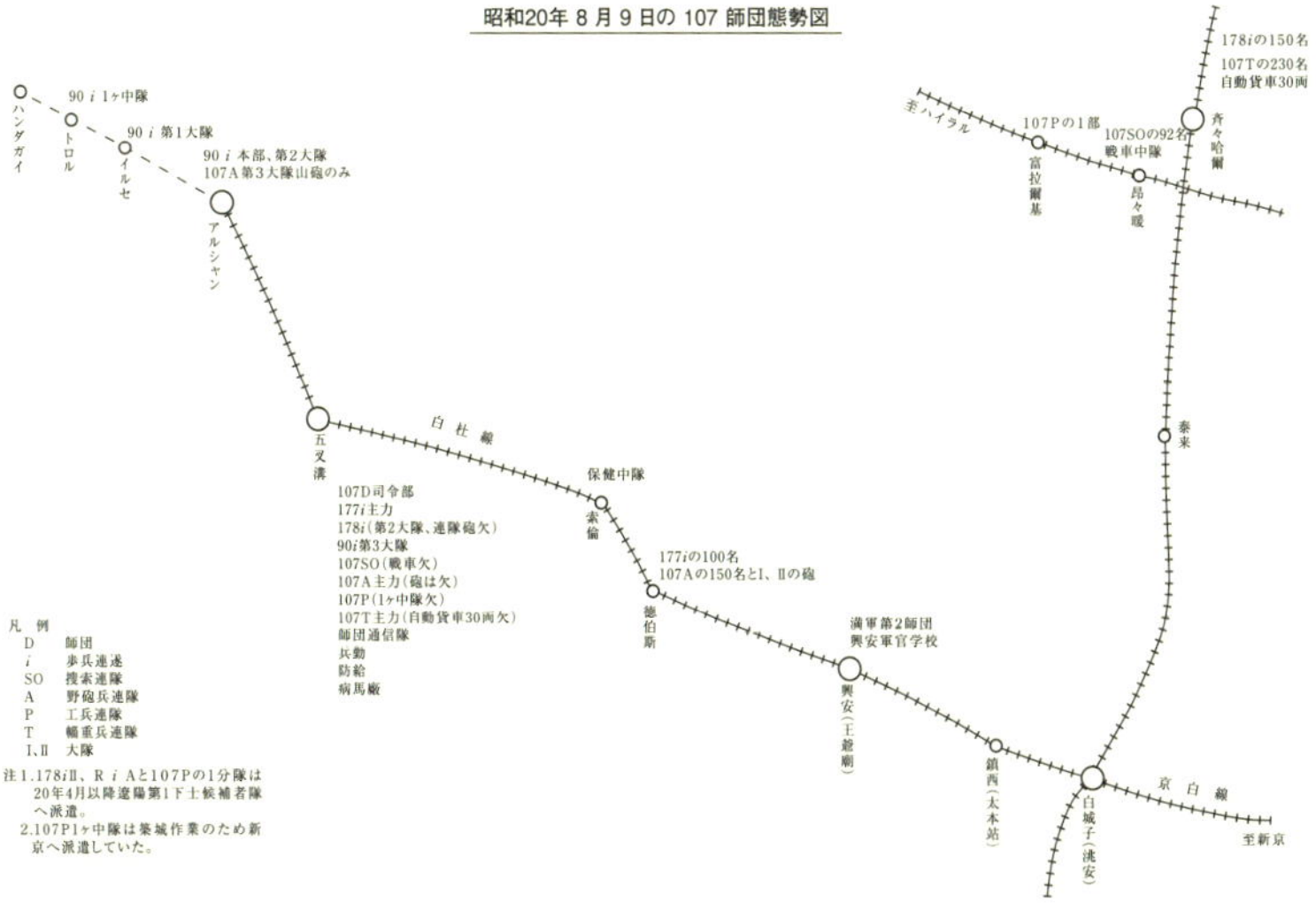

ソ連軍の満洲侵攻時の満洲西部国境の防衛体制（太田久雄編『最後まで戦った関東軍　第百七師団史』、第百七師団史発刊委員会、1979年、90頁）

ときには、もう戦闘が始まっていたんで、彼らは適当に各部隊に振り分けられました。

僕らの陣地にも九日のうちにソ連軍が攻めてきて、陣地に籠って応戦していました。十一日になって、師団命令で新京方面に向かうよう命令が来た[21]ので、十四日にシーコウ（西口）に移動しました。そうしたところ、ソ連軍がシーコウに先回りして、僕らを待ち伏せしていて、ただちに激戦になりました。

ソ連軍はカチューシャ砲[22]というロケット砲や、野砲、速射砲で撃ってきて、僕らは軽機関銃と重機関銃で応戦しましたが、日本側の砲兵の協力がないため、全然歯が立ちませんでした。おまけに、そこはただの野原で遮蔽物《しゃへいぶつ》がなく、僕らが突撃しても、ソ連軍は自動小銃やマンドリン銃[23]を撃ってきたので、結局、僕らの部隊から戦死者が三十九人、負傷者が十七人も出てしまいました。

さらにひどかったのは、僕らの分隊に九日に入隊してきた学徒兵がそこで死んでしまったことでした。まだ、まともに訓練すら受けてないわけで、何も戦う術もわからぬまま死んでしまったのです。もうすぐ戦争が終わるはずだったのに、ほんとうにかわいそうなことをしました。

――シーコウで戦っていた次の日の八月十五日、日本では天皇の玉音放送が流れて戦争が終わりましたが、鈴木さんはその放送を聞かれましたか。

いや、玉音放送なんて全然知りませんでした。(24) その証拠に、その日以降も戦闘が続きました。忘れられないのは、僕らがシーコウで戦っているときに、そこから東にあった葛根廟でとても痛ましい事件（葛根廟事件）が起きたことです。葛根廟というのは興安の近くにあったラマ寺で、アルシャン（阿爾山）方面から列車で逃げてきた日本人とその付近に住んでいた避難民が二〇〇〇人ほどいました。そこからもう少し先に行くと、白城子《はくじょうし》があり、そこまで行けば何とかなるんじゃないかと期待したようです。

僕らがシーコウで戦っていたとき、その葛根廟にソ連の戦車三十台くらいが近づき、その避難民たちに向けて戦車砲を撃ち込んだんです。最初、避難民たちはその戦車が日本軍のものだと思って喜んだそうですが、ソ連軍だと知ると慌てて逃げ出しました。

ソ連軍は倒れた避難民を轢き殺したりして、細かな数はわかりませんが、結局、一五〇〇人くらいが亡くなったようです。(25) 殺されたのは女性が多かったみたいです。赤ん坊でも、ソ連兵に見つかると、生きたまま銃剣で突き殺されたそうです。その中でも、生き残った赤ん坊は近くの満人に拾われて、戦災孤児として育てられました。

――ひどい話ですが、この事件のことはいつ耳にしたのですか。

八月二十九日に現地のソ連軍と停戦協定が結ばれて戦闘が終わったときに聞きました。

「ダモイ」に騙される

――停戦の話が出たので、次に戦闘終了からシベリア抑留までのお話をうかがわせてください。

さっきも言いましたが、十五日の玉音放送なんて、全然知りませんでした。逆に、日本軍は勝っているものと思って、負けているのは僕らの部隊だけだと思っていました。

もう僕らもおしまいかと思っていた矢先、どこからか日の丸を付けて、尾翼に吹き流しをつけた飛行機が飛んできました。そして、クルクル旋回しながら僕らの方へビラを撒いたんです。僕はそれを拾って見ましたが、そこには、「停戦協定成る」の見出しで、「天皇陛下の大御心《おおみこころ》により、停戦協定成る。関東軍将校は最寄りのソ連軍部隊に武器を渡すべし。なお、本協定により俘虜と認められず。関東軍総司令官陸軍大将山田乙三《おとぞう》」と書かれていました。

それで、その飛行士が僕らの部隊の前方を見ると、優勢なソ連軍部隊が迫っていたんで、彼は一刻の猶予もないと思って、草原に決死の強行着陸をしたそうです。

僕らがびっくりしていると、飛行機から関東軍参謀将校が二人と、ソ連軍将校が一人降りてきて、すでに停戦協定が成立したと知らせてきました。僕らはそれで初めて、日本が負けたのを知って、その場で軍旗を焼き、武装解除されたわけです。

あとから聞いたんですが、どうして飛行機が来たのかというと、ソ連軍の司令部から関東軍司令部に強硬な抗議があったそうです。その抗議というのは、戦争が終わったにも拘わらず、満洲の西部方面で日本軍の部隊がいまだに戦闘を続けているから、早く何とかせよというものだったようです。それで、関東軍が飛行機で僕らを探して、ビラを撒いて呼びかけたとのことでした(26)。

――これでようやく鈴木さんの戦いは終わったわけですね。それで、ソ連軍に捕まってしまったんですか(27)。

そうですね。バターンの死の行進(28)とまではいきませんでしたが、とにかく、ソ連の歩哨に従って暑さと飢えの中で行軍することになったんです。

武装解除したあと、鉄道に沿って行軍したり、無蓋貨車に乗せられたりして、最終的に十月三日でしたが、チチハル郊外の小民屯《しょうみんとん》(29)というところに着きました。そこには収容所（集結地）(30)があったわけです。

そこに着いて何日頃だったか、今の韓国の国旗になっている太極旗を持った部隊が収容所から出ていってしまいました。僕らは何が起こったのがよくわからなかったんですが、たぶん日本の支配が終わったということで帰国を許されたのでしょう。僕の部隊にも朝鮮半島から来た兵隊もいて、仲良くしていました。その兵は平壌の近くに住んでいたそうで、「日本に帰るとき寄ってください。りんごがたくさんありますから」とかいう話をしました。彼が今生きているかどうかわかりませんが。

――当然、収容所には日本人もたくさんいたわけですよね。

そうです。たくさんいました。それもほとんどが戦闘をしなかった部隊だったので、僕らがそこに着いたときには、もうみんな帰るつもりで、いちばんいい服を着ていたんですが、僕らはいちばん最後まで戦闘をしていて泥だらけだったので、そこにいた全員から「カラス部隊」なんて言われました。

――みなさん、日本に戻れると思っていたんですね。

そう。みんなソ連の兵隊から、「東京ダモイ、東京ダモイ」と言われていたので。ダモイというのはロシア語で帰国するという意味です。ソ連の兵隊は、南満方面は輸送状況が煩雑で遅くなるから、シベリア経由でウラジオストクから日本海へ渡った方が早いと言っていました。

正直言うと、僕ははじめ、その収容所を脱出し、チチハルの会社に戻ろうかと思っていたんですが、ソ連の兵隊から帰国できると聞いた部隊長が、僕らを集めて「今から内地に前進する」と号令をかけたので、結局、僕もそれに従うことにしました。

十月三十日でしたが、ウラジオストクに向かうということで、チチハルから家畜を載せるような貨車にみんな詰め込まれて出発しました。途中で何度か駅を通るたびに、みんな用便を足したいと言ったので、駅から外れたところで停車をしました。

そもそも、自分がどこにいるのかもよくわからなかったんですが、停まった駅で唯一わかったのがマンチュリ駅でした。その日は明治節にあたる十一月三日(31)だったんで、記憶に残っています。

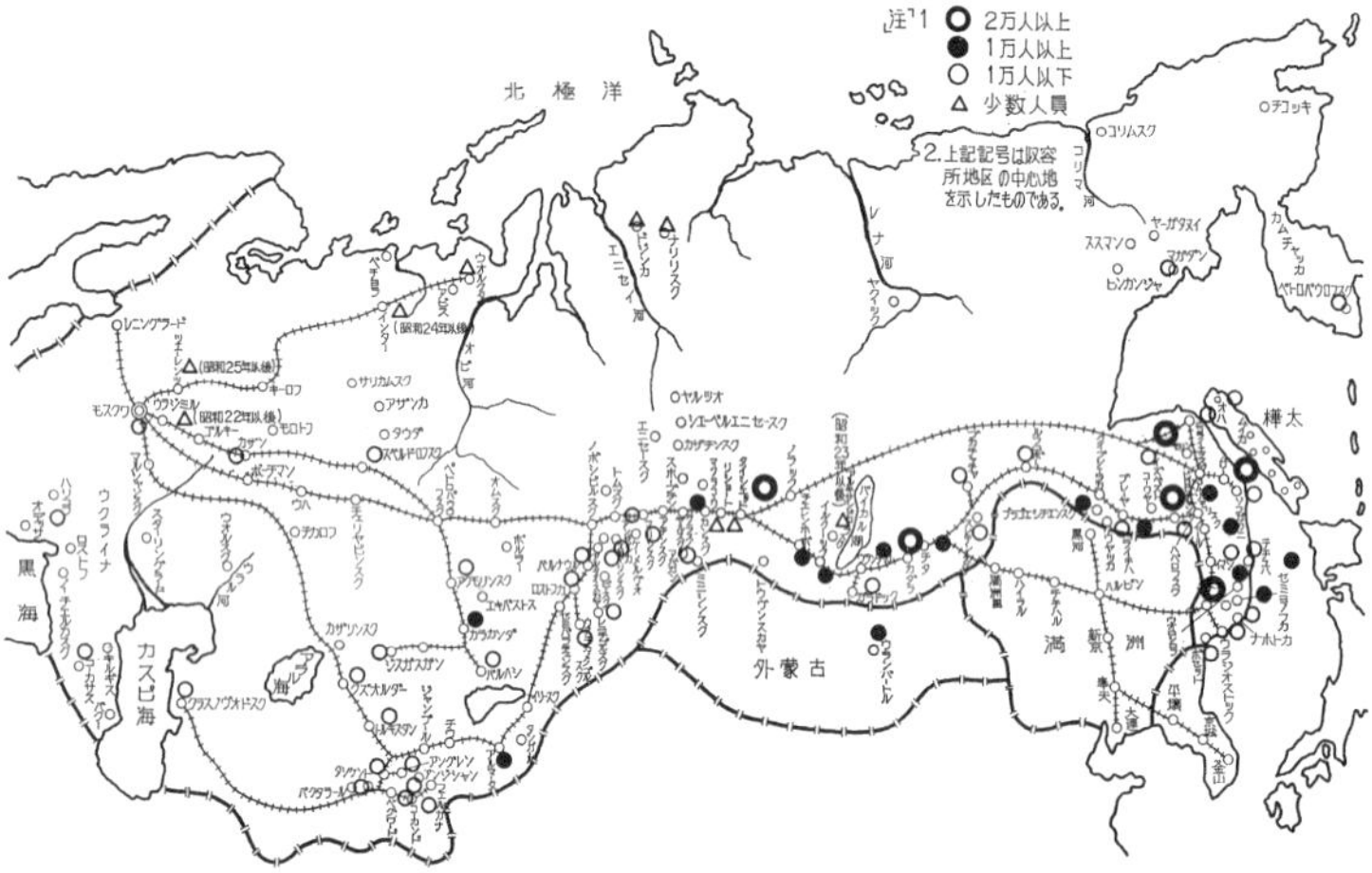

1946年頃のソ連および外モンゴル領内の日本人捕虜収容所（厚生省援護局編『引揚げと援護三十年の歩み』、ぎょうせい、1978年〔再版〕、56頁）

――でも、マンチュリだとウラジオストクへ向かう方向としては逆になってしまいませんか。

いろいろなルートがあったみたいです。黒河から対岸のブラゴヴェシチェンスクに入るルートもあったようですが、僕らはまずチチハルから西へ行って、それからマンチュリを経由してシベリアに入るルートで、いずれ東に向かうものとばかり思っていました。僕は電話の工事でマンチュリに来たことがあったので、ここで脱走してしまおうかと一瞬考えました。

――では、いつ頃から帰国できないとわかったんですか。

それはマンチュリから離れて、てっきり東に向かっているものと思っていたあるとき、列車の進行方向に夕日が落ちていくのが見えたんです。そこではじめて、僕らはソ連に騙されたことがわかり、みんな地団駄を踏んで悔しがりました。でも、それもあとの祭りというやつです。ソ連に騙されたのはこれが第一回目で、これ以後、僕らは何度もソ連に騙されました。

結局、十一月六日にザバイカル鉄道の沿線にあるハラグン(32)という駅に着きました。着いたらすぐに降ろされて、五列に並ぶよう命ぜられました。

このとき、面白い話があって、ふつう、日本人は四列縦隊で並ぶので、ひとつの列で番号をかけて、それが十五だと全員で六十人いることはすぐにわかります。しかし、ソ連側は僕らをひとりひとり数えるんです。おまけに、ソ連の兵隊は頭がよくなくて、数字すらよくわかっていなかったんで、十人くらいまで数えるとわからなくなって、また一からやり直しなんてことが何度もありました。

伐採作業と「屍当番《しかばね》」

――収容所のあったハラグンはどのようなところでしたか。

そこは小さな寒村でした。おまけに、僕らは山の中に連れて行かれたんで、民間人すらいませんでした。

ハラグンに着くと、ソ連側から「捕虜になったドイツ人の兵舎を造れ。造ったら日本に帰してやる」と言われ、木を切ったり、杭を打ったり、凍った地面を焚き火で溶かしながら、穴を少し掘って半地下にして、それで、その周りに丸太を積んで屋根を被せて造りました。でも、そこに入ったのはドイツ人ではなくて僕らでした。結局、自分たちが入るために造らされたのです。僕らは、またソ連に騙されました。

――十一月に収容所に到着したということですから、とても寒かったでしょう。

初めて体験した寒さでした。おまけに、食糧事情もひどく、朝と晩にコウリャンとか粟のお粥みたいなものを飯盒の蓋に入れて食べました。それから、何も実の入っていないスープ一杯くらいをもらいました。あと、昼に作業に出かけるとき、弁当代わりとして、前日の夕食のときに黒パンを三百グラムくらい配給されたんですが、お腹が空いていると、その夕食と一緒に食べてしまうことがありました(33)。あと、作業中に森に生えているタンポポとか、アカザとか、ニラとかを見つけては採って、雪と一緒に飯盒の中に入れて、岩塩があったらそれもまぶして食べました。でも水のほうが多くて水腹になりました。

もちろん、仲間のなかには栄養失調で亡くなる者が大勢いました。また、それだけではなく、ソ連の兵隊に突き飛ばされたり、「殺すぞ」と脅されたりして、肉体的にも精神的にも追いつめられておかしくなってしまった者もいました。

――亡くなった方の遺体はどうされたのですか。

はじめのうちは、薪がたくさんあったので、まず薪を組んで、その上に死体を置いて焼きました。「屍当番」という名前のついた作業でした。実は、これをやると米をもらえたので、みんな手を挙げて参加しました。死体を焼いているときはどうするのかというと、もらった米を飯盒の中に入れて、死体の焼け具合を見ながら、その火で米を炊き、火が消えるまで見守りました。気持ちの上ではつらいですが、ほかの作業と比べてもいちばん楽でした。

でも、あとになると死者がたくさん出るようになったので、収容所の空き地に穴を掘って、そこへ死体を入れて埋めました。そのとき、死体の着ていた服を脱がしたところ、シラミがいっぱいでした。シラミはもうどうしようもなく、痒くてたまりませんでした。シラミというのは、寒くてもなかなか死なないんですよ。だから、焚き火をやると、みんな自然と裸になって、シラミ取りを始めるんです。あと、熱気消毒といって、釜に湯があると、そこに服を浸しました。これくらいしかシラミ退治の方法はありませんでした。風呂なんて半年に一遍しかなかったし、それも、飯盒に湯一杯で終わりで、とても風呂とはいえませんでした。

――収容所の作業でいちばん大変だったのは何でしたか。

それはもう絶対に伐採作業ですね。作業範囲はふたりで八平方メートルとノルマが決まっていて、伐採した材木も高さを一メートル十センチ、長さを四メートルに合わせることになっていました。木があるところはいいですが、木のないところでも同じノルマでやらされるんです。だから、木のあるところを確保するのは重要でした。

でも、寒いところでの伐採作業は体にこたえ、栄養もなかったせいで、しばらくすると、僕はマラリアみたいな症状が出て、四十度くらいの高熱にうなされて、顔も膨らんでしまいました。僕以外にも病人があまりに多かったので、収容所の外に臨時の天幕が張られ、そこにみんな寝かされました。ふつう、病気の重い人はそこで死んでしまうんですが、僕は、幸いにも体調が回復したので、ヤブノロワヤというところに運ばれ、その近くの病院に入院させられました。

帰国のための「民主運動」

作業ではないですが、収容所でもうひとつ大変だったことは、「民主運動」（「民主化運動」ともいう。以下、カッコ省略）に参加しないといけないことでした。これには前段階があって、収容所に入れられたとき、僕ら部隊は階級章を付けたままで呼び合っていました。これは昭和二十二（一九四七）年頃だったと思いますが、誰とはいうことなしに、これからは階級章をなくして、何々さんと名前で呼び合おうということになりました。これが運動の始まりでした。[34]

——その運動にソ連側の指示や指導はなかったんですか。

今申し上げたとおり、この民主運動は、はじめは僕らの中から自主的に起きたことでした。しかし、これを見ていたソ連の将校がこれはいいということで、壁新聞を発行させたりして、僕らの頭を共産主義に思想を改造しようとしたのです。

思想統制も厳しく、たとえば、ある元将校がマルクス・レーニン主義を勉強しようと自主的に勉強会を始めようとしたんですが、上からではなく下の兵隊から声を上げなければ民主化とはいえないとして、ソ連側によってその勉強会は潰されてしまいました。[35]　私の仲間にも熱心な者がいて、アクチーブというわゆる扇動家として活動するようになりました。

僕もここで努力して共産主義の勉強をしないといけなかったんですが、どうしてもそういう気にはなれませんでした。それというのも、以前、伐採作業の休みで、たまたまある部落に立ち寄ったところ、そこにいたおばあさんたちが、私たちに向かってスターリンの悪口を言ったり、日本の兵隊はかわいそうだから早く帰られるようにと、パンをめぐんでくれたりしました。

当時、スターリンのことを悪く言うと、すぐに密告されて捕まってしまいましたが、シベリアの奥地まで行くと、密告する人も少なかったのでしょう。このとき、僕はおばあさんたちの人情に触れて嬉しかったですし、彼女たちの姿を見たら、共産党万歳なんて言う気にもならなくなりました。

私は民主運動にあまり関わりを持ちませんでしたが、民主運動でとくに恐ろしかったのは、民主化ができているかどうかで、帰国の許可が下りない場合があるということでした。幸いに、僕らは昭和二十三（一九四八）年頃になって帰国できる見込みとなり、列車でナホトカ(36)に運ばれました。

駅に着くと、目の前に天幕が二つか三つあって、そこを通ることになっていたんですが、天幕の中に入ると、「おまえたちは、今まで来た部隊の中でいちばん民主化が遅れている」と、脅されたんです。ここがいわゆる「言葉の関所」で、ここを過ぎた途端、みんな自分たちの民主化が進んでいることをアピールするため、赤旗を振ってナホトカの街中を歩き回ったり、ほかの部隊を煽ったりしました。僕らも帰りたい一心で民主化を叫びました(37)。

こういうことをしていた結果なのか、ソ連側から私たちの部隊の民主化が進んでいると認められ、帰国が許されました。その一方で、帰国を前にナホトカからシベリアの奥地に逆送された者もいました。その多くは警察官上がりや、憲兵上がりで、何者かの告発で隠していた身分が発覚した場合もありました(38)。

僕らはナホトカから船に乗って舞鶴に帰りましたが、船上でにこやかな表情の看護婦さんを見たり、舞鶴の港の向こうで子どもが野球をしているのを見たとき、あまりにも日本が平穏過ぎて驚きました。ナホトカから出港する前、仲間の中では、日本はアメリカに占領されているから、内地へ敵前上陸するぞと意気込んでいました。しかし、いざ帰ってみると、そんなことはなく拍子抜けしてしまいました。

日本に戻ってから、僕は公務員の職をどうにか得ることができました。これからも生き続ける限り、シベリア抑留という歴史的な事実を、永遠に語り続けていこうと思っています。

2　兼井成夫インタビュー(39)

東部ソ満国境警備

――兼井さんは、鈴木英一さんと同じく、シベリア抑留の経験があり、また、現在のお住まいもご近所であるとうかがいました。

そうです。私も最近になって鈴木さんのお宅が近所だと知りました。実は鈴木さんのことは、今まで全然知りませんでした。抑留されたところが違ったんで、まったく交流がありませんでした。確か鈴木さんはシベリアの内陸側に連れていかれたそうですが、私は沿海部の方に行きました。

――兼井さんもシベリアに抑留される前は満洲にいらっしゃったそうですが、そのことからまずはうかがわせてください。

昭和十四（一九三九）年に高等小学校を卒業してから、名古屋の三菱重工業に入りました。でも、それから一年くらいして母が亡くなってしまったので退職し、しばらくぶらぶらしていました。その頃はすでに戦争が始まっていて、若者はみんな戦場に行けだとか、外地に出て満蒙開拓青少年義勇軍(40)になれだとか盛んに言われ、ぶらぶらしていると非国民のように扱われました。

そんな大陸雄飛の雰囲気の中にいると、私も何となく満洲に行きたいと思うようになり、昭和十七（一九四二）年の暮れ頃、縁があって東京の府中にあった陸軍燃料廠に軍属としてひとまず入ることになりました。そこで、私は約八ヶ月間研修を受け、それから満洲に渡りました。

――満洲のどちらに行かれたのですか。

四平です。満洲の首都の新京と奉天の間にある大きな町でした。ここに陸軍燃料廠四平支廠がありました。とても大きな機械があって、それを使って航空燃料などを製造していたんですが、すでに戦争が激しくなっていたんで資材もあまりなく、結構暇な日が多かったです。そういう日は、よく四平の町に出かけていました。まだ十代だったし、給料もよかったんで、たくさん遊びました。町に行っても日本人ということで少し威張っていました。

結局、燃料廠では合わせて二年余り働き、それから現地で徴兵検査を受けて甲種合格し、昭和二十（一九四五）年二月、東満の綏芬河《すいふんが》の第二百二十九国境警備隊（二一〇五四部隊）に入隊しました。

検査を受けてから入隊まで数ヶ月あったんで、その間に一ヶ月の休暇をもらって、田原の実家に戻りました。もうそのときは入隊先がどこかわかっていて、いつまた実家に帰ってこれるかわからなかったので、周りの景色を目に焼きつけておきました。

――兼井さんが入られた部隊には、何人くらいの兵士がいたんですか。

初年兵だったので詳しいことはよくわかりませんが、二個中隊だったんで、だいたい五〇〇人くらいはいたんではないでしょうか。でも、部隊はひとかたまりでいたわけではなく、一個中隊は別の場所にいました。

私たちが配置につくと、初年兵教育が始まって、すぐ実戦になってもいいよう、標的を狙った実弾演習をよくやりました。近くの山の麓にあった射撃場では、撃ち込んだうち、十発中六発命中しないと罰として鉄砲を担いで山の上まで走らされました。だから、駄目なやつが登るということで、みんなこの山のことを「残念山」と呼んでいました。

――鈴木英一さんは、敵の戦車を倒すため、爆弾を担いで戦車の下に突っ込む訓練をしたそうですが、兼井さんもそういう訓練をやられたんですか。

それはやりませんでした。戦車の下に潜り込むなんて自殺行為ですよ。それをやったら生きて帰れませんし、生きて帰れば奇跡ですよ。

ソ連軍との壮絶な戦い

私たちが綏芬河に着いたとき、すでに国境警備隊は陣地を構築していて、トーチカの中からソ連側の警備状況が丸見えになっていました。国境のソ連軍との距離は目と鼻の先で、今日はトラックがどちらの方角に何台行ったのか、兵隊が何人移動したのかだとかが克明にわかりました。

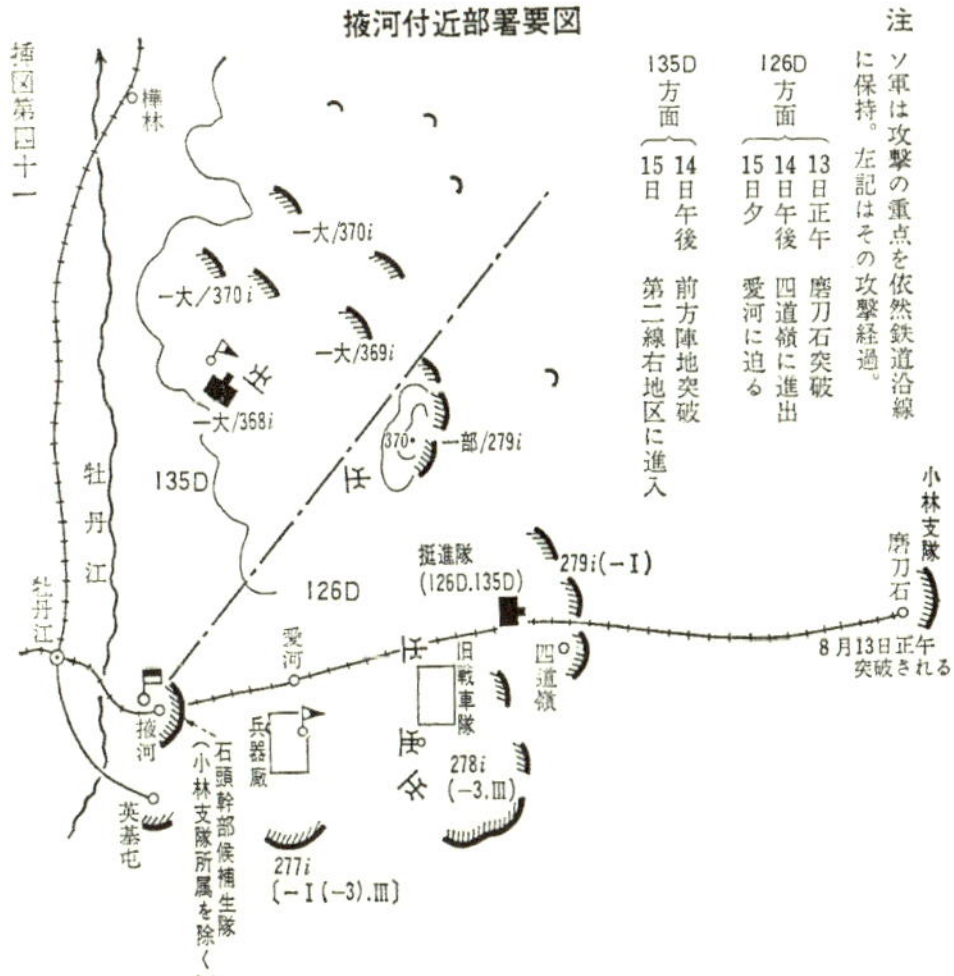

掖河付近部署要図（防衛庁防衛研修所戦史室『関東軍〈2〉—関特演·終戦時の対ソ戦—』、朝雲新聞社、1974 年、434 頁）

それが、ヨーロッパでドイツが敗北を喫して以降、急にソ連軍の動きが慌ただしくなりました。[41] 兵隊やトラック、戦車の量が目にみえて増えてきたんです。

そうこうしているうちに、六月になって牡丹江《ぼたんこう》の北方にある林口《りんこう》に移動しました。ここで私たちは陣地構築の作業を命じられたんですが、それをやっている途中の八月九日朝にソ連軍が攻めてきたという情報が入りました。

ソ連軍が牡丹江に向かって進軍しているというので、私たち国境警備隊は弾薬一二〇発、手榴弾五発を携行して、牡丹江のすぐ近くの掖河《えきが》駅に集結しました。そこには安全な場所に避難するために来ていた満蒙開拓団の人々が集まっていて、ソ連をやっつけてくれというものすごい声援を受けました。

私たちはソ連軍が幹線道路を通って牡丹江の町に侵入するのを防ぐため、幹線道路を狙える小高い丘の上に陣地を張りました(42)。

そこはトーチカのある立派な陣地で、ここなら安全だと思っていたところ、私は狙撃手だったので、中隊長から私ともうふたりの狙撃手の三人で、中隊本部の一〇〇メートル前に出て敵を狙撃するよう命令されました。

本部から離れて、ひとりで地面にたこつぼを掘って相手に見えないよう隠れていました。そのときは戦場にひとりぼっちで、本当に心細かったです。

そうしているうちに、ソ連軍の戦車が本部の方に向かって進んできました。本部には大型の大砲はもうなくなっていて、小型の歩兵砲や機関銃しかありませんでした。でも、本部はそれらを使って何台も戦車をやっつけていました。

本部もやるもんだと思っていましたが、そのうち、ソ連の戦車の数がみるみるうちに増えてきて、私がいた方向にも砲身を向けて弾を撃ってきました。

戦車から自動小銃の弾がピュッピュと飛んできたので、私は恐ろしくなってたこつぼに身を屈めていました。そのうち、遠くから一発大きな弾が飛んでくる音がしたかと思ったら、私のたこつぼのすぐ横にズドンと落ちてきたんです。さいわい、それは不発弾でしたが、破裂してたら私は木っ端微塵でした。

それでも、硝煙が立ち込める中で、私は戦々恐々としながら敵を狙っていました。

敵も私が隠れている位置がわかったようで、敵の状況を見ようと思って、たこつぼのすぐ横に手をついたところ、そこにすぐ敵の弾が飛んできて、慌ててまたたこつぼの中に潜りこみました。弾で飛び散った石が顔に当たってとても痛かったです。

私もたこつぼから何度か敵を狙って撃ちました。ソ連の戦車の横には随伴兵という歩兵がついていたんですが、私はそれを狙ったり、ときおり戦車から顔を出す兵士を撃ったりしていました。

でも、弾ははじめに支給された一二〇発しかなく、携帯していた水や食料も減ってきたので、私は中隊本部から早く補給に来ないかと待っていたんですが、そのとき本部はすでにソ連軍によって全滅させられていたんです。

――実際にその全滅した陣地を見に行かれたんですか。

はい。その日の夕方頃、私は持っていた弾を使い果たしてしまい、敵の攻撃も止んだので、前線で残っていた仲間五、六人で陣地に戻りました。すると、陣地はなにもかもがめちゃくちゃになっていました。まさに、この世の地獄で、中隊本部もソ連の戦車からの集中砲火やソ連機の空爆、重火器の攻撃を受けて全滅していました。私もここにいたらこうなっていたのかと思うと、ぞっとしました。私だって敵から弾を撃たれたり、不発弾が飛んできたりしたのに、こうやって生きているのが奇跡でした。

結局、陣地には私を入れて十人くらいの仲間が集結しましたが、そのなかには、傷を負っている者がいたり、顔の近くで重機関銃を撃ちすぎたために耳が聞こえなくなってしまった者もいました。もう彼らは戦えない体になっていましたが、見捨てるわけにはいかないので、私とか健康な者が彼らの手を引いて、とりあえず、牡丹江まで引き返すことにしました。

すでに、そのときは夜になっていて、行く先のところどころでソ連軍が野営をしていました。私たちは彼らに見つからないよう、真っ暗闇のなかを静かに歩いていきました。

どれだけの距離を歩いたのかはわかりませんが、やっとの思いで牡丹江に着いたんですが、町中がひどいことになっていました。日本人の宿舎は軒並みやられていて、橋はばらばらに壊されていました。開拓団もそこにいたはずですが、誰一人見当たりませんでした。[43]

ある建物の横を通ったところ、たぶん、ちょうど昼に逃げたか何かで、炊きたてのご飯がそのままになっていて、お腹の空いてた私たちは、すぐさまそれを食べ尽くしました。このときばかりは、本当に生き返った気持ちになりました。

それからしばらく牡丹江にいると、生き残った連中が方々から集まってきたので、横道河子《おうどうかし》というところに転進して、集まった者だけで部隊を編成し直すことになりました。武器が弾丸の無い小銃しかなく心許なかったのですが、編成をやろうとしたとき、どこの部隊かわかりませんが、日本の高級将校が突然やって来て、日本が無条件降伏したことを知らされました。

そんなこと急に言われても、日本は負けるはずがないと思いましたが、それが事実であることがわかり、とても悔しい気持ちになりました。


――日本が負けたことを知ったのはいつでしたか。

八月十七日[44]でした。日本では八月十五日に玉音放送が流れて戦争が終わったのがわかったそうですが、私はいま言った状況だったので、聞けるはずがありませんでした。

厳寒のなかでの作業

ソ連兵に囲まれて武装解除させられたあと、私たちは一団に集められて、鉄道沿線の近くにあった満鉄社員の社宅に一週間くらい寝起きさせられました。さらに、そこから綏芬河に移動して、貨車に乗せられて国境を越えました。そのとき通ったトンネルは、戦時中は埋められていて、汽車も通れないようになっていたんですが、いつの間にか穴があけられて開通していました。

――兼井さんのようにシベリアに連れていかれた兵隊は、ソ連の国境に入るときに、ソ連兵から「ダモイ、ダモイ」(「ダモイ」は帰国の意)と言われて騙されたそうですが、兼井さんも同じことを言われたんですか。

いや、私たちは最初から捕虜としてシベリアに連れていかれることがわかっていました。日本人にとって捕虜になるということは、『戦陣訓』(45)で「生きて虜囚の辱めを受けず」とあったくらい、屈辱的なことでした。捕まった仲間もみんな同じ思いだったので、移送中にみんなで自決しようなんてことを言っていました。でも、武器はすでに取られてしまっていたので、死ぬことすらできませんでした。

――ソ満の国境を抜けたあとはどこに行かれたんですか。

トンネルを抜けたあとは西へ進んで、ウォロシロフ(ニコリスク)というところで降ろされ、さらにそ

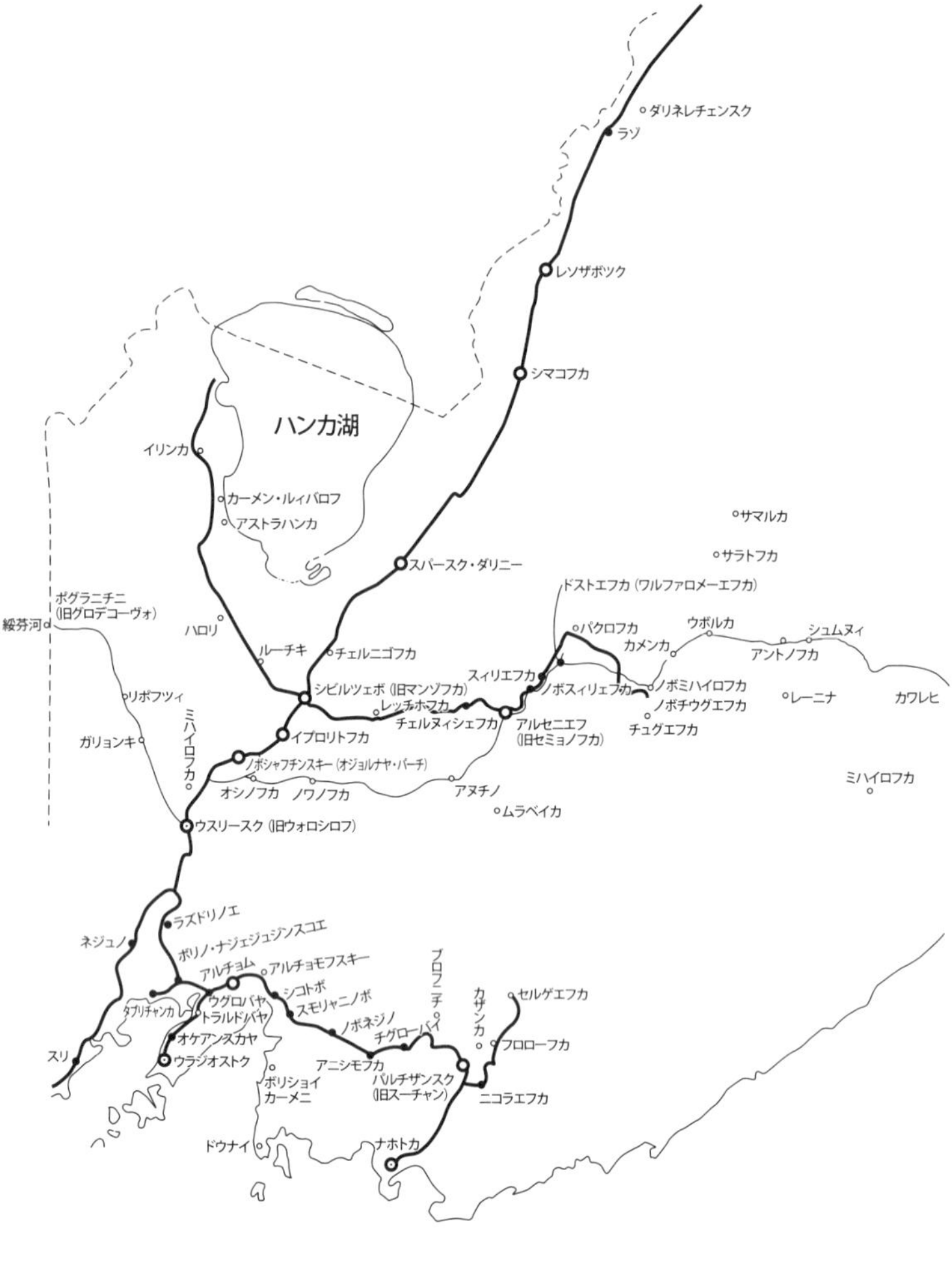

ダリネレチェンスク
ラゾ
レソザボック
シマコフカ
ハンカ湖
イリンカ
カーメン・ルィバロフ
アストラハンカ
サマルカ
サラトフカ
スパースク・ダリニー
ドストエフカ（ワルファロメーエフカ）
ポグラニチニ
（旧グロデコーヴォ）
綏芬河
ハロリ
パクロフカ
ウボルカ
シュムヌィ
カメンカ
アントノフカ
ルーチキ
チェルニゴフカ
スィリエフカ
シビルツェボ（旧マンゾフカ）
ノボスィリェフカ
ノボミハイロフカ
レーニナ
カワレヒ
リポフツィ
レッチホフカ
ノボチウグエフカ
チェルヌィシェフカ
アルセニエフ
（旧セミョノフカ）
チュグエフカ
ミハイロフカ
ガリョンキ
イプロリトフカ
ノボシャフチンスキー（オジョルナヤ・パーチ）
ミハイロフカ
オシノフカ
ノワノフカ
アヌチノ
ムラベイカ
ウスリースク（旧ウォロシロフ）
ラズドリノエ
ネジュノ
ポリノ・ナジェジュジンスコエ
アルチョム
アルチョモフスキー
プロフニチ
カザンカ
セルゲエフカ
シコトボ
ウグロバヤ
スモリャニノボ
タブリチャンカ
トラルドバヤ
ノボネジノ
チグローバイ
オケアンスカヤ
フロローフカ
スリ
ウラジオストク
アニシモフカ
ポリショイ
カーメニ
パルチザンスク
（旧スーチャン）
ニコラエフカ
ドウナイ
ナホトカ

ウォロシーロフ周辺図

こから数キロ歩いて、ルカショーフカという小さな村に着きました。村までの行進中に沿道の住民たちから石を投げられました。彼らの肉親のなかに日露戦争で日本人に殺された者がいたらしく、私たちを憎んでいたようです。

ルカショーフカの辺りはものすごく広い草原地帯で、私たちはそこに天幕をいくつも張って、集団生活をさせられました。その天幕の周りには私たちが逃げないように、有刺鉄線が張り巡らされました。そこはまるで収容所のようでした。

――そこには何人くらいの捕虜がいたんですか。

だいたい一〇〇〇人くらいいたんじゃないかと思います。事前にグループごとに作業大隊というのに編成されました。それで、翌日からもう作業開始で、なぎなたみたいな大きな鎌を持たされて、草刈り作業をさせられました。

――その作業はどれくらいの間やられたんですか。

だいたい三、四ヶ月続いたかと思います。作業が終わると天幕に戻ったんですが、食べ物も満足になく、毎日毎日零下数十度のなかで防寒具を着たまま寝るなんて、まるで地獄のようでした。おまけに風呂も入れなかったので、体中にシラミがわいて、痒くて寝られませんでした。

――草刈り以外にも何か作業はされましたか。

草刈りのあとは、木の伐採をさせられました。私たちの場合は燃料にする松の木を伐採するよう命じられましたが、ノルマがあって、それを達成するのにとても苦労しました。もし、ノルマが達成できなかった場合は、食料を減らされました。働かざるもの食うべからずというのが共産主義の鉄則でした。そんななかで楽しみだったのが、松の上の方にパイナップルみたいな大きな松かさがあると、その木を切り倒して、落花生みたいなその実をいっぱい食べることでした。

あと、私たちの部隊仲間は、日本全国から集まっていたんで、いろんな知識や技術を持っている人が多くいました。彼らと山の中に伐採に入ると、この草は食べられるとか、このキノコは栄養にいいとか教えてくれました。

あとは、駅に行って汽車から荷物を降ろす作業もやりました。その荷物はみんなソ連が戦利品として満洲から持ってきた略奪品で、日本軍の武器もあれば、どこかの家の畳までありました。この作業もとても寒いなかでやったんで、とても辛かったです。

それも終わって春になると、今度は農作業が始まりました。ご存じのとおり、ソ連にはコルホーズという国が管理する集団農場[46]があって、できたものはすべて国に差し出すことになっていたんですが、私たちはそこでジャガイモとか作りました。

もうひとつ、作業といえば、道路の補修がありました。これは夏頃やったんですが、そのときは、もう収容所から行き来するんじゃなく、二日くらいかけて、二十キロメートルほど補修ができたら、そこで天幕を張ってキャンプをし、それを繰り返しながら目的地まで進みました。それでまた冬が来ると、伐採作業に駆り出されました。

――ずいぶんいろんな作業をされたんですね。

はい。休む間がなかったというのはこのことです。収容所もルカショーフカから、オシノフカとか、イワノフカとか点々とし、興凱湖《こうがいこ》（ハンカ湖）の近くにいたこともありました。

重営倉に入った苦い経験

作業は年がら年中あって大変でしたが、抑留が二年目になると、ノルマもいくぶん緩和されて、食べる物も腹いっぱいというわけにはいきませんでしたが、ある程度食べられるようにはなりました。さらに、三年目になると本当に楽になって、村の中を散歩するときも警備兵がつかなくなりました。

シベリア抑留はつらかったと経験者はよく言いますが、最初の一年から一年半の間がいちばん厳しかったわけで、シベリア抑留が最初から最後まで苦しい生活ばかりだったというわけではないんです。

――兼井さんも少しは自由なことができたんでしょうか。散歩に行って村の人と話をしたりしたんですか。

そうですね。ソ連の人は個人的には親切で優しい人が多くいて、抑留三年目を過ぎたあたりから、そういう人たちとも交流するようになりました。

あまり思い出したくないことですが、私が抑留一年目か二年目のとき、農家の仕事を手伝わされたことがあったんです。そこの家には二羽の鶏がいて、よく卵を産みました。私はずっと腹が減っていたこともあり、ある日、その鶏が卵を産むと、思わずそれを盗んで食べてしまいました。

そうしたら、案の定、そこの家の女性に見つかってしまい、私のことを収容所の所長にいいつけたんです。おかげで、私は三日間、収容所の営倉に入るという罰を受けました。昼はみんなでいつもどおり作業をして、夜はみんなと離れて営倉で過ごさなければならず、ひどい目に遭いました。


――営倉とはどんなところなんですか。


営倉というのは、何か罪を犯した兵士が罰を受けるところで、私が入ったのは営倉よりももっと過酷な重営倉で、棺桶のような箱を縦に立てて、その中で三日間寝かされました。

それでも私は生きているだけましで、かわいそうだと思ったのは、畑にジャガイモを盗みにいった人が、警備兵に銃で撃たれて死んだんです。不幸なことに、その人は顔を撃たれたので誰なのか判別できなくなり、とりあえず、棒を立てて死体を埋めることになりました。ところが、そのときは冬だったので、土が凍っていて、掘ろうとしても掘れず、しょうがなく、死体を一晩外に置いておいたら、いつのまにか野犬や狼に食い散らかされていたんです。

そういう死に方したから、この人はシベリアで埋葬された人の名簿の中には入ってないいんじゃないかと思います。

このとき、私は共産党の小間使いみたいな立場になっていて、作業もせずに、捕虜を管理する仕事をやってました。

アクチーブとなる

――共産党の小間使いとはどういうことですか。

抑留して二年目を過ぎた頃、伐採作業の途中でソ連側に呼ばれて共産主義の教育を受けたんです。あの時分、ソ連は捕虜の中で若い者をみんな共産党に入れさせようとしたんです。私は共産党の側につくと、作業をしなくてもよくなるということを耳にしたので、それに参加したんです。

――捕虜の管理以外には何をされたんですか。

それほど何かちゃんとやったというわけではありませんが、『日本新聞』(47)という日本語の新聞があって、その中に共産主義のことについて書いてあれば、それを読んでみんなに解説したり、その新聞に載せる記事を書いたりしました。あと、とにかく作業をうまくやらせてノルマを達成させるよう仕向けたりもしました。

私が作業の手配をしていてうらやましいと思ったのは、捕虜の中でも特殊な技能を持った人でした。たとえば、医者だったり、看板書きだったり、左官屋だったりで、看板書きなんて、ソ連が壁とか看板にスローガンを書くときによく呼ばれていました。

そういうことで重宝されていたので、彼らは内緒でお酒をある程度飲んだりして、待遇をよくしてもらっていました。

――鈴木さんとのときにも出てきた話題ですが、兼井さんのようにソ連共産党と関わった捕虜の中からアクチーブが出てきて、共産主義の宣伝や、反軍闘争などを起こしたそうですが、兼井さんもアクチーブをやられたんですか。

アクチーブというのは扇動員というか、活動家のことをいいます。みんな共産主義に共鳴していたということになっていました。でも、アクチーブになったからといって気を抜いてはならず、悪いことをしたり、あまりにさぼったりすると、上に睨まれて立場を奪われてしまう恐れがありました。共産党は口では階級組織をなくそうなんて言っていましたが、実際は階級意識がとても強かったんです。

反軍闘争についてのご質問がありましたが、これはアクチーブ同士でやるにはとても苦労しました。なぜかというと、ソ連に対していい顔をすると、自然と日本人の側をいじめることになってしまうからでした。でも、批判の手を抜くと、ソ連からなぜやらないんだと叱られてしまうので、アクチーブ同士で適当に話を合わせてその場をやり過ごしました。

私なんて、楽できればいいという安易な気持ちでアクチーブになったんで、もとからまじめではないし、インチキでした。でも、生きるためとはいえ、反軍闘争で罪のない将校を批判したりして、今考えれば反省しなければならないことだと思います。

ナホトカから帰還

アクチーブをやっていたおかげで、抑留の三年目は幾分楽に過ごせました。そうしたら、その年の十一月二十日頃に、ダモイだという話があり、日本に帰れることになりました。収容所を出てナホトカに移

ナホトカの収容所跡。前方から第一・第二・第三・第四と収容所棟が並んでいた（1991年8月撮影）

動したのが二十五日頃でした。

ナホトカに着くと、第一、第二、第三と収容所を順番に回って、いろいろな検査を受けました。そして、第四収容所まで行ったときに、船が来ていると乗って帰れることになっていて、もし船がいなかったらそこで足止めされました。

第四収容所まで行った夜中でしたが、寝ていると誰かに揺すぶり起こされ、船が着いたから帰国準備をしろと言われたんです。それを聞いても半信半疑でしたが、窓から港を見たら、船らしい影があり、みんな有頂天になって喜びました。それからは朝まで眠らずに支度をしました。

朝になると、みんな港の岸壁のところに並んで、ひとりひとり名前を呼ばれて乗船していったんですが、自分の名前が呼ばれるまで、帰れるかどうか不安でした。

――実際に名前を呼ばれなかった人はいたんですか。

いたみたいです。たとえば、戦争犯罪を犯していた人は呼ばれませんでした。なかには、憲兵でもないのに、俺は憲兵だとほらを吹いたばっかりに奥地に逆送されてしまった人もいたそうです。

私たちの収容所にはそんな人はいませんでしたが、名前を呼ばれた途端、みんな足が宙に浮いたように喜んで、夢心地の気分で船に乗り込みました。
　日本に帰れるといっても、またソ連に騙されてるんじゃないかと思いましたが、甲板で日本人の看護婦さんとあいさつをしたときに、初めて帰れることを実感しました。うれしかったのは、到着した舞鶴で船の上から日本の山々をみたときでした。ソ連に捕まってから二度と日本には戻れないと思っていたので、夢のようでした。

――舞鶴には誰かお迎えにいらっしゃっていたんですか。

　いや、誰も来ていませんでした。早く田原に戻りたかったんですが、名古屋に私の兄弟がいたので、まずは名古屋にあいさつに戻ろうと思って、一週間くらいかけて帰る準備をしました。そのとき、私がソ連で共産党に関わっていたということで、アメリカの兵隊から取り調べを受けたんですが、別に共産主義に共鳴しているわけではなかったし、楽しみたい思いでアクチーブをしただけだったことを正直に話したところ、半日で解放されました。
　私は日本に戻っても共産党の活動なんてやるつもりはありませんでしたが、当時はシベリア帰りというだけで、共産主義者と思われ、まわりから変な目で見られました。いい仕事先を見つけても、帰ってから半年くらいは就職できませんでした。でも、まだ当時は終戦間もない頃だったので、シベリア帰りではなくても、いい仕事にすぐにありつけるわけではありませんでした。

※

東三河で生まれ育った鈴木氏と兼井氏は、大陸雄飛という当時の日本国内のムードに触発され満洲に渡った。同地で陸軍兵士となった両氏は、別々の戦場でソ連軍の侵攻に遭った。両氏とも壮絶な戦闘の末に捕虜となったが、「ダモイ」と騙されて列車でシベリアに送られた鈴木氏に対し、兼井氏ははじめから捕虜として徒歩でシベリアに連行された。その道筋で、兼井氏は四十年余り前の日露戦争で肉親を失った住民から石を投げつけられた。住民らにとって日本人は長く恨みの対象であった。

戦争体験地「追憶の旅」
豊橋で兼井さんの卒寿記念写真展

豊橋市南栄町の兼井円成さんによる卒寿記念の写真展「旧ソ連旧満州　追憶の旅」が、同市馬見塚町のギャラリー茶房「田園」で開催中。2月2日まで。

写真歴70余年の兼井さん。卒寿を機に、34回となる個展も一区切り—と、最も思いの強い題材である、自身が国境守備隊の一員としてソ連兵と戦った地、中国の綏芬河（スイフンガ）を45年後に撮影した写真を展示した。

兼井さんは1941（昭和16）年から満州で軍属として働き、3年後、現地召集で最前線へ。45年、ソ連の侵攻で250人の中隊は壊滅、狙撃手だった兼井さんら30人だけが生存。その後、兼井さんは捕虜としてシベリアで3年間抑留された。

1990（平成2）年、現地への旅の企画を知り参加、戦地のその後を撮ってきた。

額装とパネルで、当時の面影が残る綏芬河をはじめ、東寧、牡丹江、哈爾濱の街並を紹介。現在も利用されている国境守備隊の兵舎や旧日本領事館、現地に立つ日本敗戦の塔、荒れ地のまま残る戦場の写真も並べた。

「苦労して生きた場所なので懐かしさも大きい。国境の町の現状を見てもらい、戦争のことを知ってほしい」と兼井さん。今後も撮影活動は続けていくという。（田中博子）

卒寿記念の個展を開いた兼井さん＝田園で

現在も兼井氏は写真を通して、若者に戦争の悲惨さを訴えかけている（『東愛知新聞』2014年1月30日号）。

それぞれの捕虜収容所で両氏は、劣悪な環境と厳しい食糧事情のなかで、木の伐採や道路の補修作業など、危険な労働に従事した。毎日、多くの仲間が命を落とし、処理しきれない遺体が戸外に積み上げられた。このような光景は、ほかの多くの収容所でもみられた。

ソ連の洗脳教育として始まった民主運動も、鈴木氏や兼井氏、また多くの捕虜たちにとって耐え難い重圧であった。彼らは帰国の許可と引き換えにアクチーブの扇動を受け入れ、「民主化」を実現しようとした。そのなかでは、反軍闘争と称して、罪のない昔の上官や仲間を公然と批判することが強制された。アクチーブに選ばれた兼井氏は、仲間のアクチーブと口裏を合わせて、ソ連側からわからないよう、日本人への批判の手を緩めた。しかし、意に反して反軍闘争に参加したことに、兼井氏はいまでも自責の念を持ち続けている。

現在、鈴木氏と兼井氏は、それぞれ満洲でのソ連軍との戦いやシベリア抑留の体験を紹介する活動を精力的に行っている。両氏のこの取り組みをとおして、これらできごとを知らない若い世代にこの戦争の「記憶」が継承されていくことを望む。

注

（1）満洲電電は、「満洲に於ける日満合辦通信会社の設立に関する協定」に基き、一九三三年八月三十一日、満洲国首都の新京に成立した（営業開始は九月一日）。同社は日満の特殊法人で、満洲の電信・電話・放送、ならびにこれに付帯する事業を経営した。そして、満洲の必要な地に電報局・電話局・電報電話局・無線電報局・通話所・放送局などを設置し、満洲国内の電気通信事業を一元的に管理した（『電電の十年』、満洲電信電話株式会社、一九四三年〔波形昭一・木村健二・須永徳武監修『社史で見る日本経済史 植民地編第33巻』、ゆまに書房〕、三一四〜三一六頁）。

（2）興亜通信工学院は、戦争拡大に伴う、通信技術者の大量養成を目的に、一九四一年四月一日、東京府北多摩郡府中町に設立された。同院を創立したのは私立電気通信工学校で、同校は内閣所管の東亜通信協議会から通信技術者養成の委嘱を受けていた。同院に入学した学生は、本人の希望で特定の官庁、あるいは企業の給費委託生に指定され、在学中は学費のほか、生活費や教科書代が支給された。そして、卒業後は給費を受けた官庁や企業に工員、または技術員として就職することができた（東海大学五十年史編集委員会編『東海大学五十年史 通史篇』、東海大学、一九九三年、三三二〜三三三頁）。

（3）歩兵第百七十八聯隊は、一九四四年六月二十九日に編成完了した関東軍第百七師団の隷下部隊として、第六十五・第七十五・第七十六兵站警備隊を集成して新設された。なお、第百七師団は、第百七十八聯隊以外に、第九十・第百七十七の二個歩兵聯隊、野砲兵第百七聯隊などを擁していた（太田久雄『最後まで戦った関東軍 第百七師団史』、第百七師団史発刊委員会、一九七九年、五八頁）。

（4）一九〇八年に改定された陸軍刑法によると、陸軍軍属は、陸軍文官・同待遇者・宣誓して陸軍の勤務に服する者と規定された（三浦裕史『近代日本軍制概説』、信山社出版、二〇〇三年、一八四頁）。

（5）陸軍燃料廠は、日中戦争の長期化による液体燃料の需要急増を受け、一九四〇年八月一日に設立された組織で、陸軍の使用する燃料の製造・貯蔵・研究・調査などを行った（防衛庁防衛研修所戦史室『戦史叢書33 陸軍軍需動員〈2〉実施編』、朝雲新聞社、一九七〇年、三七九頁）。なお、陸軍燃料廠は発足時、東京府下小石川後楽園近くの旧陸軍砲兵工廠跡地に置かれたが、規模を拡大するため、一九四一年三月、東京府北多摩郡府中町に移転した（石井正紀『陸軍燃料廠』、潮書房光人社、二〇一三年、八七頁）。

（6）陸軍燃料廠は、中国本土での陸軍の作戦用燃料を精製するため、満洲国錦州省錦西県（現在の遼寧省葫蘆島市）に陸軍燃料廠第二工廠を設立した。さらに、同廠は四平市にあった満洲油化工業株式会社を買収して第二分廠（四平製造所）とし、航空ガソリンの製造や人造石油の研究を行った（同右、九七～九九頁）。

（7）一九四五年四月五日、ソ連のV・モロトフ外務人民委員（外相に相当）は、佐藤尚武駐ソ日本大使に対し、日本がドイツの対ソ戦を援助し、かつ、ソ連と同盟国のアメリカとイギリスと交戦状態にあるとの理由で、一九四一年四月二十五日に締結した、日ソ中立条約の不延長を通告した。もともと、同条約は有効期間が五ヶ年で、期間満了の一年前までに締結国の一方が廃棄を告げなければ、さらに五ヶ年延長されることになっていた。よって、このとき、ソ連側が条約不延長を表明しても、条約はあと一年間有効であった（林三郎『関東軍と極東ソ連軍』、芙蓉書房、一九七七年（三刷）、二四三～二四四頁）。

（8）長勢了治『シベリア抑留全史』、原書房、二〇一三年、一五五頁。

（9）本項の編集にあたっては、鈴木英一「ぼくの横道―昭和を歩いて」（未刊）を参考にした。

（10）豊橋市中央図書館では、一九九二年から毎年夏に「『平和を求めて』図書館資料展」と題して、戦争と豊橋にまつわる資料や書籍を展示している。そして、資料展の企画のひとつとして、戦争体験者やその関係者による「戦争体験を語る会」が催されている。

（11）一九八八年五月成立の「平和祈念事業特別基金等に関する法律」を受け、シベリア抑留経験者で組織する、全国戦後強制抑留補償要求推進協議会は、一九八九年三月一日、基金をもとに慰藉事業を運営する、財団法人全国強制抑留者協会（全抑協）を設立した。同協会の活動は、「平和祈念事業特別基金が戦後強制抑留者に関して行う事業等に関する事業の実施」、「抑留関係の資料の収集、出版物の刊行及び講演会の開催」、「戦後強制抑留者に関する調査及び相談事業」、「抑留中に死亡した者の各種慰霊行事への協力」、「その他本協会の目的を達成するために必要な事業」（堀口卓也「日本政府の対応と抑留者の処遇」、戦後強制抑留史編纂委員会編『戦後強制抑留史 第五巻』、平和祈念事業特別基金、二〇〇五年、三八一～三八二頁）の五項目で、抑留体験者による講演会については、一九九五年四月十九日、東京都練馬区の練馬公民館で全抑協会長（衆議院議員〔当時〕）の相澤英之らを講師に招いて第一回目が開催され、現在でも全国各地で精力的に行われている（同右、三八五頁）。

(12) 満洲鉱工青少年技術生訓練所は、一九四一年春、日満鉱工技術員協会が、茨城県東茨城郡鯉淵村興国（現在の水戸市鯉淵町）に開いた訓練施設をいう。ここでは、満蒙開拓青少年義勇軍の生みの親として知られた加藤完治所長の指導のもと、在満鉱工業各社によって日本で技術工として採用された青少年が、満洲での生活に備えるため、約一ヶ月間、義勇軍と同様の訓練を受けた（内原町史編さん委員会編『内原町史 通史編』、内原町、一九九六年、九九八頁）。

(13) 当時、満洲電電チチハル管理局が管轄していた地域は、満洲国龍江省・黒河省・興安東省・興安北省・興安南省・中科爾沁右翼中旗以北にかけての一帯であった（前掲『社史で見る日本経済史 植民地編 第33巻』、三一七〜三一八頁）。

(14) 弱電も強電もどちらとも電気工学部門のひとつであるが、弱電が電話線などおもに通信・エレクトロニクスの分野を指すのに対し、強電は電気エネルギーの発生・輸送・利用およびその応用を扱う分野のことをいう（新村出編『広辞苑 第六版』、岩波書店、七三五頁、一二九八頁）。

(15) 鈴木氏と同じく第百七師団に現地召集されて戦車への体当たり訓練を受けていた千葉賢蔵によると、同師団の実際の戦闘では、戦車に手榴弾を投げ込み、全員突撃で玉砕した部隊があったという（森山康平「昭和二〇年八月九日ソ連侵攻と最後の奮戦」、『別冊歴史読本 第七十三（五六八）号 関東軍全戦史』、新人物往来社、二〇〇一年、一七二頁）。

(16) ノモンハン事件は、一九三九年五月十二日、外モンゴル軍（外蒙軍）が満洲国東部を流れるハルハ河を越えてノモンハン付近に進出し、警備していた満洲国軍と衝突したことに端を発した国境紛争をいう。当時、ノモンハン周辺の国境線はあいまいで、ハルハ河を境とみなした満洲国に対し、外モンゴルはハルハ河を含むノモンハン一帯までが国境であると主張していた。事件発生後、ソ連軍と関東軍も戦線に加わり、大規模な戦闘に発展した。八月二十日から始まったソ連軍の総攻撃では、関東軍第二十三師団がほぼ壊滅するなど、日本側に大きな損害が出た。戦局の悪化を受けて、日本政府は九月十五日、ソ連側と停戦協定を結び、ソ蒙側が主張していた国境線をほぼ認めた（前掲『昭和の歴史 第五巻』、一九九〜二〇五頁）。

(17) 満洲事変以降、関東軍は対ソ戦に備えるため逐次増強され、太平洋戦争が始まった一九四一年、兵力は十四個師団基幹と航空兵団を含め、およそ七十万人に達した。しかし、一九四二年六月のミッドウェーの戦い以後、太平洋戦線でアメリカ軍の反転攻勢が強まると、日本軍は比較的兵力に余裕のあった関東軍から部隊を抽出し、南方に転用させることを決めた。転用は一九四三年後半以降、本格的に行われ、一九四五年に入ると、本土防衛のため、日本国内や台湾などにも部隊が移された（田藤博「追跡・南方戦線で戦った精鋭関東軍の運命」、前掲『関東軍全戦史』、一四二頁）。

(18)　日本では、戦局が悪化の一途をたどった一九四三年以降、徴兵年齢の引き下げや、女子勤労挺身隊（女子挺身隊）の編成など、兵力と労働者を確保するため、男女問わず、幅広い年齢層を戦争遂行に協力させた。これをいわゆる「根こそぎ動員」という（前掲『昭和の歴史　第七巻』、三〇七頁）。

太平洋戦争以後も、比較的政情が安定していた満洲でも、一九四五年七月頃になると、米軍の進攻に備えるため、在満日本人壮年者を「根こそぎ動員」し、南満洲方面での陣地構築や軍事訓練に投入した。南方や本土に部隊を抽出されていた関東軍は、これら召集兵を動員して、終戦直前までにおよそ七十万人の兵員を確保したが、練度や装備などは以前よりも著しく劣っていた（満洲国史編纂刊行会編『満洲国史　総論』、満蒙同胞援護会、一九七〇年、七五七頁）。

(19)　一九四五年七月、第百七師団は、関東軍の作戦計画の変更を受け、司令部をアルシャンからウサコウに移転させた。ウサコウの土壌は岩石質だったため、陣地構築が容易ではなく、ソ連軍侵攻までに塹壕（散兵壕）程度のものしか完成しなかった（前掲『第百七師団史』、七三頁）。

(20)　ソ連侵攻直前の八月六日から八日にかけて、第百七師団隷下の歩兵第九十聯隊は、所轄中隊長や監視哨長からの敵情報告をもとに、ソ連軍側に重大な動きがあることをつかみ、師団司令部参謀部情報係に逐次状況報告を行っていた。その一方、興安特務機関がソ満国境のハルハ河右岸高地に設置した窃話機（盗聴器）からは、ソ連軍の変化を伝える情報が来なかったため、師団司令部は、早期にソ連軍との開戦はないと判断していた。このため、ソ連国境にほど近いアルシャンでは、日曜日にあたる八日、駐屯各部隊に外出許可が下りていた（同右、八〇、八三頁）。

(21)　前日の八月十日、第百七師団の安部孝一師団長は、上級部隊の関東軍第四十四軍司令官の本郷良雄中将から、敵の新軍を妨害するために構築物を破壊しながら、速やかに新京まで後退し、第三十軍の区処の指揮に入るよう命じられていた（同右、一〇八頁）。

(22)　カチューシャ砲は、ソ連製の自走式ロケットの総称名である。呼称をめぐっては、ソ連でロケット砲開発に携わった、ガス・ダイナミック研究所所長の名を取って、A.コスチコス砲と呼ぶ案も検討されていた（遠藤慧編『グランドパワー　1月号別冊　第2次大戦ソ連軍陸戦兵器』、ガリレオ出版、二〇〇七年、一二六頁）。

(23)　マンドリン銃は「バラライカ」とも呼ばれ、一九四一年に採用された、「シュパーギン　ペイ・ペイ・シャ41」（PPSh-41）機関銃のことを指す。プロトタイプのPPShは全長八四〇ミリ、銃身二六九ミリ、重量三・五キログラム、発射速度毎分九〇〇～一〇〇〇発、弾数三十五発（弾倉が箱の場合）、または七十一発（ドラムの場合）で、改良を重ねながら、終戦までにおよそ五〇〇万挺が生産された（同右、九頁）。

(24)　戦闘で玉音放送に接しなかったのは鈴木だけでなく、満洲国東部の牡丹江で負傷兵の治療に当たっていた関東軍第百二十六師団野砲兵聯隊軍医の阪田泰正も、たこつぼ内にいたため玉音放送を知らず、部隊も決死隊を編成するなど、そのまま戦闘を続けていた（阪田泰正「玉音放送は砲弾飛びかう前線には伝わらなかった」、前掲『関東軍全戦史』、一九一～一九三頁）。

(25) 葛根廟事件では、ソ連軍戦車隊十数輌による機銃掃射により、居留民を率いていた浅野良三をはじめ、約一〇〇〇人が殺害された。そして、事件現場から脱出できたのはわずか二〇〇人で、婦女子約九十名は現場付近に留まった（中山隆志「ソ連軍の侵攻」、戦後強制抑留史編纂委員会編『戦後強制抑留史　第一巻』、平和祈念事業特別基金、二〇〇五年、一六二頁）。

(26) 日本降伏後も通信途絶のために戦闘を続けていた第百七師団を捜索していたソ連軍飛行機は、チチハル南西一〇〇キロメートルのイントール付近で同師団を発見した。このとき、イントールのソ連軍第二百二十一狙撃師団が第百七師団に接近していたため、飛行機は両師団の真ん中の草原に強行着陸し、同乗していた関東軍参謀から第百七師団の安部師団長に停戦命令が伝達され、狙撃師団にも攻撃中止命令が発せられた（前掲「昭和二〇年八月九日ソ連侵攻と最後の奮戦」、『関東軍全戦史』、一七二～一七三頁）。

(27) 終戦直後の一九四五年八月十六日、ソ連最高指導者のスターリンは、戦争で敗れた日本軍将兵をソ連領内に連行せず、現地に留め置くよう、幹部らに指示した。しかし、一週間後の二十三日、スターリンは「九八九八号命令」を発して、労働に耐えられる日本軍将兵五十万人を連行するよう命じた。「九八九八号命令」が出された理由については、スターリンが望んでいた北海道北半分の占領をアメリカ大統領のトルーマンが拒否したことへの対抗とする説や、すでに十六日の命令の有無に拘わらず、「九八九八号命令」の実施は最初から決まっていたという説などがある。これについて、堀口卓也によると、「九八九八号命令」が発令される二日前の二十一日、チャムス（佳木斯）に集結していた日本軍の大隊の一部が、ソ満国境を通過していたことから、ソ連は「九八九八号命令」をはじめから実行するつもりであったのではないかと推察している（堀口卓也「日本軍降伏の状況」、前掲『戦後強制抑留史　第一巻』、一九一～一九二頁）。

(28) 太平洋戦争開戦からおよそ五ヶ月後の一九四二年五月七日、本間雅晴中将率いる陸軍第十四軍は、米軍が立て籠もっていたフィリピン・バターン半島を攻略した。その際、第十四軍は護送用の車輌を十分に用意していなかったため、捕虜となった米軍将兵約七万人を徒歩で移動させたが、炎天下のなかでの長距離行軍と、食糧不足により、捕虜二万七〇〇〇人が亡くなった（吉田裕・森茂樹『戦争の日本史23　アジア・太平洋戦争』、吉川弘文館、二〇〇七年、一一八～一二〇頁）。

(29) 終戦後、チチハル周辺に集結した日本軍部隊は、鈴木氏が所属した第百七師団以外に、第百十九師団、第百二十三師団、第百四十九師団、独立混成第八十旅団、独立混成第百三十六旅団、第四軍直轄部隊、第二航空軍の各関東軍部隊で、第百七師団を含め、残存兵数は二万六千人にのぼった（「戦後ソ連領に抑留された軍人軍属等の移送状況一覧」、厚生省社会・援護局援護50年史編集委員会監修『援護50年』、ぎょうせい、一九九七年、五〇五頁）。

(30) ここでいう収容所とは、のちにシベリアでの捕虜生活の場所となった強制収容所ではなく、戦勝国となったソ連が日本人捕虜をとどめ置くために設けた集結地のことをいう。集結地は終戦直後の一九四五年八月十九日にソ満国境のジャリコヴォで日ソ軍事代表者が集まって開かれた停戦会議でソ連側の提案で決定された（前掲『シベリア抑留全史』、七八～七九頁）。集結地となったのは、拉古・牡丹江・ハイリン（海林）・東京城・蘭崗・掖河・敦化・金蒼・延吉・間島・チャムス・孫呉・北安・ハルピン・綏化・嫩江・チチハル・プクト（博克図）・ハイラル（海拉爾）・吉林・新京（長春）・公主嶺・四平・奉天（瀋陽）・鞍山・海城・錦州・承徳（以上、満洲）、三合里・秋乙・美勒洞・古茂山・宣徳・富坪・五老里・興南（以上、朝鮮）、大泊・豊原・敷香（以上、南樺太）、幌筵・占守・松輪・得撫・色丹・択捉（以上、千島）の計四十五ヶ所であった（前掲「日本軍降伏の状況」、『戦後強制抑留史 第一巻』、一九〇～一九一頁）。

(31) 鈴木を含め、チチハルから捕虜としてソ連に送られた日本軍兵士は、一九四五年九月十八日から、十一月十六日の間にソ満国境を通過した（前掲『援護50年』、五〇五頁）。

(32) チチハルからシベリアに移送された日本人捕虜は、ハラグン以外に、ステレンスク、タイセット（タイシェート）、クラスノヤハスク、カダラ、アバカン、ウランウデ、アルマアタの各収容所に入れられた（同右、五〇五頁）。

(33) ソ連邦内部人民委員部が一九四五年九月二十八日付で発した「日本軍軍事捕虜用食料給与基準布告」によると、鈴木のような兵に対する一日当たりの当初の食糧給与量は、黒パン三〇〇グラム、米三〇〇グラム、雑穀一〇〇グラム、味噌三十グラム、肉五十グラム、魚一〇〇グラム、植物性油十グラム、砂糖十五グラム、茶三グラム、塩十五グラム、野菜六〇〇グラムと規定されていた。さらに、労働のノルマが達成されると、それに応じて給与量が割り増しされた。しかし、実際の給与量は地域や収容所によってまちまちで、おおむね規定の半分から七～八割程度しか与えられなかった（阿部軍治「抑留者たちの収容所生活」、戦後強制抑留史編纂委員会編『戦後強制抑留史 第三巻』、平和祈念事業特別基金、二〇〇五年、二二一～二二五頁）。

(34) 当初、ソ連は日本人抑留者に対する旧軍の制服・階級章・勲功章の着用、ならびに元将校の特別扱いなどを認めていたが、民主運動の過程でこれら特権はすべて剥奪された。これら動きは、一般的にソ連側の働きかけによって始まったが、鈴木の収容所のように、自主的に特権をなくした事例は、チタ州ノヴォパヴロフカの収容所など、ほかにも存在した（前掲『シベリア抑留全史』、三五〇～三五二頁）。

(35) 本来、民主化とは「体制や機構が民主的に変わること、また、そのようにすること」（前掲『広辞苑 第六版』、二七二四頁）をいうが、ソ連がシベリア日本人抑留者に対して行った民主運動は、「共産主義の思想教育を中心とする組織的な工作」であった（龍澤一郎「思想教育」、前掲『戦後強制抑留史 第三巻』、二二五頁）。すでに、ソ連は一九三九年九月二十三日決裁の「軍事捕虜収容所条例」の中で、捕虜収容所の基本任務として、捕虜に対する扇動・宣伝工作と大衆文化工作の実施を挙げていて、実際、戦時中にドイツ軍捕虜に対する反ファシズム洗脳工作を行っていた（同右、二二九～二三〇頁）。

(36)　ソ連極東の不凍港として知られていたナホトカは、一九四六年十一月二十七日に結ばれた「米ソ暫定協定」により、真岡（南樺太）・元山（朝鮮）・咸興（同）、大連（中国）とともに、シベリア抑留者の引揚げ港のひとつに指定された（前掲『シベリア抑留全史』、四一二頁）。

(37)　日本に引揚げるためにナホトカに集められた日本人捕虜は、引揚船が港に到着するまで、四ヶ所の収容分所でさまざまな検査や思想教育を受けた。たとえば、第一分所では「赤旗の歌」や「インターナショナル」といった革命歌を歌ったり、反ファシスト批判大会に参加させられたりした。そして、帰国前には、捕虜たちがスターリンやソ連軍当局へ感謝状を贈り、今後も共産主義者として活動することを誓わされた（同右、四二九～四三一頁）。

(38)　ソ連はシベリア抑留者の日本送還開始後も、できるだけ日本人捕虜を労働者として確保するため、一九四八年四月十二日、「一九四八年の日本人捕虜の本国送還について」を発し、引揚げ予定の日本人捕虜のうち、元特務機関員や戦時中にソ連に対する軍事攻撃を仕掛けた元将兵などを摘発し、再び抑留者としてシベリアの収容所に送り返した。（同右、四一九～四二二頁）。長期抑留者は一九五五年の「日ソ共同宣言」で日本送還が決定された（同右、四六一頁）。

(39)　本項の編集にあたっては、兼井成夫氏から提供していただいた自筆手記（未完）を参考にした。

(40)　一九三六年八月、日本政府は懸案となっていた日本の人口過剰問題や農村不況などを解決するため、今後二十年間に百万戸を目標とする満蒙（現在の中国東北部一帯）への農業移民計画を重要国策とすることに決定した（満洲国史編纂委員会編『満洲国史 総論』、満洲同胞援護会、一九七〇年、六三三、六三八～六三九頁）。しかし、実施初年度の一九三七年に日中戦争が勃発し、働き手の壮齢男性が続々と兵役に召集されたことから、計画の実現が危ぶまれた。このため、日本政府は満蒙開拓青少年義勇軍（満蒙へ渡った後は、満蒙開拓青少年義勇隊に名称を改めた）を創設し、一九三八年から二十歳未満の青少年を訓練したうえで、満蒙へ入植させた（同右、六四九～六五〇頁）。

(41)　一九四五年二月のヤルタ会談で、米英とドイツ降伏後の対日参戦の密約を交わしたソ連は、ドイツ降伏後、それまでヨーロッパ戦線に向けていた兵力を急いで極東方面に反転させた。その結果、対日参戦前のソ連極東軍の兵力は、前年末と比べて約二・五倍の百五十万人に膨れ上がった。一方、一九四五年四月にソ連から日ソ中立条約の不延長を通告された日本は、同年九月頃が対ソ関係のもっとも危険な時期になると判断した。しかし、陸軍中央と関東軍は日ソ中立条約がまだ有効であることやソ連極東軍戦力を過小に評価していたことから、ソ連の対日参戦はまだ先であるとみていた（楳本捨三『全史・関東軍』、経済往来社、一九七八年、二八四～二八五頁）。

(42) ソ連参戦時、東部ソ満国境を守備していた関東軍第五軍は、十日、激しさを増すソ連軍の侵攻を防ぐため、牡丹江沿線の掖河に主力を後退させ、新しく陣地を構築した。しかし、前線で第五軍の麾下部隊の陣地がソ連軍に蹂躙され、掖河近くまで戦火が及んできたことから、十五日、第五軍主力は戦力保持のため、掖河から横道河子方面に撤退した（防衛庁防衛研修所戦史室『戦史叢書73 関東軍〈2〉―関特演・終戦時の対ソ戦』、朝雲新聞社、一九七四年、四三三～四三七頁）。

(43) 牡丹江周辺に住んでいた日本人約六万人は、ソ連参戦直後に関東軍から図們経由で北朝鮮方面へ退避するよう指示が出たうえ、牡丹江方面を守備していた関東軍第五軍が奮戦してソ連軍の進軍を遅らせたため、戦乱に巻き込まれずに済んだ（同右、四〇八頁。前掲「昭和二〇年八月九日ソ連侵攻と最後の奮戦」、『関東軍全戦史』、一七〇頁）。

(44) 横道河子に撤退していた関東軍部隊は、十七日、同軍第一方面軍司令官から停戦命令が伝えられ、即日、ソ連軍の武装解除を受けた（前掲『関東軍〈2〉』、四七四頁）。

(45) 戦争の長期化により低下した日本軍将兵の士気回復と戦場道徳を正すため、一九四一年一月、東條英機陸相は、「戦陣訓」を全陸軍に布達した（吉田裕『アジア・太平洋戦争 シリーズ日本近現代史6』、岩波書店、二〇〇七年、一四九頁）。「戦陣訓」は三つの「本訓」で構成されていた。そのなかの「本訓其の二」の「第八　名を惜しむ」には、「恥を知る者は強し。常に郷党家門の面目を思ひ、愈々奮励して其の期待に答ふべし。生きて虜囚の辱を受けず。死して罪禍の汚名を残すこと勿れ」とあり、捕虜になることが家門を汚す恥であるとして、敵に投降することを許さなかった（「戦陣訓」、歴史教科書教材研究会編『歴史史料大系　第Ⅰ期 近・現代の日本　西欧・アジアとの関係を探る　第14巻　太平洋戦争3　アジア各地での戦争』、学校図書出版、二〇〇一年、四八一頁）。

(46) 一九二七年秋、ソ連で公的機関に対する農民の不満をきっかけに食糧難が発生すると、ソ連中央指導部は、生産意欲を失った農民をコルホーズと呼ばれた農場に入れて集団化させ、そこで生産された穀物を強制的に買い取った。この農業集団化で農業生産量はかえって減少し、これまであった共同体的農村社会も破壊された（池田嘉郎『山川歴史モノグラフ14　革命ロシアの共和国とネイション』、山川出版社、二〇〇七年、二一四頁）。

(47)『日本新聞』は、日本人捕虜に対する反ファシズム思想の教育を目的に、ソ連赤軍政治部がハバロフスクで創刊したタブロイド版の日本語新聞で、一九四五年九月十五日から一九四九年十二月三十日まで、一時期を除く週三回発行された。編集長はのちにソ連共産党中央委員会国際部副部長として対日政策を担当したイワン・ワレンコフで、編集部の日本人スタッフには、シベリア民主運動の中心人物で、「シベリア天皇」とあだ名された浅原正基（ペンネームは諸戸文夫）や矢浪久雄（ペンネームは相川春喜）など、元左翼活動家がいた。創刊時、新聞は二ページ建てで、ソ連の宣伝や日本をはじめとする各国の共産党の情報、戦犯や戦争犯罪に関するニュースなどを多くのせていた。しかし、一九四六年二月二十八日に新聞が四ページ建てとなって以降、天皇制や日本軍国主義の批判など、思想宣伝の色合いが強調された内容となった（前掲『シベリア抑留全史』、三四一〜三四九頁）。

第二章　ビルマ・ブーゲンビル・フィリピン

三　インパール作戦に従軍して(1)

話し手　岩瀬《いわせ》　博《ひろし》

岩瀬博氏

〈岩瀬 博略歴〉

一九二〇（大正九）年八月十三日、愛知県豊橋市一色《いっしき》町生まれ。愛知県豊橋中学校（現愛知県立時習館高校）在学時、陸軍航空隊パイロットを志す。卒業後、名古屋の三菱重工業名古屋発動機製作所（現三菱航空機株式会社）に勤務する。一九四〇（昭和十五）年に徴兵検査を受け甲種合格し、一九四一（昭和十六）年、豊橋歩兵第十八聯隊第四中隊に入隊する。まもなく、部隊改編で岐阜歩兵第六十八聯隊に転属し、さらに、同年十月、豊橋陸軍教導学校に入校する。半年後、同校卒業と同時に歩兵科から航空兵科に転科し、一九四二（昭和十七）年三月、岐阜第一航空教育隊教官に着任する。同年十一月、千葉柏第四航空教育隊の初年兵二四〇人をビルマ（現ミャンマー）に転属させるための輸送指揮官に任じられて日本を離れる。

一九四三年（昭和十八）一月、ラングーン（現ヤンゴン）到着後、ミイトキーナの第三航空軍第五飛行師団派遣隊長(2)に任命され単独で同地へ転進し、さらに、マウビ飛行場に移動したときにインパール作戦（「ウ」号作戦）に動員される。作戦中は第三十三師団の山本募《やまもとつのる》少将率いる山本支隊（山本兵団）に従ってタム飛行場に移動し後方支援を行う。一九四四（昭和十九）年七月三日、作戦中止命令受領後、ウントー、メイクテーラ、シュエボ、モールメンなどに後退し、終戦後、モールメンで拘留される。一九四六（昭和二十一）年七月帰国。

はじめに

本章は第三航空軍第五飛行師団派遣隊長としてインパール作戦に従軍した岩瀬博氏の戦争体験談である。インパール作戦とは大東亜戦争中の一九四四年三月上旬から七月三日までのおよそ四ヶ月間、日本軍占領下のビルマとインド（印緬）国境付近で行われた、日本軍とイギリス軍による一連の戦いをいう。

一九四三年二月中旬、日本軍占領下のビルマ北部に、イギリス陸軍のO・ウィンゲート准将率いる第七十七インド旅団、通称ウィンゲート旅団が進攻し、ミイトキーナ鉄道を破壊しながらイラワジ河（現在のエーヤワディー河）を渡り、そのまま中国国境付近にまで突き進んだ。ウィンゲート旅団の目的は来たるビルマ方面へのイギリス軍の反転攻勢のための偵察と準備にあった(3)。

この事態にビルマ北部を守備していた第十五軍司令官の牟田口廉也《むたぐちれんや》中将は、これまでの防衛方針を転換し、インド東部インパール方面へ戦線を拡大することで、イギリス軍のビルマ進攻を抑えるべきであると主張した(4)。この牟田口の考えに大本営や南方軍は当初否定的であったが(5)、ビルマ方面軍司令官の河辺正三《かわべまさかず》中将が牟田口を擁護し、東條英機首相兼陸相も全面的に支持したため(6)、結局、実行に移されることになった。

八月、大本営の指示を受けて、南方軍はビルマ方面軍にインパール作戦の準備命令を下した。作戦構想(7)は、第十五軍所属の第十五師団・第三十一師団・第三十三師団を投入して、ビルマ西部のチンドウィン川西岸を確保しながらインド国境に進入し、アラカン山脈を抜けてインド東部のインパールを占領するというものであった。また、作戦部隊への補給については、後方からの輸送が困難とされたため、作

戦開始時に各部隊に携行できるだけの弾薬と食糧を持たせ、そのほかの荷物は後に食糧にできる牛や羊に積ませて運んだ。(8)

一九四四年三月中旬、第十五師団の作戦部隊は、インパール攻略を目指して行動を開始した。(9) しかし、五月頃からイギリス軍が四個師団および航空兵力を動員して反撃を始めると、後方からの補給が無かった日本軍は、徐々に苦戦を強いられた。このような状況にも拘らず、牟田口は各師団に進撃を命じたが、戦局を打開できず、一方で、軍命に従わなかった師団長を病気などの理由で罷免して、作戦軍全体に混乱を招いた。(10)

ビルマ方面軍は七月三日に作戦の中止を命じた。しかし、長期の戦闘で体力が低下していた兵士たちは、雨季による川の氾濫や、道路の途絶で行く手を阻まれ、退却の途中で力尽き、次々と命を落とした。それら兵士の白骨化した死骸が退却する道筋に延々と続くように残ったため、この道は別名「白骨街道」と呼ばれた。この作戦による死傷者は、参加兵数の約七割にあたる、七万二〇〇〇人余りにのぼった。(11)

岩瀬氏が所属した第三航空軍第五飛行師団（一九四二年四月以前は南方軍総司令部所属の第五飛行集団）は、大東亜戦争開戦後、南方軍のもとでフィリピンの戦い（比島作戦、M作戦）に参加し、マニラ陥落後はタイに拠点を移して、第十五軍のビルマ進攻に協力した。(12)

一九四四年初め、第五飛行師団はビルマ方面軍および第十五軍との間で協定を結び、インパール作戦実行に向けた準備に入った。(13) なお、このときの第五飛行師団の戦力は、全六個戦隊で飛行機総数一九六機（うち、多少の整備を必要とする可動機十九機、不良機三十機）、操縦士一九五人（将校七十一人、准士官を含む下士官一二四人）であった。(14)

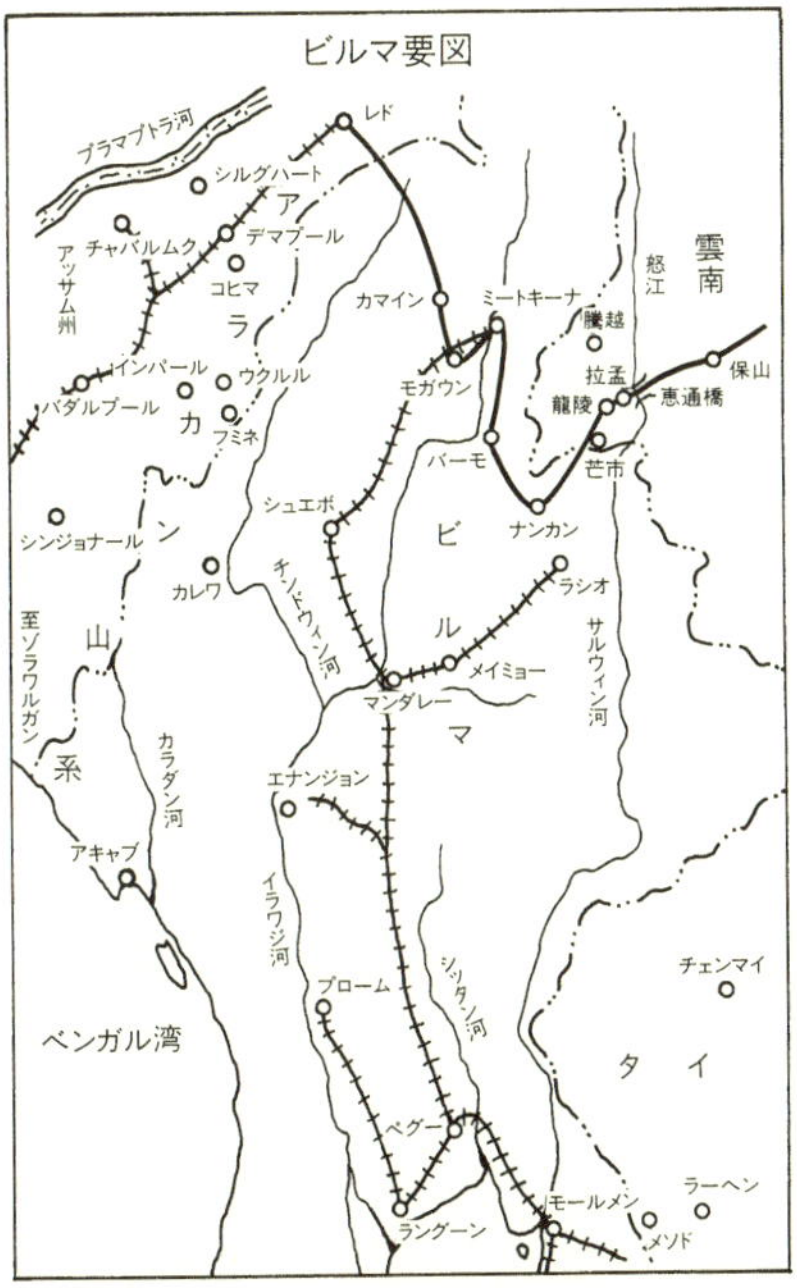

ビルマ要図（野口省己『回想ビルマ作戦』、光人社、2000年、13頁）

三月十五日、第十五軍とともに作戦を開始した第五飛行師団は、第十五軍のチンドウィン河の渡河を掩護するとともに、シンチアール飛行場やモーニン飛行場などを攻撃し戦果を挙げた。(15) 一方、五月に反攻に出たイギリス軍は、十七日、ミイトキーナ飛行場を奇襲占領し、ビルマ北部で活動を展開していた第五飛行師団に脅威を与えた。(16)

六月になって雨季が本格化すると、第五飛行師団は十七日にインパール飛行場への攻撃を最後に、インパール方面への進撃が困難となり、作戦協力を中止した。(17)

一九四三年一月、第五飛行師団派遣隊長に任命されてインパール作戦に参加することになった岩瀬氏は、第三十三師団山本支隊に従って前線まで赴き、作戦中止後は悪路のなか、「白骨街道」を抜けて生還した。

これまでインパール作戦に関する研究や回想録はいくつかあり、作戦の全容はおおよそ明らかとなっているが、個々人の体験にはいまだ知られていない事柄があり無視できない。この点で岩瀬氏の証言は、史料に現れないインパール作戦の実相を知るうえで、極めて重要なものといえる。

陸軍航空隊パイロットを志す

――インパール作戦は大東亜戦争の中でも特に悲惨な戦いでした。そのため、今日でもこの戦いは一体何だったのかという問いがよく議論されます。多くの兵士が命を失うなか、戦いに参加した岩瀬さんの体験談は大変貴重なものかと思います。

若干記憶に誤差があるかもしれませんが、私の知る限り、あるいは体験したことだけお話します。

――よろしくお願いします。戦いの様子についてうかがう前に、岩瀬さんが兵士になった頃のことをまずお聞かせください。岩瀬さんはそもそも豊橋のお生まれですか。

はい。私は豊橋の一色町というところで生まれました。一色町は豊橋の南部の農村地帯で、生まれは大正九（一九二〇）年八月十三日です。水呑百姓の七人兄弟の六番目で、兵隊になったのは昭和十六年、つまり一九四一年の四月でした。

――そうすると、昭和十五年に徴兵検査を受けられたわけですね。

はい。豊橋中学を出たあと、名古屋の三菱重工業名古屋発動機製作所に就職しましたが、二十歳のとき徴兵検査で甲種合格し、豊橋歩兵第十八聯隊第四中隊に入りました。入隊すると、中隊長が豊橋中学で教練を担当していた先生だったので驚きました。もう初めから中隊長と私は師弟の関係ができていたわけで、私ははじめから名前を憶えられていました。

第四中隊に入ってまもなく、私は岐阜第六十八聯隊に転属を命ぜられ、さらに六十八聯隊から豊橋の陸軍教導学校[18]に派遣されました。この学校は、あとになって豊橋第二予備士官学校と名前が変わりましたが、私が行っていた頃は教導学校と呼ばれていました。

入校したとき、私は歩兵科でしたが、卒業するときに航空兵科に転科し、岐阜の各務原にあった第一航空教育隊に配属されました。なぜ航空兵科に移ったのかというと、私は幼い頃からパイロットになるのが憧れだったからで、中学の頃に何遍か試験を受けたことがありました。でも、そのときは肺活量がなくて落ちてしまいました。パイロットというのは頭も体格もよくないといけないし、目もよくないといけない。眼鏡を掛けていては駄目なんです。中学を出たあと、三菱重工に勤めたのも、飛行機に触れることができたからでした。

――教導学校で思い出に残っていることはありますか。

やはりいちばんの思い出は、卒業演習で尖兵長《せんぺいちょう》を務めたことです。尖兵長とは、要するに行軍のときに先頭に立って本隊の安全を確保する役で、当時の教導学校の教育目標のひとつが尖兵長を養成することでした。

演習では鉄道訓練をしながら、豊橋駅から貨車積みをして、蒲郡まで行って貨物を降ろしました。そこで私はある酒屋さんに泊めてもらいました。兵隊さんが泊まるということは、一般の民家では大変なことで、みんな大歓迎してくれましたし、兵隊としてもそういうのがいちばん楽しいひとときでした。

その翌日は、夜行軍で高師ヶ原演習場に戻って、朝着いてから野営をして、さらに早朝突撃をして演習を終えました。尖兵長をやったからか、私の卒業成績もまんざらではありませんでした。

ビルマへ転属

昭和十七（一九四二）年三月、各務原の第一航空教育隊に配属されると教官に任じられました。でも、教えたのは航空の専門教育ではなく、一般の訓練を担当しました。それが、十一月になって、千葉県の柏にあった第四航空教育隊の初年兵二四〇人をビルマに転属させるための輸送指揮官に任命され、日本を離れることになりました。

――ビルマまではどのように行かれたんですか。

まず、柏で初年兵を受領してから、彼らを連れて広島の宇品まで移動し、そこから船に乗りました。ビルマに着くまでにいくつかの港に立ち寄りました。最初に到着したのが台湾の高雄でした。当時の高雄は平和そのもので、空襲のようなものもありませんでした。高雄では内地で見たことないほどたくさんのバナナが売っていました。私も三十円払ってバナナを籠いっぱいに買って食べましたが、仲間の中には、バナナを食べ過ぎて下痢になった者もいました。

高雄で数日間過ごしたあとは、バシー海峡を通過し南方に行きましたが、ここがとても危険でした。そこには敵の潜水艦がいて、私たち船団の通信を傍受しながら待ち構えていました。私たちの船でもブザーが鳴り響いて危険を知らせていましたが、幸いにも攻撃を受けることはありませんでした。

バシー海峡を抜けたあとは、ラングーンを目指して進み、その途中でサイゴン（現在のホーチミン市）に立ち寄りました。サイゴンというのは海岸から七十キロメートルくらい奥に入るので、田んぼの間を通る川を蛇行しながら船で進みました。あの辺りの川は深いことで知られていました。川の湾曲しているところを船のうしろから見ると、まるで船が田んぼの中を航行しているように見えて面白い風景でした。

そして、サイゴンの港に着くと、原住民が船の上の私たちにビンを投げるよう手招きをしてきたので、私は彼らに向かって投げると、子どもたちがわいわい泳いで取りにきました。子どもが競争して取り合いっこするのを見るのが楽しかったです。ビンを売って小遣いにでもしたのでしょう。

上陸したサイゴンは、当時フランスの植民地（仏領インドシナ）だったので、町が立派でした。町中を歩きましたが、そこで奇異に感じたのはトイレでした。トイレに行くと薄い竹が置いてあって、紙がないから代わりにその竹でお尻を拭かなければなりませんでした。内地では考えられなくて面白い習慣でした。

サイゴンを出たあとはシンガポール（日本占領時の呼称は昭南島）にちょっと立ち寄りました。テンガーという飛行場があったんですが、そこに三日間泊まりました。シンガポールというのは別世界でした。物資はあるし、景色はいいし、治安も問題ありませんでした。テンガーでは毎日パイナップルを食べました。南方にはそういった果物がたくさんありました。果物の中でいちばんうまかったのはドリアンで、臭かったけど、ほんとうに好きになりました。

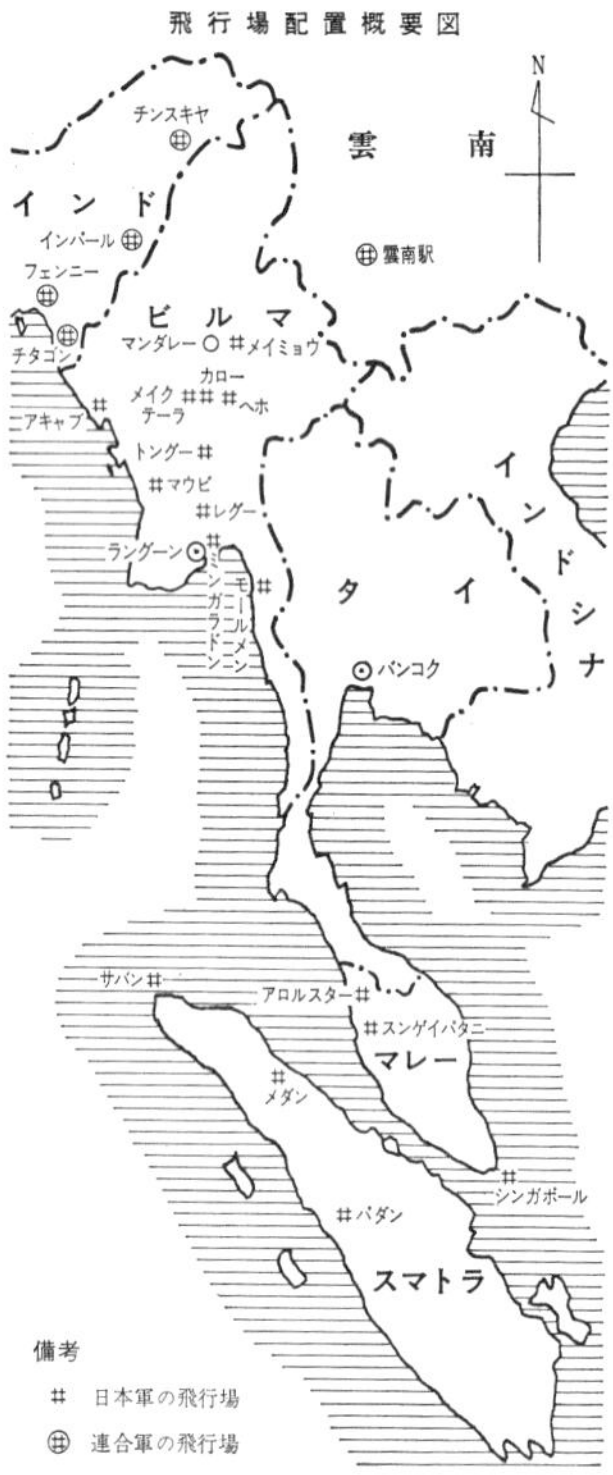

飛行場配置要図（防衛庁防衛研修所戦史室『戦史叢書 15　インパール作戦―ビルマの防衛―』、朝雲新聞社、1969 年、51 頁）

それからペナン島にも渡って、そこでも二、三日泊まり、さらにそこから、ラングーンに行きました。上陸後、すぐに初年兵を配属先に引き渡すと、今度はミイトキーナに前進するよう命令を受けました。ミイトキーナはビルマの北の外れで、そこには在ビルマ第五飛行師団の派遣隊があって、私はそこの派遣隊長に任命されました。

私がミイトキーナに着いたとき、派遣隊は五十人くらいの地上勤務者しかいませんでした。でも、そこには日本の軍隊しかいなかったので平和でした。ミイトキーナの近くにはイラワジ河が流れていましたが、そこに三〇〇〇トンくらいの大きな船が上ってきていました。内地では考えられない光景でした。ミイトキーナにいて面白かったのは、川に手榴弾を投げ入れて爆発させ、驚いて浮かんできた魚を捕まえたことでした。これを見ていた原住民たちが私たちに近づいてきたので、お前たちにも魚をやるからと、船に乗ってうしろから手榴弾を川に投げてあげました。原住民も喜ぶし、結構こっちも楽しかったです。

それから少しして、マウビに移動しました。近くにペグー（現在のバゴー）の涅槃像（シュエターリャウン寝仏）というのがありますが、マウビはその近くにありました。そこに行ったときにインパール作戦の動員がかかりました。

インパール作戦に参加

――岩瀬さんはどのようにインパール作戦に関わったんですか。

作戦が始まると、私はインパール地区で飛行場に勤務をして、友軍の飛行機が離着陸できる下準備をやる命令を受けました。それで、私は師団のあとをついていくことになりました。

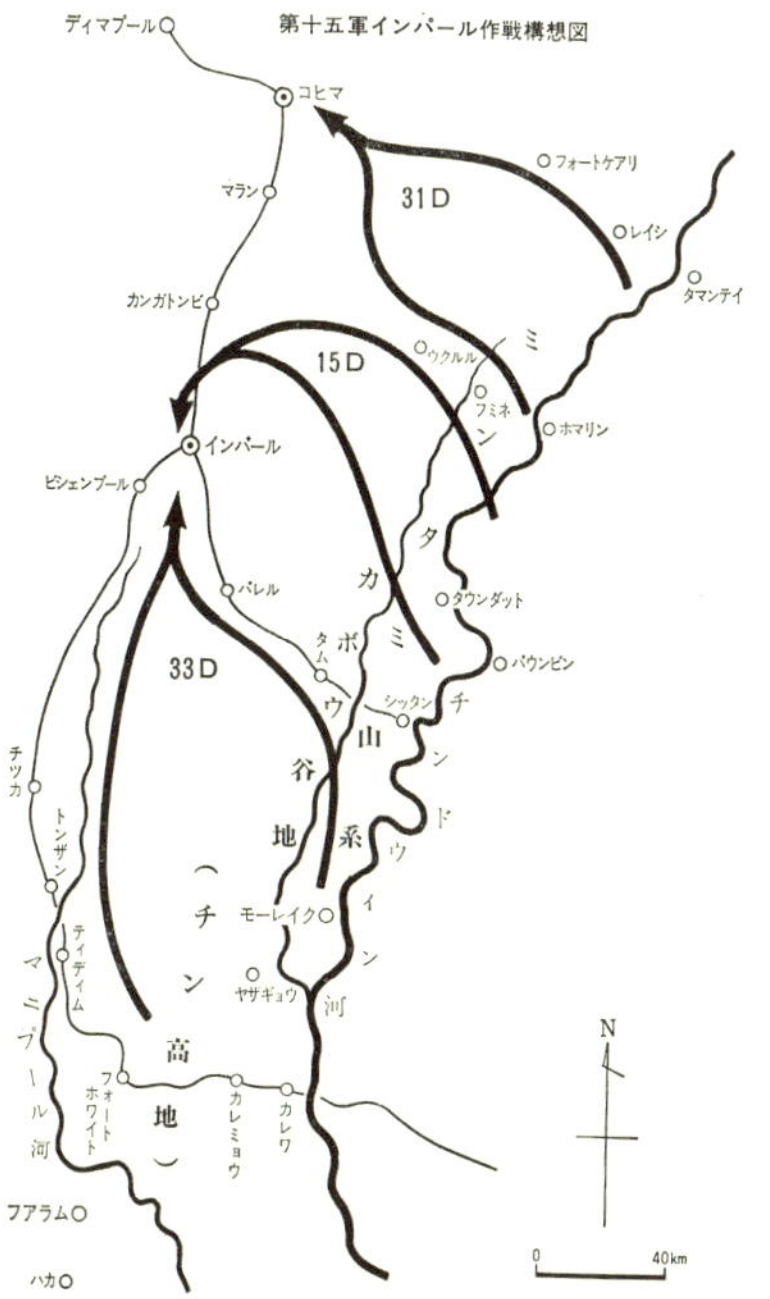

インパール作戦での第十五軍の作戦構想図（防衛庁防衛研修所戦史室『戦史叢書 15　インパール作戦―ビルマの防衛―』、朝雲新聞社、1969 年、108 頁）

――どのように移動したんですか。

はじめは自動車で移動しましたが、それは制空権下のマンダレー付近まででした。そこまでは日本軍の戦場占領地で治安はよく、昼間も行動ができました。しかし、北の方に向かうと敵の制空権下に入ったので、昼間は分散して隠れ、夜になってようやく動くことができました。

――インパール作戦は補給がうまく行かず、みんな病気になって倒れていったといわれていますが、そのとき補給はどうなっていたんですか。

まだそのとき分はみんな食糧を持っていました。出発するときにだいたい二十日分くらいの量を持って行きました。しかし、それが尽きると今度は後方からの支給がなければ食べる物がなくなる危険がありました。

――岩瀬さんがついていったという師団はどれですか。

第三十三師団の旭部隊です。山本支隊といいました。山本募少将の部隊です。第三十三師団には柳田元三《やなぎだげんぞう》という師団長がいました。

師団のうしろについていって、マンダレーからイエウに進み、さらに、そこから奥に入り、印緬国境の街のタムというところに着きました。そこには飛行場があり、私たちはそこをずっと本拠地にして待機していました。そこから七十キロメートルくらい先に山本支隊の砲兵隊が進出していて、私たちは先遣隊として、その砲列のすぐうしろにつくことになりました。

第五航空師団派遣隊長のときの岩瀬氏

前線が占領したらそれに従って進むことになっていましたが、そこから先は一歩も行けませんでした。こちらが大砲を撃つと、向こうから一〇〇倍になって返ってきました。ずいぶんと砲撃されました。それでも、そこに五十日くらい待機していました。

——その間、食糧などの物資はありましたか。

食糧は敵が退避していったとき置いていった缶詰がありました。ハムとかいろいろとです。その缶を拾って食べました。でも部隊全員分あったわけではありませんでした。自分が携行していったものは、すぐには食べず、ゆっくりゆっくり引き延ばして、ちょっとずつ食べました。

でも、さすがに待機が長引くと体調を崩す者が現れ、そういうのは後送、つまり、後ろに下げました。後ろには野戦病院がありましたが、野戦病院と言ってもちゃんとした病院があるわけではありませんでした。ジャングルの中にあっても本当にお粗末で、赤チンがあるくらいでした。

——亡くなられた方の遺体はどうされたんですか。

亡くなる者も最初は少なかったので、初めは穴を掘って埋めていました。しかし、そのうちそれでは収拾がつかなくなったので、最後には遺体の小指を切ってそこに名前を書いて持ち帰ることにしました。

——岩瀬さんの部隊は結局何人残ったんですか。

私たちの部隊は、はじめ五十人でしたが、結局、七人か八人しかいなくなりました。みんな風土病でやられて、アメーバ赤痢、それに脚気、あとマラリア。この三つにやられると、身動きが取れなくなって戦力にならなくなるので後送しました。そうなると、さっき言ったように、野戦病院に送られるんですが、病院みたいな施設はないので、そこで死を待つのみでした。

――岩瀬さんのお体は大丈夫でしたか。

私は食事したあとに必ず炭を食べることにしていました。炭は体内で不要なものを吸収するんですよ。それを私は毎食欠かさずやっていました。

――岩瀬さんおひとりで炭を食べていたんですか。

いや、食べる人は食べていました。でも、寿命もあります。あの時分は将校だろうが兵隊だろうが、第一線に出ると差別はなくなっていました。かえって将校のほうがひどいくらいでした。兵隊さんを何とか帰さないといけない、生きて帰らさなければならないとか考えていました。

――岩瀬さんと一緒にいた前線の砲兵隊はどうなったのですか。

その砲兵隊もそのうち人数が減っていきました。もうバラバラで軍隊の統制はとれていませんでした。撤退するときは爆撃されないように、おのおの川を渡るために集まりました。でも、ビルマの川というのはとにかくすごい。日本の川に比べて想像を絶するくらい深くて、しかも流れが急でした。おまけにちょうど雨季になってしまいました。はじめは、雨季になるまでにとにかくインパールを取ろうということになっていましたが、それがうまくいっていませんでした。

前線からの撤退

――では、どのようにして前線から撤退したんですか。

雨季だから車も通れなくなったので、歩いていくしかありませんでした。川に差し掛かると、すでに工兵隊が来ていて、夜間だけ鉄舟で渡してくれました。私たちは部隊行動をして兵隊も連れていて、おまえたちは戦力になるというので、優先的に渡らせてもらいました。

でも、前線から三々五々戻ってくる兵士の中には銃も持ってない、飯盒ひとつで本当にふらふらしているような者がいて、そういうのは戦力にならないから渡らせませんでした。

――渡らせなかったんですか。そういう兵士たちはどうなりましたか。

置き去りです。置き去りにしておくと敵の飛行機が来て彼らを狙うんです。(19) 爆弾を落としたりして、みんなやられてしまいました。おかげで、日本兵の死体の山があちらこちらにできて、おまけに雨季だったので、死体の穴の開いたところはハエだらけでした。ハエがたかるとすぐウジが湧いて、三日くらいで食われて白骨になってしまいました。

――想像するだけでもひどい状況ですね。

本当にそうです。はじめは気の毒でかわいそうだと思いました。でも、いたるところに死体があるので、だんだん慣れてきて、そのうち、あんまり何も感じなくなってしまいました。申し訳ないけど。こっちもいつ死ぬかわかりませんでした。

このときのことで、ひとつ記憶に残っていることがあります。まだ川の渡河点の前にいたときに、ひとりの兵隊さんが私のところに来て、カンパンをくれませんかとねだってきました。そのとき、私はまだ撤退したばかりだったので、私は持っていた官給品のカンパンを一袋分けてやりました。そうしたら、その兵隊は貯金通帳を出してきて、これを受け取ってくださいと言ってきたのです。私は、「馬鹿を言うな、カンパンは官給品で売り物ではないから、おまえにやる」と言って申し出を断りました。でも、その兵隊はカンパンを食べて死んじゃったかもしれない。確認はしていませんが、とにかく何も食べてない状態で前線から戻ってきて、そこでもってカンパンを食べると、体がおかしくなってしまうのです。

たぶん、その兵隊さんは、うまいうまいと食べて死んでいったと思います。やはり、兵隊も飯を食べている者と食べていない者では全然違う。昔からの兵士は飯を食べているし、鍛えられているから生き残りましたが、若いのは体力的に弱かったからよく死にました。当時は猫も杓子も召集で来ていたので、そういう人たちはお気の毒だけど、インパールに死ににきたようなものでした。

――非常に悲惨な戦いであることがわかります。ところで、岩瀬さんはいつ頃、この作戦がおかしいと思うようになりましたか。

それは、五十日間前線にいたのに、全然進まなかったときです。もうこれは駄目だと思いました。たまたま、本隊から許可が下りて、早めに基地飛行場のタムに戻ることができたので助かったのかもしれません。それにしても、敵は飛行機を使って補給路を断ってきたんですから、第一線に補給が続かないわけです。

――そのとき、作戦指導は牟田口軍司令官を中心にやられていることはご存知でしたか。

牟田口さんがあれやれ、これやれと言っていたことは知っていました。それにしても、作戦は部隊内で実に評判が悪かった。第三十一師団の佐藤幸徳《さとうこうとく》中将が、これ以上天皇陛下の赤子を殺生することはできないと言って、戦線を後退していったことは有名ですね。

――そのことはどこで知りましたか。

現地で聞きました。それも無理はないと思いました。

――結局、岩瀬さんはどういうルートで撤退されたんですか。

渡河点で工兵隊の鉄舟で川を渡って、それから徒歩でずっと進みました。歩いたのはタムからシッタンというところまでで、だいたい一ヶ月くらいかかったと思います。

――そのとき、食べ物はどうなされたんですか。

食べ物は持っていきませんでしたが、道のあちこちに筍が生えていて、それをばかり食べていました。

あまりに食べ過ぎて、体が黄色くなってしまいました。さいわい、飯盒は持っていったので、それで筍を炊いて、炊いたあとの炭は飲んで、アメーバ赤痢菌を防いでいました。面白いのは、戦地に行くと大砲の薬莢の中にある硝薬があちこちに転がっていて、それを使って火を焚いていました。

――撤退するときは雨季だったそうですから、歩くだけでも大変だったのではないですか。

それはもう大変でした。タムから後方に移動するとき、新しい編上げ靴を履いていきましたが、最後にはボロボロになって裸足になってしまいました。でも裸足では痛いから、みんな足に脚絆を巻きつけていました。戦争で負けるというのは本当に悲惨で、この世の地獄です。

――撤退するときに、現地の住民や動物に襲われたりはしませんでしたか。

山の中だから人はほとんどいませんでした。だいたい、インパールは標高が高かったんで、危ない動物にも出会いませんでした。話に聞いたのは行軍中に誰かが虎に襲われたらしいということでした。そういえば、猿は目にしました。集団で梢の間を渡っていくと嵐が来たような音がしたのを憶えています。何百匹という猿が群れをなして梢を渡るから、敵の飛行機が来たのかと思いました。

――実際に、逃げるときに敵の飛行機に狙われたことはありますか。

逃げるときにはありませんでしたが、タムの飛行場に着いたときにはありました。爆撃を受けました。敵の飛行機が二機編隊で街道を荒らしながら行ったり来たりしていて、その一機を私らの高射機関銃が撃ち落としてしまいました。残る一機はずっと旋回して私らを確認して去っていきました。あとでまた来るだろうと思っていたら、三十分後に、急降下爆撃機が十二機も来て、我々の陣地に向かって突っ込んできたんです。

これはもう参った、お陀仏かと思いましたが、なかなか弾というのは当たるものではないですね。十二機も突っ込んできたのに、ひとりも死にませんでした。みんなひとり用のたこつぼに入って助かりました。もちろん、土はかぶるけど、ひとりも犠牲者は出ませんでした。命拾いをしました。

そもそも、私がはじめにタムの飛行場に着いたときには、すでにモスキートというイギリス軍の木製飛行機が二機が焼かれていました。どうやら、敵はタムがまだ日本に占領されていないと思って着陸したら、日本軍がすでに占領していたんです。

パイロットはすでに死んでいたんですが、それは私がタムの飛行場に入るとき、夜間に自動車に乗り前進していたら何かを轢いてしまい、車を降りてそれをよく見てみたら、そのパイロットの死体でした。私が戦争中に敵の死体を見たのはこれが初めてでした。

――そのタムの飛行場に日本軍の飛行機はなかったんですか。

そのときには、第五飛行師団は戦闘能力がなく、戦力を補給するために司令部がタイまで戻っていて、(20)第一線に協力することもできなくなっていました。

もうひとつ、タムの飛行場の話をすると、そもそも、タムの飛行場は印緬国境の田んぼの中にあり、地面が悪かったので、鉄板を敷き詰めてできていました。あるとき、私がその飛行場の滑走路を調査していたところ、私の目の前に砲弾四発が飛んできたんです。私は狙撃されました。ちょうど滑走路の真正面にちょっと小高い山があって、そこに敵の観測兵がいたらしいんです。

私があっちに逃げると撃ってきて、こっちに逃げても撃ってきて、ついには橋の下にもぐり込んで助かりました。もし、大砲が当たっていたら木端微塵でした。私らが飛行場に入ったときには、三キロメートル先が第一線になっていたから、敵がいたんです。

——三キロメートルですと、本当に目と鼻の先でしたね。

だからいつまた飛行場を狙撃されるかわからなかったので、重機関銃を飛行場の入り口に設置して寝ました。暗号書も盗られてはいけないから、燃やす準備もしました。でも、結局敵は飛行場まで来ることはなく、侵略されずにすみました。

——シッタンからはさらにどのように撤退したのですか。

シッタンからさらに一ヶ月間、ジャングルの中を歩き続けて、ウントーというところに着きました。そこからは鉄道で安全なところまで行き、ビルマの中央部分にあるメイクテーラまで戻りました。そこには大きな飛行場が四つもありました。そこに偶然ですが、鳥居という豊橋中学の頃の剣道の先生がいました。先生はビルマ防衛軍（ビルマ国民軍）(21)を指導するために来ていました。珍しいこともあるものだと思っていましたが、しばらくしたら、先生は防衛軍兵士の寝返りに遭って殺されてしまいました。(22)

――それはお気の毒なことです。

そう思います。それから、シュエボ飛行場に行くと、第五飛行師団から連絡があり、おまえらはインパールまで行って疲れただろうから、任務に就かず戦力を回復せよと命ぜられました。それで三ヶ月間そこにいましたが、結局、何もやりませんでした。それが終わると、今度はモールメンへ向けて進みました。

モールメンはビルマの南端で、ラングーンとマンダレーに次ぐ、ビルマ第三の都市でした。そこに日本側の飛行場がまだ残っていて、私はそこの派遣隊長に任命されました。

――この派遣隊長は第五飛行師団の配下ですか。

いや、師団司令部はそこになく、結局、ビルマ方面軍の指揮下に入れられました。参ったのは、私がモールメンに着いたとき、敵に占領されたラングーンから、ビルマ方面軍の木村兵太郎司令官[23]が飛行機でモールメンに逃げ込んできました。そのときの木村司令官は帽子を飛ばしたままで走ってきて、まったく軍人のさまになっていませんでした。

でも、そんな情けない姿とはいえ、木村司令官は陸軍中将だったので、私はしっかり敬礼をして、司令官のために自動車を用意しました。司令官もモールメンに逃げてきたという負い目があったのか、派遣隊長の私に向かって、「お世話になります」と言ってきました。

――司令官が逃げ込んでくるくらいですから、モールメンはまだ安全だったのですね。

はい。最後まで安全でした。終戦はそこで迎えました。昭和二十（一九四五）年八月十四日に日本が戦争に負けたことは聞きました。そのとき、モールメンの飛行場に敵の戦闘機が強引に着陸してきました。ちょうど、私が軍司令部の会議に出席していたときで、飛行場の方でバリバリと機関銃の音が聞こえてきました。敵機は実弾を撃っていませんでしたが、モールメンの飛行場の高射砲の陣地に向かって攻撃するように突っ込んで来たので、私らの方が実弾を撃っていたのです。バリバリというのはその音だったんです。だから、私は緊急の電話で「とにかくもう戦争に負けたんだ。もう撃っちゃならん」と電話で怒鳴りつけました。来たのはイギリス軍の飛行機でしたが、あれを撃ち落としていたら戦争犯罪でした。当たらなくてよかった。

――降りてきたパイロットとは何かやりとりをしたのですか。

いや、何もない。でも私の宿舎から軍刀を持ち去っていきました。後日、武装解除のときに、「何月何日に飛行機で来たパイロットに軍刀を持っていかれたから、武装解除をしても軍刀は差し出せません」と申告したら了解されました。

十一ヶ月の抑留生活

――武装解除を受けてからはどうされていたんですか。

モールメンに十一ヶ月間抑留されていました。(24) だけど、助かったと思ったのは、シベリアでは抑留者が苛酷な重労働を強いられていましたが、さすがにイギリスは紳士の国で、そういうことはされませんでした。作業も何もしなくていいと言われ、飯も朝昼晩出ましたし、将校連中と麻雀ばかりやっていました。それで十一ヶ月そこで過ごし、日本に戻りました。

――ビルマからどこに引き揚げてきたんですか。

広島の大竹海兵団（宇品引揚援護局大竹出張所）です。そこへモールメンから船で着きましたが、そこの人たちから、「あんたたちみたいに健康体な帰還兵は見たことない」と言われました。たしかに、普通、帰還兵はひょろひょろしていました。大変な労働を強いられた連中が多かったからです。特にシベリアからの帰還兵はそうでした。でも、私らは作業もせずにいいものを食べていたから、丸々太って帰ってきました。

――大竹に到着してからはどうなされましたか。

まずは三日間終戦処理の手続きをして、それで家に戻りました。昭和二十一（一九四六）年の七月だったと思います。私は、十七年末に日本を発ってから、一度も帰国していませんでした。大竹から家に何月何日に帰るって電報を打ったら、親父が毎日駅で私が来るのを待っていてくれたそうです。でも、とうとう駅では会えず、家で会いました。やっぱり親子の愛情というものはいいものです。申し訳ない、涙がこみ上げてきてしまいました。

インパール作戦を振り返って

今から思い返すと、インパール作戦というのは本当にひどかった。特に牟田口さんは作戦能力がなかった。あるとき、牟田口さんの方から、第五飛行師団に航空戦力を出すようお願いしにきました。でも、こちらとしては、今それに出せる飛行機がないから作戦に協力できない、作戦はやるべきでないと言って中止を要請しました。やっても無駄だと。現代戦で飛行機の支援がなくては勝てるはずはない。

――制空権がなければ、いくら地上で戦ってもどうしようもありませんからね。

そうです。どうしようもない。制空権を取られたら陸上は身動きがとれなくなる。牟田口さんはそこがよくわかってなかったのでしょうね。(25) 第五飛行師団の師団長は田副登《たぞえのぼる》という中将(26)でしたが、その人はよくわきまえていました。作戦に協力はできないと断ったけど、一応、私を派遣して最小限の協力はしようとしました。でも、そもそも無理な話でした。

――飛行師団は本当に何も作戦に協力しなかったのですか。

基本的に協力しませんでしたが、一回だけ川を渡るときに出動したらしいです。

――それにしても、インパール作戦は結果的に失敗だったとはいえ、日本側の被害が尋常ではありませんでした。このことについてはどうお考えになりますか。

単なる失敗では済まないと思います。陸軍は責任を取ってない。牟田口さんは帰ってもクビにならずに士官学校校長になってしまいました。[27]ビルマ方面軍司令官の河辺さんも反省してない。死んだ者にとってはたまったものではありません。野垂れ死にみたいな恰好です。さっきも言ったように、飯盒ひとつ持って、あとは雨の中を靴も履かず裸足になって逃げて、本当に敗残兵そのものでみじめでした。私は比較的おしまいまで戦闘には直接参加しなかったから、それほどみじめというわけではありませんでしたが。とにかく、負け戦というのはひどいものです。戦争はやってはいけない。

※

インパール作戦は無謀な作戦目標や兵站の軽視など、数々の問題点をはらみながら実施された。その結果、日本軍はイギリス軍に惨憺たる敗北を喫した。岩瀬氏の証言により、インパール作戦の前線の様子や、兵士らの悲惨な撤退の状況の一端を探ることができた。

さらに、岩瀬氏の証言で注目されるのが、第五飛行師団派遣隊長という立場から見た、インパール作戦での航空部隊の運用の実態についてであった。

すでに、インパール作戦発動に際し、作戦を事実上仕切っていた第十五軍の牟田口司令官は、近代戦において必須とされた制空権の確保を軽視し、作戦を強行した。これに対し、第五飛行師団は、作戦に最低限でも協力するため、岩瀬氏を前線に派遣した。

しかし、実際は作戦の協力どころか、飛行場の確保もままならず、飛行師団自体もすでに戦闘能力を失っていた。この一点だけ見ても、インパール作戦が、いかに見通しの甘い杜撰な戦いであったかがわかる。

注

(1) 本章は岩瀬博・広中一成「戦史史話 インパール作戦に従軍して―元第三航空軍第五飛行師団派遣隊長・岩瀬博インタビュー―」(『軍事史学 第四十九巻第四号』、錦正社、二〇一四年三月、一一〇〜一二七頁)を加筆訂正したものである。
(2) 第五飛行師団は、一九四二年四月十五日、南方軍総司令部の編成改正により、第三航空群司令部が新設されると、同軍の戦闘序列に入った(防衛庁防衛研修所戦史室『戦史叢書94 陸軍航空の軍備と運用〈3〉―大東亜戦争終戦まで―』、朝雲新聞社、一九七六年、三三〜三四頁)。第五飛行師団は、同年六月二十七日、南方軍総司令部麾下の第五飛行集団を改編して発足した。
(3) 防衛庁防衛研修所戦史室『戦史叢書15 インパール作戦―ビルマの防衛』(朝雲新聞社、一九六九年)五三〜五五頁。
(4) 同右、九〇頁。
(5) 同右、一〇五〜一〇七頁。
(6) 藤原彰「4 インパール作戦」、今井清一『太平洋戦争史5 太平洋戦争Ⅱ』(青木書店、一九七三年)、二五〇頁。
(7) インパール作戦の基本構想は、第十五軍の牟田口司令官が発案し、作戦関係者から批判を受けたものの、牟田口に信頼を置く、河辺ビルマ方面軍司令官の一存で最終的に認められた(前掲『インパール作戦』、一一〇頁)。牟田口の案は、作戦軍の重点をビルマ北方に置いたところに特徴があった(同、一二九頁)。これはインパールより北のコヒマからディマプールを越えて、アッサム州に進攻するという、牟田口の壮大な野望によるものであった(同、九〇〜九一頁)。
(8) 前掲「インパール作戦」、『太平洋戦争史5』、二五一頁。
(9) 前掲『インパール作戦』、四二三頁。
(10) 前掲「インパール作戦」、『太平洋戦争史5』、二五一〜二五二頁。佐藤第三十一師団長は、作戦部隊の全滅を避けるため、四月下旬、第十五軍からの転進命令を拒絶した(前掲『インパール作戦』五〇九〜五一一頁)。これを理由に七月九日に師団長職罷免の電命を受けた佐藤(同右、六二五頁)は、そのあと、軍法会議にかけられたが、精神錯乱を起こしたとして不起訴となり、十一月二十三日に待命、翌二十四日に予備役に編入された(同右、六六〜六一九頁)。
(11) 前掲「インパール作戦」、『太平洋戦争史5』、二五二頁。

(12) 防衛庁防衛研修所戦史室『戦史叢書61　ビルマ・蘭印方面第三航空軍の作戦』、朝雲新聞社、一九七二年、一一～一四頁。
(13) 同右、四二九～四三〇頁。
(14) 同右、四三一頁。
(15) 前掲『インパール作戦』六七〇頁。
(16) 前掲『陸軍航空の軍備と運用〈3〉』一九七頁。
(17) 前掲『インパール作戦』、六七〇頁。
(18) 陸軍教導学校とは下士官（将校と兵の間に位置する階級）を養成する機関で、一九二七年の「陸軍教導学校令」に基き、仙台・豊橋・熊本に設置された（寺田近雄『完本　日本軍隊用語集』、学研パブリッシング、二〇一一年、二一三頁）。豊橋陸軍教導学校は、一九二七年八月一日の開校以来、宇垣軍縮で廃止された愛知県渥美郡高師村の第十五師団歩兵第六十聯隊旧兵営内にあった（前掲『軍都豊橋』、二一九～二二〇頁）が、日中戦争勃発後、入校生が増加し、さらに、一九三九年八月二十五日に豊橋陸軍予備士官学校が豊橋陸軍教導学校に併置されて設立されたことから、一九四一年七月、豊橋市西口町の陸軍作業場跡地に移転した（同右、二三八～二四二頁）。
(19) 一九四四年五月以降、ビルマ戦線で反撃に転じた英軍は、戦闘機や爆撃機でビルマの戦場から撤退する日本軍兵士に機銃掃射を繰り返したり、エンジン音の静かなボーファイター重戦闘機を使って、低空で忍び寄り、機関銃やロケット弾などで日本兵を襲った（A＝スワンストン・M＝スワンストン〔石津朋之・千々和泰明監訳〕『アトラス世界航空戦史』、原書房、二〇一一年、二七〇頁）。
(20) 実際、このとき第五飛行師団はラングーンにあり、隷下飛行部隊をタイや仏領インドシナなどに移して、戦力を回復させていた（前掲『インパール作戦』、六七二頁）。
(21) ビルマ防衛軍は、成立が予定されていたビルマ行政府の正規軍として、日本軍軍政下の一九四二年七月二十八日に編成された（防衛庁防衛研修所戦史室『戦史叢書5　ビルマ攻略作戦』、朝雲新聞社、一九六七年、四五六頁）。防衛軍の前身は第十五軍のビルマ進攻に協力したビルマ独立義勇軍で、防衛軍編成に際し、義勇軍の中から日本の徴兵検査に準じて選抜された少壮強健な約三〇〇〇人が兵士となった（同右、四五二～四五三頁）。なお、ビルマ防衛軍は、一九四三年八月一日にビルマが独立すると、ビルマ国民軍に改編された。インタビューの中で岩瀬氏は、インパール作戦から撤退したときに、偶然ビルマ防衛軍の指導にあたっていた恩師と会ったと述べているが、これはビルマ国民軍の誤りと考えられる。
(22) ビルマ独立義勇軍の創設者で、ビルマ独立後、ビルマ国国防大臣を務めたアウンサンは、以前からビルマ独立をめぐる日本軍のやり方に不満をもっていた。日本軍がインパール作戦を中止すると、アウンサンはイギリス軍側に寝返ることを決意し、一九四五年三月二十七日、ビルマ国民軍を率いて親日のバー・モウ政権に反旗を翻し、抗日戦を開始した（今井武夫『昭和の謀略』、原書房、一九六七年、二一七〜二一九頁）。

（23）ビルマ方面軍司令官としてインパール作戦の実施を決めた河辺正三中将は、インパール作戦中止後の一九四四年八月三十日、参謀本部附に転出し、後任には軍事参議官兼兵器行政本部長を務めていた木村兵太郎中将が親補された（前掲『インパール作戦』六七九頁）。

（24）捕虜の取り扱いについて定めたハーグ陸戦法規（「陸戦ノ法規慣例ニ関スル条約」）では、捕虜を得た場合、その国は捕虜に対し、自国の軍隊と同等に給養する義務を負うとされた（前掲『シベリア抑留全史』、一〇四頁）。しかし、戦後、連合国は膨大にのぼる日本人捕虜への給養提供を回避するため、捕えた将兵を捕虜ではなく、「降伏日本人」（Japanese Surrendered Personnel: JSP）として扱い、日本側に管理を任せて負担を軽減させた（同、一一一頁）。

（25）インパール作戦実施前、牟田口は第五飛行師団の劣勢と歩兵による突撃戦法への自信から、第五飛行師団に対し、作戦初期のチンドウィン河の渡河のときだけ制空すればよいと述べ、航空協力に期待をしていなかった（前掲『ビルマ・蘭印方面第三航空軍の作戦』、四三〇〜四三一頁）。

（26）田副はインパール作戦実施前に行った空中偵察で、インパール作戦が将来のビルマ防衛に支障をきたす恐れがあるとして、河辺と牟田口に作戦の延期、または中止を求めたが、ふたりともこの意見を黙殺した（野口省己『回想ビルマ作戦』、光人社、二〇〇〇年、七五頁）。

（27）実際には、牟田口は一九四四年八月三十日に第十五軍司令官から参謀本部附に転出後、十二月二日に予備役に編入され、一九四五年一月十二日、陸軍予科士官学校長に着任した（外山操編『陸海軍将官人事総覧（陸軍篇）』、芙蓉書房、一九八一年、一七六頁）。

四　我が青春の足あと——ブインの防衛(1)

話し手　片山《かたやま》　学《まなぶ》

片山学氏

〈片山学略歴〉

一九二六年、愛知県宝飯郡豊川町（現在の豊川市）生まれ。一九四一年十二月、海軍志願兵(2)に合格し、一九四二年五月、日本海軍呉鎮守府大竹海兵団に入団する。練習艦「浅間」(3)乗組を経て、同年十二月、第一根拠地隊(4)（一根）第十二防空隊員として、ソロモン諸島ブーゲンビル島（ボーゲンビル島。現在はパプアニューギニア領）ブインに派遣される。一九四五年八月二十日、オーストラリア軍に降伏し、その捕虜となる。一九四六年二月十日、ソロモン諸島マサマサ島捕虜収容所から空母「葛城」(5)に乗船して帰国。

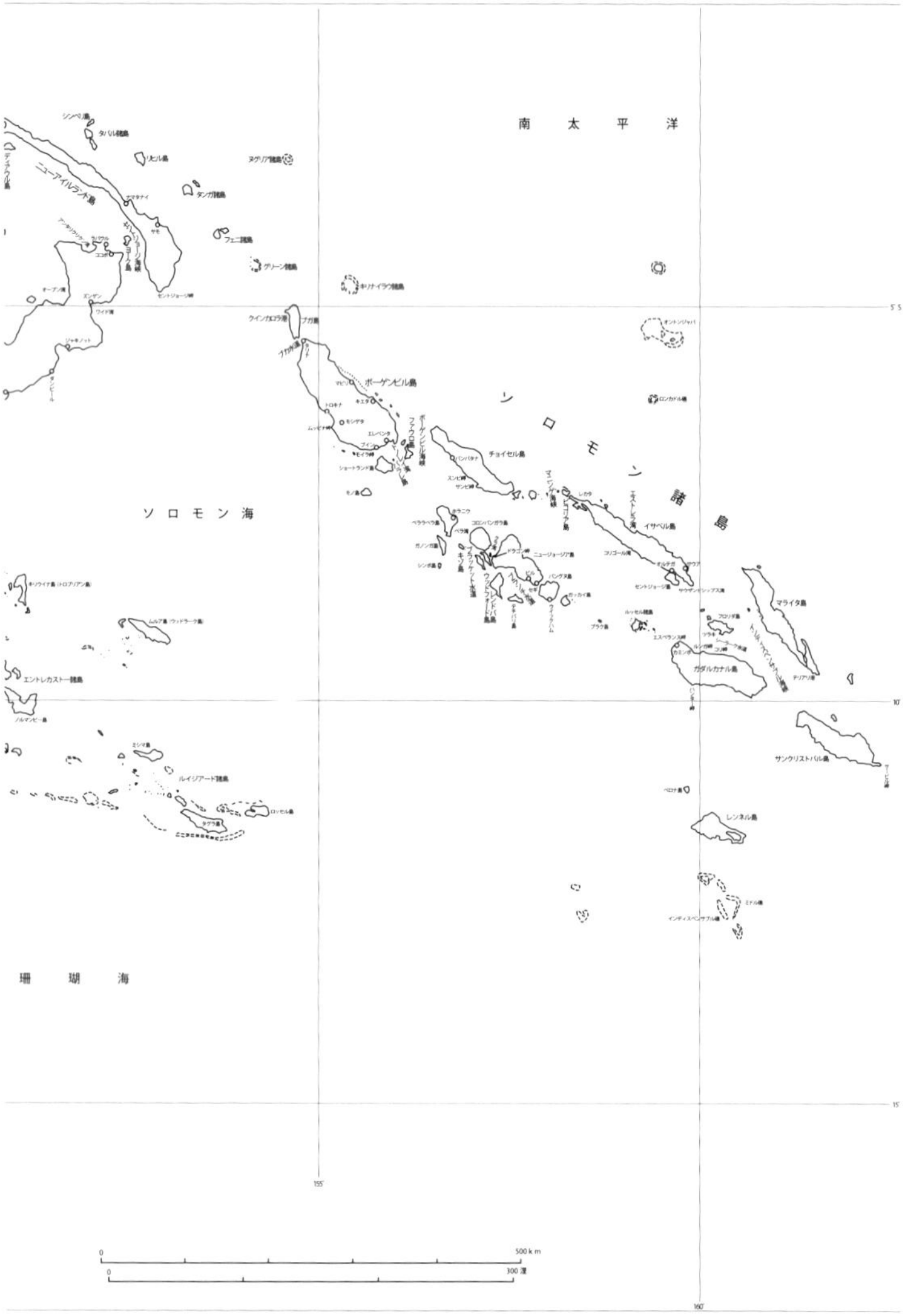

ソロモン諸島とその周辺
（防衛省防衛研究所戦史室『南東方面海軍作戦〈3〉―ガ島撤収後―』、朝雲新聞社、1976年、付図第一）

はじめに

本章は、太平洋戦争下のソロモン諸島ブーゲンビル島のブインで日本海軍航空隊基地の防衛にあたっていた片山学氏の体験談である。

ソロモン諸島はオーストラリア大陸の北東、南緯五度から十一度にかけて広がる列島群(6)で、ブーゲンビル島は東西約一八〇キロメートル、南北約六十キロメートルに及ぶ、同諸島最大の島(7)であった。

太平洋戦争開戦後、日本海軍は南洋方面の日本軍の最重要拠点であった東カロリン諸島トラック島の防衛と、南太平洋方面からの連合軍の攻撃を阻止するため、一九四二年一月二十三日、航空基地のあったニューブリテン島のラバウルに上陸し、これを占領した。(8)さらに、日本海軍はラバウルの防衛を強化するため、三月三十一日、ニューブリテン島の南にあったブーゲンビル島を攻略し、(9)設営隊を派遣して同島南部のブインに航空基地を設置した。(10)

同年六月五日のミッドウェー海戦で主力空母四隻を失った日本海軍は、当初の計画であったニューカレドニア・フィジー・サモア方面の進出（FS作戦(11)）を諦め、ニューギニア東部とソロモン諸島の航空戦力の整備拡充を進めた。(12)そして、日本海軍はSN作戦と称して、八月五日、ソロモン諸島南部のガダルカナル島に飛行場を建設し、制空権の強化を図った。(13)

これに対し、南太平洋方面の奪回を目指していた連合軍は、飛行場完成直後の七日、米海兵団をガダルカナル島に上陸させた。(14)そして、一九四三年二月七日に日本陸軍が完全に撤退するまで、日本軍と連合軍は同島の支配をめぐる壮絶な戦いを繰り広げた。

「大和」軍艦旗を納めた木箱

「大和」軍艦旗の前に立つ片山氏

片山氏がブイン航空基地の防衛に就いた頃、ソロモン諸島の制空権は連合軍に握られつつあり、片山氏は終戦まで毎日のようにブイン上空に現れる米軍機の攻撃に悩まされた。その防衛のさなか、片山氏は日本海軍連合艦隊の山本《やまもと》五十六《いそろく》司令長官の遭難事件に出くわした。

赤道直下の南洋の島で、片山氏はどのような戦いを経験し、また、どのようにして日本に戻ってきたのだろうか。

零戦(15)飛行場の防衛

——片山さんは、「大和」(16)の軍艦旗をお持ちだそうですね。

はい、これがその旗です。この旗はもともとトラック島にあって、島が米軍に占領されたときに鹵獲《ろかく》されたものです(17)。戦後、旗がアメリカのオークションに出されているのを見つけ購入しました。

——とても貴重な品物ですね。片山さんは海軍出身とうかがいました。

そうなんですが、私は学校を出てから一年くらい豊川海軍工廠(18)

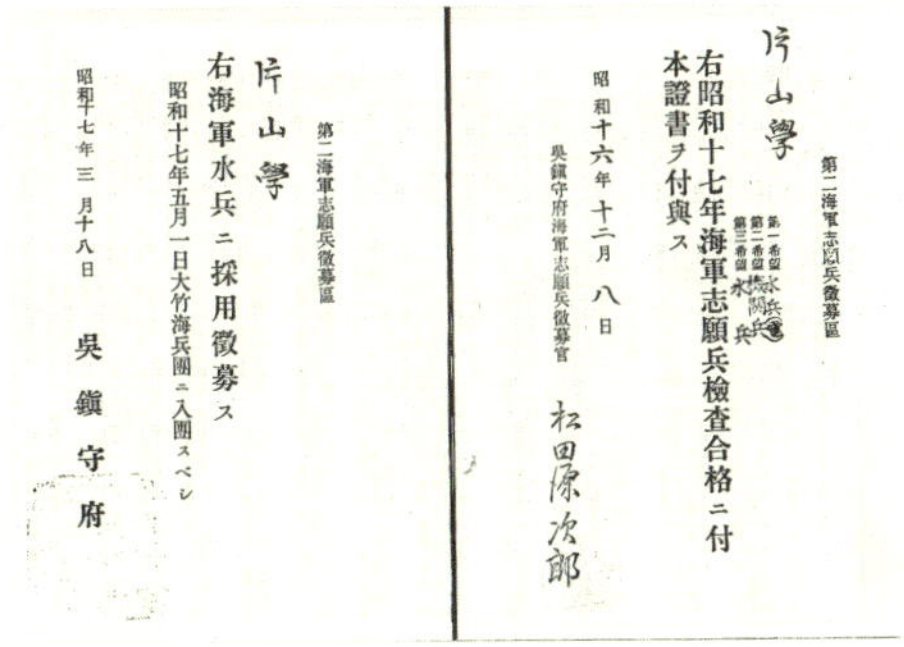

第二海軍志願兵徴募區

片山學

第一希望 水兵
第二希望 機関兵
第三希望 水兵

右昭和十七年海軍志願兵檢査合格ニ付
本證書ヲ付與ス

昭和十六年十二月八日

呉鎮守府海軍志願兵徴募官

松田源次郎

第二海軍志願兵徴募區

片山學

右海軍水兵ニ採用徴募ス
昭和十七年五月一日大竹海兵團ニ入團スベシ

昭和十七年三月十八日

呉鎮守府

上：海軍志願兵に合格した片山氏は、合格証を携えて大竹海兵団に入団した。左：大竹海兵団入団直後の片山氏

で海軍の兵器を作っていました。でも、こんなところにいてもお国ためにはならんだろうと思って、泥臭かったけど、志願兵として戦地に行くことを決めて、海軍の試験を受けたんです。

試験があったのが、ちょうど真珠湾攻撃の日で、牛久保の小学校の講堂に呼び出されて、朝から晩まで試験を受けました。口頭試問が終わったあと、試験官の海軍少佐から「貴様、合格」と言われたときは本当にうれしかったね。

それから、呉の大竹海兵団で新兵教育を受けて、昭和十七（一九四二）年の十二月に、第十二防空隊に編入されて、ブーゲンビル島のブインに行くことになりました。

——ブインとはどういうところなんですか。

ブインはブーゲンビル島の南にある町で、そこには日本海軍の誇る零戦（零式艦上戦闘機）の飛行場[19]があって、私たちの部隊はその飛行場を防衛するよう命じられました。

ブーゲンビル島はソロモン諸島の中でもいちばん大きな島なんですが、何しろ、そこは内地から六〇〇〇キロも離れたところで、私たちが島まで行くのに、南海の小島を船でいくつも伝っていか

大竹海兵団第十四分隊第十二教班員一同。前列左から３人目が片山氏

なければなりませんでした。おまけに、いつ米軍機の攻撃があるかわからなかったので、移動のたびに対空装備を輸送船に積み下ろししなければならず、その作業はみんな私たち兵隊の仕事だったんで、余計に大変な思いをしました。

――そのときは、米軍機に襲われなかったんですか。

途中で危ない目には遭いましたが、私が配置についた頃のブインの辺りは、まだ我が海軍の制空権が強かったので、敵機も日中はやたらとブイン方面まで侵入してくることはありませんでした(20)。でも、安心してはいられないので、対空装備をブインの岸に降ろすのに、目立つ桟橋は使わず、大発(21)を少しずつ使って、ヤシ林のある砂浜に近づけて荷揚げをしました。重い荷物があると、大発の船底が下がって、砂浜に近づけなくなるので、陸上で待っていた兵隊が海中に入って、大発から荷物を肩に担いで、少しでも大発が軽くなるよう努力しました。仲間のなかには重たい二十五ミリ機銃（九六式二十五ミリ対空機銃(22)）の銃身をひとりで担ぐ猛者《もさ》もいました。

それで、上陸が完了すると、小隊長たちがブイン飛行場の防衛陣地の場所を定めに出かけ、飛行場の東海岸に陣地が作られることになりました。東海岸は私たちが上陸した地点からかなり距離があったので、陣地構築の命令が出ると、みんな朝早くから必死で荷物を運んで、何日かかったか憶えていませんが新陣地を作りあげました。直射日光の下で作業をしたので、みんな顔がまっ黒になりました。でも、まだこのときは戦地に着いたばかりだったので、全員元気そのものでした。

でも、そんな平和な軍隊生活も長くは続かず、十八年に入ると、襲来してくる米軍飛行機の数がだんだん増えてきて、煙の立たない日はないという状況になりました。昼は米軍艦載機の来襲、夜は大型機の爆撃で休む暇すらありませんでした。

まるで、定期便みたいに敵機がやってくるたびに、ブイン全体に空襲警報が鳴り響き、それを聞いて、各部隊は対空戦闘の準備にかかりました。ジャングルの中から探照灯で敵機を照らすと、機体が夜空に浮かび上がり、それをめがけて我が方は高射砲や機銃を撃ち込みました。

敵機は初めの頃、音響爆弾を使って我が軍の心理攪乱を図りました。空高くからヒルヒルヒューと風を切る嫌な音がして、身の毛のよだつ思いでした。私の仲間たちも、その音や爆音を聞き続けたせいか、恐怖で顔つきが上陸したときと比べてだいぶ変わってしまいました。

――米軍機を撃ち落とすこともあったんでしょうね。

もちろんです。我々の部隊はブインに二十五ミリ機銃を一個分隊で四門ずつ持っていて、三個分隊いたので、計十二門ありました。あと七ミリと十三ミリの機銃もあって、これらを使って米軍機と戦いました。

何発も撃っていると、敵機を撃ち落とすことがあったんですが、海に落ちるとすぐ米軍の船が来て浮か

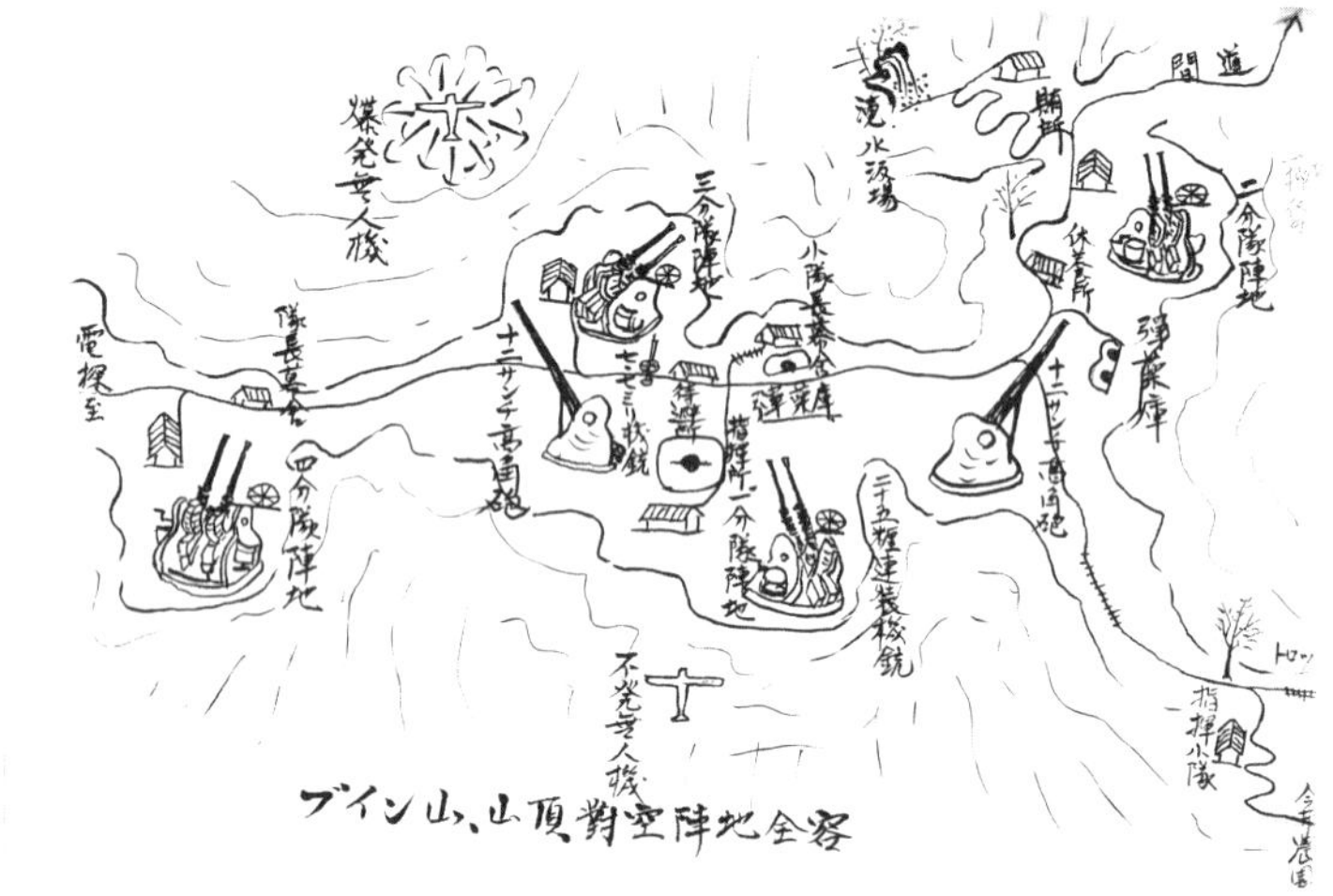

ブイン防衛陣地要図（片山氏によるスケッチ）

んでいる航空兵を拾って帰っていってしまいました。でも、まれに拾われる前に私たちで捕獲したこともありました。

——それは、米軍の航空兵を捕虜にしたということですね。捕虜にしたあとはどうしたんですか。

捕虜にしたあとは尋問して、それが終わったら払い下げというか、処分しました。

——処分とは何ですか。

そもそも捕虜の大半は手足が折れていたので、尋問を終えて彼らを木に縛りつけておくと、だいたい一晩で彼らは力が抜けてしまうんです。そうなったら、ジャングルへ連れて行って、爆弾が落ちて地面にできた穴に突き落としました。

山本司令長官現れず

――ところで、片山さんは、連合艦隊の山本五十六司令長官[23]が亡くなったところにいらっしゃったそうですが、それは本当ですか。

現場にいたわけではないんです。十八（一九四三）年四月十七日のことでしたが、一根司令部から連絡があり、明日連合艦隊の高官たちがブインの我々の陣地に来るから、それまでに陣地と道路をきれいにしておけという指示を受けました。それで、言われたとおり、次の日にきれいにして長官の到着を待っていました。

長官一行は最初にバラレ島に行って、そのあとブインに寄ることになっていたのですが、到着予定時間の午前十一時になってもなぜか山本長官は姿を現しませんでした。今か今かと待っていると、急に五、六機の零戦が我々の飛行場に着陸したかとおもいきや、すぐに飛び立ってしまい、何事かと思いました。するると、指揮所から伝令が来て、今日の高官の視察は取り止めになったということでした。これは何かあったなと感づきましたが、詳しいことは、まだ飛行場にいる私たちには知らされていませんでした。

その日の晩、本部から屈強な兵士を五、六人選んで待機させろという指示が入り、そのようにして待っていたんですが、結局、そのときも何もなく、夜が明けてしまいました。

それからすぐ、また本部から連絡があり、これから音信不通になるから、手紙とかのやり取りをしてならないと命令されました。これで、私たちは余計に何かあったんだろうと思うようになりました。

私たちがやきもきしていると、その日の晩になって、司令部の前に白木の墓標が建てられているのを知りました。そのとき、墓標には何も書かれていなかったんですが、すぐに、連合艦隊の山本五十六司令長官が視察に来る途中に敵機にやられて、ほかの高官ともども亡くなった[24]という知らせが入りました。

零戦がおかしな飛び方をしてたり、司令部が不思議な命令を出していたのはこのことだったのかというのがわかりました。

それからがもう大変。弔い合戦だということで、総動員でこちらから零戦を出して攻撃すれば、米軍も反撃してくるし、飛行場は大騒ぎになりました。米軍なんて六十機の編隊で飛行場を攻撃してきたんです。六十個の爆弾を落とされたわけですから、飛行場は穴だらけになりました。

別の日は米軍の艦上攻撃機の編隊が八、九機で私たちの陣地の上に来て、ババババーと爆弾を落としてきて、私たちも撃ち返したら、今度は三、四十機でやって来て、陣地に向かって無茶苦茶に爆弾を落としてきました。さすがにこのときは参りました。

偽装をしながらブーゲンビル島のジャングルを進む日本陸軍兵士（『読売焼付版』、1944年８月20日号）

おまけに、Ｂ‐29が来たときは、一万メートルくらい上を飛んでいたので、こちらが高射砲を撃っても届かないんです。それで、その飛行機からは「タコ爆弾」という、落としてからどれくらいの時間で爆発させるか計算してある爆弾を落としてきました。最初は爆弾の落ちてくる音がとても嫌だったんですが、あまりにもたくさん落ちてきて狂ったのか、しばらくしたらその音にも慣れてしまいました。

捕虜収容島での生活

――結局、ブインにはどのくらいの期間いらっしゃったんですか。

戦争が終わるまでのだいたい三年間です。それからオーストラリア軍に捕まって、半年間捕虜生活を送りました。

――戦争が終わったことはどのようにして知ったんですか。

いつも朝になると、決まって敵機が偵察に来ていたんですが、その日はなぜか姿を見せなかったんです。今日は静かな日だと思っていた矢先、昼に敵機が一機だけ現れて、ブイン山の頂上付近で旋回を始めました。それを見上げると、なんと飛行機の片翼に「日本」、もう一方の翼に「降伏」という文字が大きく書かれてあったんです。

とうとう敵も頭がおかしくなったのかと思いましたが、とりあえず、私は急いで上官のところに走っていって、日本が降伏したのは本当なのか聞きにいきました。しかし、上官は知らないというし、仲間たちはデマだと言いました。

当然ながら、私たちは日本が降伏するなんてことは考えたこともなかったので、それを信じることはできず、いよいよとなれば、敵を一人でも倒して玉砕する覚悟でいました。そういう気持ちを持ちながら、私たちは三年間もブインで耐えてきました。

次の日、敵の飛行機は姿を見せず、あれほど毎日のように鳴り響いていた爆音や砲撃音も一切なくなりました。いつもと様子が違うので、仲間たちは今後のことが心配になり、夜寝るときに降伏を信じるか信じないかで話し合っていました。

それから少しして、司令部から日本が降伏したという通達があり、そのうち、武装解除があるから用意しておけという指示がありました。(25)

――日本が本当に降伏するなんて、仲間のみなさんも驚いたでしょうね。

みんなも初めは半信半疑でした。その頃、私たちの周りではいろいろな噂が流れました。たとえば、敵は私たちが敗残兵で何も持っていないから見くびって、高飛車な態度を取っているだとか、艦上で降伏文書にサインさせるため、敵艦がブイン湾に入ったところ、岬にあった平射砲がそれを射撃して追っぱらってしまったとかいう話を耳にしました。

それでも、私たちは事態を受け入れて、指示どおりに農園に集結すると、そこで武装解除され、大きな建物の中に収容されました。でも、そのときは、敵の捕虜になってアメリカに送られるのかとは思っても、内地に帰られるなんて間違っても思いませんでした。

それから、私たちはしばらく農園に待機を命ぜられたので、自給自足で食いつないでいましたが、とうとう、ブインを離れてマサマサ島捕虜収容所に送られることになりました。そのときに、最低限のものを残して不用品は全部捨てていくよう命令されたんですが、その不用品の中になぜか芋焼酎があり、ブイン最後の夜、古い兵隊たちはそれを飲んで大騒ぎをしていました。

ブイン出発の朝、ステンレス製の捕虜用の番号札を首に掛けられ、そこに書いてあった番号順に上陸用舟艇に乗せられました。

上陸用舟艇といっても、我が軍の大発と比べて型は大きかったんですが、敵兵はその中にどんどん捕虜を詰め込んだので、私たちは身動きがとれなくなり、おまけに暑い太陽の下で何時間乗せられているのかすらわからなかったので、とても不安になりました。それに、これまたひどいことに、そのすし詰めの中で大便を漏らした奴がいて、臭くて臭くて参りました。そんな私たちを、敵兵はガムを噛み噛み、自動小銃を小脇に抱えながら、舟艇の縁から監視していました。

行き先がわからないうえに、途中でスコールに遭い、屋根がなかったので、みんな頭からずぶ濡れになり、このときは本当に気が滅入りました。それでも、出発してからわずか一時間ほどで目的地に到着し、やれやれと船を降りましたが、そこはブインみたいな砂浜でした。

――着いたのは、別の島だったんですか。

はい。そこはもともと無人島だったところで、敵が捕虜を収容するための島にしていました。島に着いたのはいいものの、不思議なことに、敵側から何も命令されませんでした。だから、私たちはとりあえずなけなしの道具を持ち出して大木を伐採し、整地したところに畑を作りました(26)。あと、海岸に行っては貝や小魚や、流れ着いたヤシの実を取って食料にしていました(27)。

私たちがそんなことをしていると、敵も捕虜を遊ばせていてはいけないと思ったのでしょう。私たちを使役に動員すると言い出したんです。それで、無人島の隣の島に移されました。この島には連合軍が駐屯していて、指揮系統はオーストラリアの軍隊(28)でした。兵隊も様々で、オーストラリアの兵隊は学問ができなかったんですが、人は良かったです。反対に悪かったのはイギリス兵で、彼らは日本兵を見くびっていて、私たちが少しでも怠けると、大声で〝Come on, Come on〟と言って、猛獣を訓練するとき

に使うような鞭を振り回して、私たちを追い回してきました。(29)

――使役に動員させられたそうですが、具体的にどんな作業をしたんですか。

それは作業といっても、雑役みたいなもので、適当に手を抜くこともできました。たとえば、敵の食堂の掃除を命じられたときは、掃除をしているふりをしながら、机の上に置いてあったジャムの缶詰を失敬して持ち帰ったり、敵が残飯を全部焼却炉で燃やすことを知っていたので、言われてもいないのに焼却炉の担当になって、残飯の中から食べられそうなものを拾い出したりしていました。あと、ごみの中には敵が吸ったたばこの吸い殻もあって、それを拾ってたばこの葉を集めて紙で巻きなおすと、新しく一本のたばこができました。私たちは長らく本物のたばこを吸ってなかったので、それを吸ったときは本当においしかったです。

亡き戦友に手を合わす

――捕虜生活を半年ほど過ごされたそうですが、そこからどのようにして復員されたんですか。

あるとき、いつもどおり雑役をやっていたら、敵兵が通訳と一緒に来て、「これから山の上に船の航路確認に必要な櫓を建てるから、山の上から下まで木を伐採しておけ」と命令されました。その山は足場が急で危なかったので、みんな声を掛け合って、どうにか伐採作業を終えました。それから少しして櫓が完成しました。あとからわかったんですが、この櫓は日本から来る復員船が島に入港するときの目印に作られたものだったんです。

櫓ができてから数日後に第一回目の復員船の空母「鳳翔《ほうしょう》」(30)が入港してきました。そのときは日暮れ近くでしたが、みんな感極まって、唸り声だか喜びの声だかわからないようなどよめきが起こりました。

結局、私たちは「鳳翔」には乗れなかったんですが、内地に帰れるという、いままで考えてもみなかったことが実現するということで、仲間と喜びに湧きました。

そのときはもう十二月になっていましたが、赤道直下のその島はあいかわらずの酷暑で、しかも裸同然のような身なりになっていたので、仲間たちと日本に帰ったらさぞ寒かろうと言い合っていました。

そうしたら、敵も心配してくれたのか、私たちひとりひとりに一枚の半分の大きさの毛布を支給してくれて、それで着る物を作るようにと言われました。それでみんな思い思いに毛布を切ったり縫ったりして、僕はチョッキとズボンを作りました。

それで、「鳳翔」が去ってから一週間くらい経ったあと、「鳳翔」より大きな空母が来て驚きました。それは「葛城」という名の空母で、全長が二〇〇メートル以上もありました。

「葛城」の船体が見えると、みんな大急ぎで海岸まで迎えに出ました。「葛城」から乗船用の小舟が来ると、みんな日本に帰れると思って我先に小舟に乗り込みました。

——「葛城」に乗船されたときのお気持ちはいかがでしたか。

「葛城」のタラップを踏みしめたときは、足が震えました。戦いが終わってようやく家に帰れると思いながら艦内に入りました。無事時間どおりに出航した「葛城」から右舷の方を見ると、遠くにブインが見えました。ブーゲンビルの島影を眺めながら、亡くなった戦友たちの冥福を祈り、手を合わせました。

※

ソロモン諸島は太平洋戦争のなかでも激戦地のひとつに数えられ、特にブインは零戦の離発着地であったことから、連日のように米軍機の攻撃にさらされていた。当時のブイン航空基地の防衛体制や米軍機との攻防戦の様子、山本五十六司令長官の遭難事件をめぐる現地の対応については、片山氏の証言によりその一端が明らかとなった。

このほか、片山氏の証言で興味深い点のひとつが、捕虜の取り扱いについての問題である。ブインでは、時折、撃ち落とした米軍機からパイロットを捕らえると、彼らを尋問し、その後、木に縛りつけて手足を拘束した。さらに、彼らが動かなくなると穴に突き落とした。杉浦氏（第一章）の事例のように、戦時中、日本軍は正当な理由のないまま捕虜を殺害することがあった。このブインの捕虜虐待もその一例といえる。

これに対し、連合軍は捕虜の取り扱いが正しかったかといえば、必ずしもそうではなく、片山氏のいた捕虜収容島では、イギリス兵が日本人捕虜を追い回したり、捕虜に適切な量の食事が与えられなかったりした。同様の事例はほかの収容所でも起こっていて、片山氏の場合、監視の目を盗んで食糧やたばこを手に入れていた。

注

（1）本章の作成にあたっては、片山学「わが青春の足あと」（未刊、一九九五年）を参考にした。

（2）日本海軍は徴兵以外に、特殊技能を持つ者を除く、十七歳以上二十歳未満の志願者を学力検査などによって選抜し、海軍志願兵として採用した。現役期間は五年で、予備役期間は十一年であったが、現役満了後、二年を一期として再び現役を志願することができた。志願兵がなれる兵種は、時期によって異なるが、おおよそ、水兵・機関兵・軍楽兵・工作兵・看護兵・主計兵などで、採用にあたっては徴兵と異なり、なりたい兵種を第三希望まで申請することができた。のちに採用年齢は段階的に引き下げられ、一九四一年には、十五歳以上十六歳未満の者を新たに練習兵として採用した（海軍歴史保存会編『日本海軍史　第五巻　部門小史（上）』、第一法規出版、一九九六年〔二刷〕、一四～一五頁。太平洋戦争研究会「海兵団　陸上の訓練と生活」、近現代史編纂会編『海軍艦隊勤務』、新人物往来社、二〇〇一年所収、八～九頁）。

（3）「浅間」（二代目）は、一八九九年、一等巡洋艦として、イギリス・アームストロング社エルジック工場で竣工した。一九〇二年、イギリス皇帝エドワード七世の戴冠記念観艦式に派遣され、式典後はヨーロッパ各国を歴訪した。日露戦争では仁川沖海戦・旅順攻略作戦・黄海沖海戦・日本海海戦・北韓上陸作戦などに参加し、第一次世界大戦では南太平洋・北米西岸での作戦に当たった。一九二一年、一等海防艦に類別変更（一九三一年、等級廃止）され、さらに、一九三八年七月に呉海兵団練習艦、一九四二年に江田島海軍兵学校練習艦にそれぞれ指定され、新兵教育の場で利用された（海軍歴史保存会編『日本海軍史　第七巻　機構　人事　予算決算　艦船　航空機　兵器』、第一法規出版、一九九六年〔二刷〕、二六四頁）。

（4）ブインに本部を置く第一根拠地隊は、一九四二年十月三十一日、ガダルカナル島方面から襲来する連合軍部隊からソロモン諸島を防衛することを目的に新設された。同隊はもともとソロモン諸島の守備に当たっていた第八根拠地隊の部隊の一部を改編して作られたため、陸上警備程度の兵力しかなかった（防衛庁防衛研修所戦史室『戦史叢書83　南東方面海軍作戦〈2〉—ガ島撤収まで—』、朝雲新聞社、一九七五年、三三六～三三七頁）。

（5）「葛城」（二代目）は、一九四四年十月十五日、航空母艦として呉海軍工廠で竣工し、同年中に太平洋戦争に参戦した。一九四五年七月下旬、呉で米軍機の爆撃を受けて損傷し、そのまま同地で終戦を迎えた。同年十二月一日、特別輸送船に指定されて復員輸送に使用され、一九四七年十一月三十日、日立造船桜島工場で解体処理された（前掲『日本海軍史　第七巻』、二五一頁）。

（6）ソロモン諸島はブーゲンビル島・チョイセル島・イサベル島・マライタ島などからなる北東群と、ベララベラ島（ヴェララヴェラ島）・コロンバンガラ島・ニュージョージア島・ガダルカナル島・サンクリストバル島などからなる南西群があり、諸島周辺には広大なサンゴ礁が広がっていた。また、諸島内の島々は山岳性の密林に覆われていて平地が少なく、ブーゲンビル島とガダルカナル島にはそれぞれ標高二〇〇〇メートル以上の山がそびえ立っていた（防衛庁防衛研修所戦史室『戦史叢書49 南東方面海軍作戦〈1〉―ガ島奪回作戦開始まで―』、朝雲新聞社、一九七一年、八頁）。

（7）福山孝之『ソロモン戦記』、光人社、二〇〇二年、一〇八頁。ブーゲンビル島の東岸にあるキエタにはソロモン諸島の地方政庁や税関、病院、無線電信所などがあり、平時にはシドニーやツラギ島との定期船が運航されていた（前掲『南東方面海軍作戦〈1〉』、九頁）。

（8）防衛庁防衛研修所戦史室『戦史叢書80 大本営海軍部・聯合艦隊〈2〉―昭和十七年六月まで―』、朝雲新聞社、一九七五年、一三四～一三六頁。

（9）前掲『南東方面海軍作戦〈1〉』、一三二～一三三頁。

（10）前掲『ソロモン戦記』、一〇八～一〇九頁。

（11）前掲『南東方面海軍作戦〈1〉』、三五六～三五七頁。

（12）前掲『昭和の歴史 第七巻』、一一七頁。

（13）同右、一一七～一一八頁。

（14）同右、一一九頁。

（15）零戦は九六式艦上戦闘機（九六戦）の後継機として、一九四〇年七月に日本海軍によって制式採用された。名前にある「零式」とは、採用年が初代神武天皇即位からちょうど二六〇〇年目（皇紀二六〇〇年）にあたり、紀元年の末尾をとって命名された。零戦の設計を手がけたのは九六戦の設計者でもあった三菱重工業の堀越二郎技師で、性能に対する海軍側の厳しい要求と、堀越技師の卓越した設計により、零戦は抜群の上昇力と高い安定性を誇った（神立尚紀・大島隆之『零戦 搭乗員たちが見つめた太平洋戦争』、講談社、二〇一三年、一七～二五頁）。

（16）「大和」はワシントン海軍軍縮条約期限満了後の一九三七年十一月四日に建造が始まり、太平洋戦争開戦八日後の一九四一年十二月十六日に竣工した。全長は二六三メートル、基準排水量は六万五〇〇〇トンで、主砲に世界最大の四六センチ砲を九門搭載した。建造にあたっては、完成までに全容が明らかにならないよう、極秘裏に進められた。「大和」は竣工後の一九四二年二月十二日、姉妹艦「武蔵」に代わって日本海軍連合艦隊旗艦となった。航空機の活躍が勝敗を左右する太平洋戦争の時代にあって、巨砲を持つ「大和」が力を発揮する場はついになく、一九四五年四月七日、沖縄の海上特攻に向かう途中、九州坊の岬沖で米軍機の攻撃に遭い沈没した（太平洋戦争研究会『大日本帝国海軍全艦艇』、世界文化社、二〇〇八年、一二七～一二八頁）。

（17）一九四二年八月、連合軍の反攻に対処するため、カロリン諸島のトラック島に進出していた連合艦隊司令部は、一九四三年末、軍令部から連絡を受け、トラック島への米軍機の奇襲や燃料補給の困難などを理由にトラック島から移動するよう指示を受けた。古賀峯一司令官は、その後も迎撃作戦の機会をうかがっていたが、戦局の悪化により、一九四四年二月、司令部をトラック島西方のパラオ島に移した（防衛庁防衛研修所戦史室『戦史叢書71　大本営海軍部・聯合艦隊〈5〉―第三段作戦中期―』、朝雲新聞社、一九七四年、二二四～二二六頁）。「大和」軍艦旗はこの際にトラック島に残されたものと思われる。なお、「大和」は一九四三年十二月、米潜水艦スケートの雷撃により損傷し、一九四四年二月から呉海軍工廠で修理を受けていた（前掲『日本海軍史』、二四一頁）。

(18) 一九三六年、米英仏との海軍軍縮会議から脱退した日本は、今後の軍事情勢の悪化に対応するための新しい工廠の建設を計画した。そして、一九三九年十二月十五日、宝飯郡豊川町・牛久保町・八幡村（いずれも、現在の豊川市）にまたがる一帯に豊川海軍工廠を新設した。同地が工廠建設地に選ばれた理由は、東京と大阪の中間にあり、かつ、東海道線や下請け工場の多い名古屋に程近いからであった。豊川海軍工廠は、開廠後も逐次規模を拡大し、特に機銃や弾薬製造の分野で日本最大となった（中山巌「戦時統制へ」、新編豊川市史編集委員会編『新編　豊川市史　第三巻　通史編近代』、豊川市、二〇〇七年、一〇七九～一〇八五頁）。

(19) ブイン周辺の日本海軍飛行場は、ブーゲンビル島内にブイン海岸（第一）・トリボイル（第二）の二ヶ所と、バラレ島に一ヶ所あった（福山孝之「ブイン防空砲台に〝必殺の弾幕〟が絶えた日」、「丸」編集部編『われソロモンに死すとも』、潮書房光人社、二〇一二年、一八八頁）。

(20) 当時、ブイン方面の防空は、ブイン基地航空部隊とビスマルク諸島方面（R方面）航空部隊が協同していて、一九四三年一月四日には、零戦六機と零式水上観測機（零観）八機で、米軍B-17戦略爆撃機とP-38戦闘機計七機すべてを撃墜するという戦果を上げた。しかし、米軍機との戦闘の大部分は、日本側が迎撃態勢をとる前に奇襲攻撃を受けるか、米軍機を補足できずに終わっていた。さらに、米軍がガダルカナル島の航空基地を拡大整備すると、ブイン上空には昼夜問わず米軍機が現れるようになった（前掲『南東方面海軍作戦〈2〉』、五三〇頁）。

(21) 大発は、正しくは大発動艇という。日本陸軍の制式上陸用舟艇で、重量約九・五トン、速力八ノット、搭載能力は人員七十人、または馬匹十頭、戦車は中戦車一輌、荷物なら十二トンまで可能であった（防衛庁防衛研修所戦史室『戦史叢書13　中部太平洋陸軍作戦〈2〉―ペリリュー・アンガウル・硫黄島―』、朝雲新聞社、一九六八年、六三頁）。

(22) 九六式二十五ミリ対空機銃は、航空機の高速化と高性能化に対応するために開発された近距離用対空兵器で、日本軍の多くの艦船・船舶・陸上防空砲台に設置された（吉田昭彦「九六式二五ミリ対空機銃・九三式一三ミリ機銃」、原剛・安岡昭男編『日本陸海軍事典』、新人物往来社、一九九七年、三三一頁）。

(23) 山本五十六は一八八四年、新潟県生まれ。旧姓は高野。後に旧長岡藩家老の山本家を継ぐ。海軍兵学校卒業後、巡洋艦「日進」乗組として日露戦争に従軍し、日本海海戦で重傷を負った。その後、海軍大学校を卒業し、アメリカ留学を経て、一九二四年に霞ヶ浦海軍航空隊副長兼教頭に補され、成立間もない航空隊の基礎固めに尽力した。さらに、ロンドン海軍軍縮会議予備交渉日本代表や海軍航空本部長を務めた後、一九三六年十一月、海軍次官に進み、米内光政海軍大臣とともに、日独伊三国同盟の締結に強く反対した。米内の海相辞任後の一九三九年八月、日本海軍連合艦隊司令長官に転出し、太平洋戦争の発端となったハワイ・真珠湾の奇襲攻撃の実施を強く推し進めた。一九四三年四月十八日、前線視察のためブーゲンビル島ブイン方面を飛行中、暗号解読によって山本の行動を知っていた米軍機に攻撃され死亡した（昭和史研究会編『太平洋戦争人物列伝』、扶桑社、二〇〇五年、二二六〜二三三頁）。

（24）一九四三年四月十八日、「い」号作戦現地指導のため、山本五十六司令長官や、宇垣纏連合艦隊参謀長など七人を分乗させて、ラバウルからバラレ島に向かって飛び立った陸上攻撃機二機は、ブーゲンビル島西部のムッピナ岬に差し掛かったところで、米軍P-38戦闘機の攻撃に遭った。山本を乗せた陸攻一番機は、敵の攻撃を避けるため、降下急旋回をして、前方のブインに着陸しようとしたが、再び敵機の攻撃を受けたため断念し、ブイン近くの海岸へ不時着を試みたものの、被弾してジャングルに墜落した。宇垣らを乗せた二番機も被弾してブイン沖の海上に落ちたが、宇垣ら乗組員数名は奇跡的に助かった。連合軍は暗号解読で、山本の行動日程を事前に察知していて、山本が乗った陸攻がバラレ島到着のため、護衛機から離れた隙を狙って攻撃した。山本の遺体は一根司令部によってただちに回収され、検死のうえ、連合艦隊が停泊していた東カロリン諸島のトラック島に移送された。日本ではしばらくの間、山本の死が伏せられていたが、五月二十一日になって大本営から正式に発表され、その後、国葬が営まれた（防衛庁防衛研修所戦史室『戦史叢書96　南東方面海軍作戦〈３〉―ガ島撤収後―』、朝雲新聞社、一二七〜一二九頁）。

（25）一九四五年八月二十七日、ブーゲンビル島駐屯の日本全陸海軍部隊は自発的に武装解除を行い、九月十日、ブインに進駐してきた豪軍側と日本軍代表との間で、終戦処理に関する協議が行われた。そして、九月十八日、豪軍はブーゲンビル島に残っていた日本軍将兵に捕虜収容所の置かれたブイン東方のファウロ島・マサマサ島・ピエズ島にそれぞれ移転するよう命じた（同右、五一四頁）。

（26）豪軍は大量の日本人捕虜を帰還の日まで管理するため、捕虜に一定程度の自治を認め、また、農耕など自給自足の生活も許していた（増田弘「ラバウルからの日本軍の復員過程」、増田弘編著『大日本帝国の崩壊と引揚・復員』、慶應義塾大学出版会、二〇一二年、一六九〜一七〇頁）。

（27）このとき、豪軍によって収容された日本人捕虜のひとりあたりの一日の食料摂取量は、一五〇〇カロリーであった。そのため、総員の半数から六割が栄養失調や潰瘍、マラリアなどを患っていた（前掲『南東方面海軍作戦〈３〉』、五一四〜五一五頁）。

（28）日本の降伏を前に、豪軍最高司令官のT・ブレイミー陸軍大将は、アメリカ側の指示を受けて、イギリス政府と日本軍降伏後の太平洋での豪軍の管轄地域について協議を行った。その結果、豪軍はロンボク島とボルネオ島を除く東部インドネシア・ニューギニア・ニューブリテン島・ニューアイルランド島・ナウル諸島・オーシャン諸島・ブーゲンビル島とその周辺の諸島を管轄することになり、同時にそれら島々に進駐することが認められた（前掲「ラバウルからの日本軍の復員過程」、『大日本帝国の崩壊と引揚・復員』、一六五～一六六頁）。

(29)　豪軍は降伏した日本軍将兵を国際法による戦争捕虜ではなく、降伏者とみなし、強制労働に対する賃金の支払いを一切拒んだ。また、一部の強制収容所では、豪軍兵士による日本人将兵への復讐的な不法行為が繰り返されたり、充分な栄養が与えられなかったりなどの虐待が日常的に起こっていた（同右、一七二～一七三頁）。よって、英軍のみが日本人捕虜を虐待していたわけではない。

(30)「鳳翔」は、世界で初めて最初から空母として建造された艦船で、一九二二年十二月に竣工した。はじめは「龍飛」と命名される予定であったが、途中で「鳳翔」に改められた。竣工当初は発着艦の実験に使用されたが、一九二五年九月以降、艦隊所属となり、第一・第二次上海事変や、太平洋戦争などに参加した。一九四二年六月、第一線から退き、終戦時は呉軍港内に係留されていた（日本海軍航空史編さん委員会編『日本海軍航空史（2）軍備編』、時事通信社、一九七〇年〔二刷〕、三六三頁）。

五　フィリピンからの決死の生還[1]

話し手　加藤勝美《かとうかつみ》

加藤勝美氏

〈加藤勝美略歴〉

一九二三年二月十日、愛知県宝飯郡豊川町生まれ。一九四四年一月五日、日本海軍呉鎮守府海兵団（呉海兵団）[2]に入り、大分・築城《ついき》（福岡）各海軍飛行隊で新兵教育を受けたのち、海軍自動車部隊車庫に配属される。同年七月、日本海軍第三十三特別根拠地隊（第三十三特根）[3]第三十五警備隊本部（レガスピー派遣隊）[4]の自動車運転員を命ぜられ、八月末、フィリピンに渡る。一九四五年三月、米軍の空襲を受けてレガスピーから撤退、四月二十九日から七カ月余り、ジャングルの中をさまよう。同年十二月八日、米軍に投降し、約一年間、米軍の収容所で過ごす。一九四六年十二月二十一日、帰国。

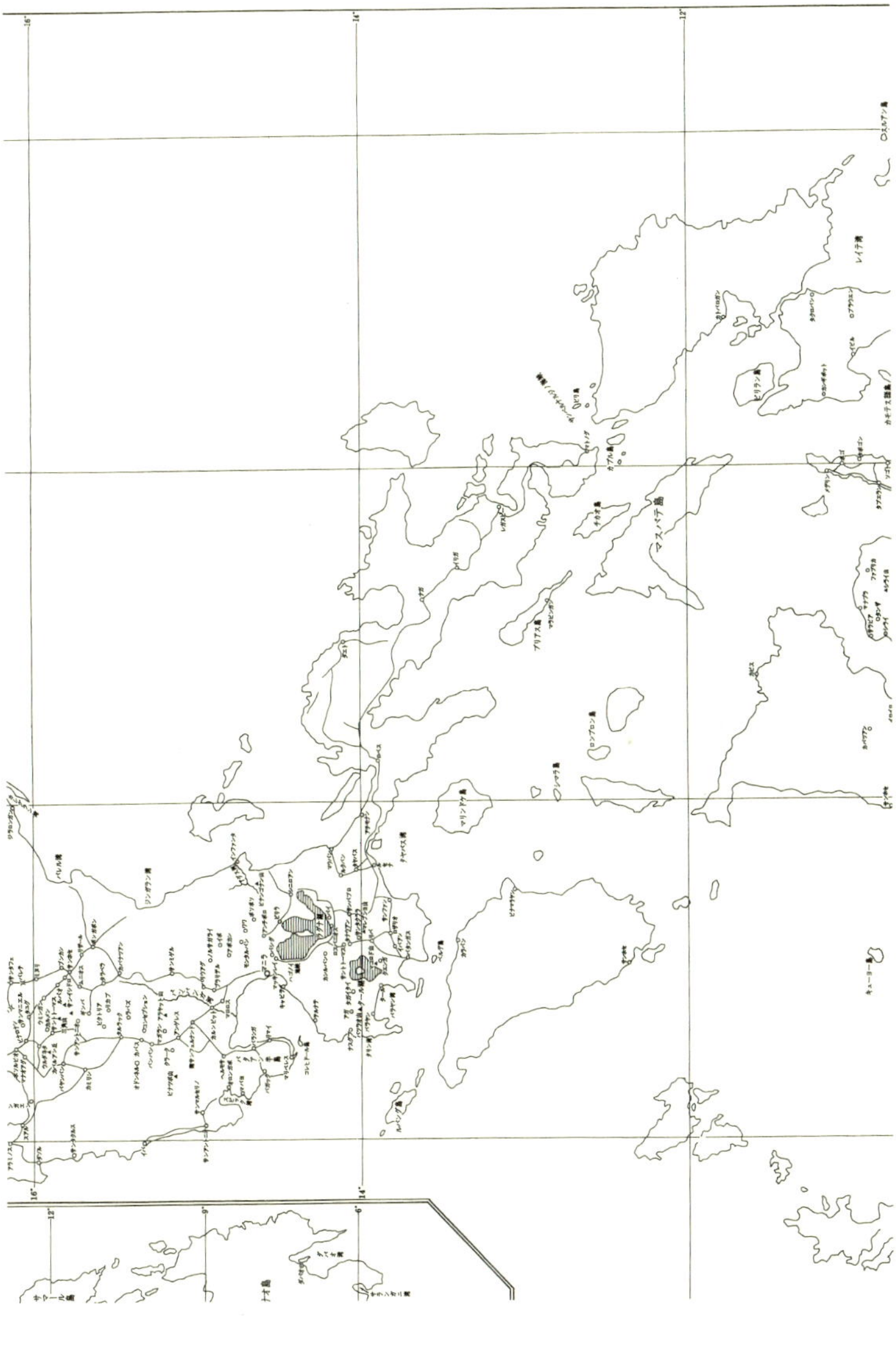

ルソン島南部レガスピー周辺（防衛庁防衛研修所戦史室『戦史叢書60 捷号陸軍作戦〈2〉 ルソン決戦』、朝雲新聞社、1972年、付図第一）

はじめに

ビルマで日本軍がインパール作戦を中止した一九四四年七月、太平洋戦線では米軍がサイパン島を占領し、八月までにグアム島・テニアン島を含むマリアナ諸島全域が陥落した。(5) 日本はマリアナ諸島を戦争遂行のために確保すべき「絶対国防圏」(6) の一角としていたが、この時点でそれは脆くも崩れた。

米軍がマリアナ諸島を攻略した目的は、日本本土空襲に使う大型爆撃機B-29の基地を確保するためで、同年末から東京・名古屋・大阪・神戸などの軍需工場のある主要都市は爆撃の恐怖にさらされた。(7)「絶対国防圏」が破られたことで、大本営は七月二十四日、新たな戦争指導方針を決定し、今後米軍はフィリピン・南西諸島および台湾・日本本土・樺太や千島など北東方面に侵攻してくると予想し、それぞれの地域を防衛する作戦計画を立案した。(8)

マリアナ諸島を手に入れた米軍がパラオ諸島などを攻略しつつ、フィリピン・レイテ島に迫ると、大本営は十月十八日、フィリピンの防衛計画である捷一号作戦を発動し、日本海軍連合艦隊の総力をあげて、レイテ湾で米海軍機動部隊に戦いを挑もうとした。しかし、同月二十三日から始まったフィリピン沖海戦（レイテ沖海戦）で、連合艦隊はレイテ湾突入に失敗し、戦艦三隻・空母四隻などを失う大敗を喫した。なお、この戦いで日本海軍は初めて神風《しんぷう》特別攻撃隊を編成し、米艦船に対する体当たり攻撃を敢行した。(9)

レイテ島を制圧した米軍は、ミンドロ島からルソン島へと北上し、一九四五年二月末までにマニラを占拠した。(10)

本章で取り上げる加藤勝美氏は、捷一号作戦成立まもない一九四四年八月末、海軍自動車隊隊員としてルソン島南部のレガスピーに派遣された。
一九四五年一月、米軍がルソン島南部に上陸すると、加藤氏は部隊の仲間と応戦を続けながら、ジャングルへ潜んだ。その後、終戦を知らないまま約七ヶ月間さ迷い歩き、十二月、死刑を覚悟で米軍に投降した。加藤氏の体験談をとおして、壮絶なフィリピン戦線の様子をたどっていく。

自動車隊隊員としてフィリピンへ

――加藤さんは、片山学さん（第四章参照）と同じく、海軍の出身だとうかがいました。

そうです。昭和十九（一九四四）年一月五日に呉海兵団に入りました。私は八人兄弟の末っ子で、小さいころから体が弱く、若い時分から肋膜炎《ろくまくえん》（胸膜炎）とか、肺門リンパ腺結核とか、胃潰瘍みたいな病気を患っていました。だから、徴兵検査で第二乙種[11]になったので、兵隊にならずに済むと思っていたんですが、戦争が激しくなると、第二乙種までも動員されるようになり、私のところにも赤紙令状（充員召集令状[12]）が届いたんです。そこには呉海兵団に参着すべしと書いてありました。それでも、私みたいな体の弱い者は、たいていすぐ故郷に戻されるのが常で、私の家族もみんなそう思っていました。

呉海兵団に入団した頃の加藤氏

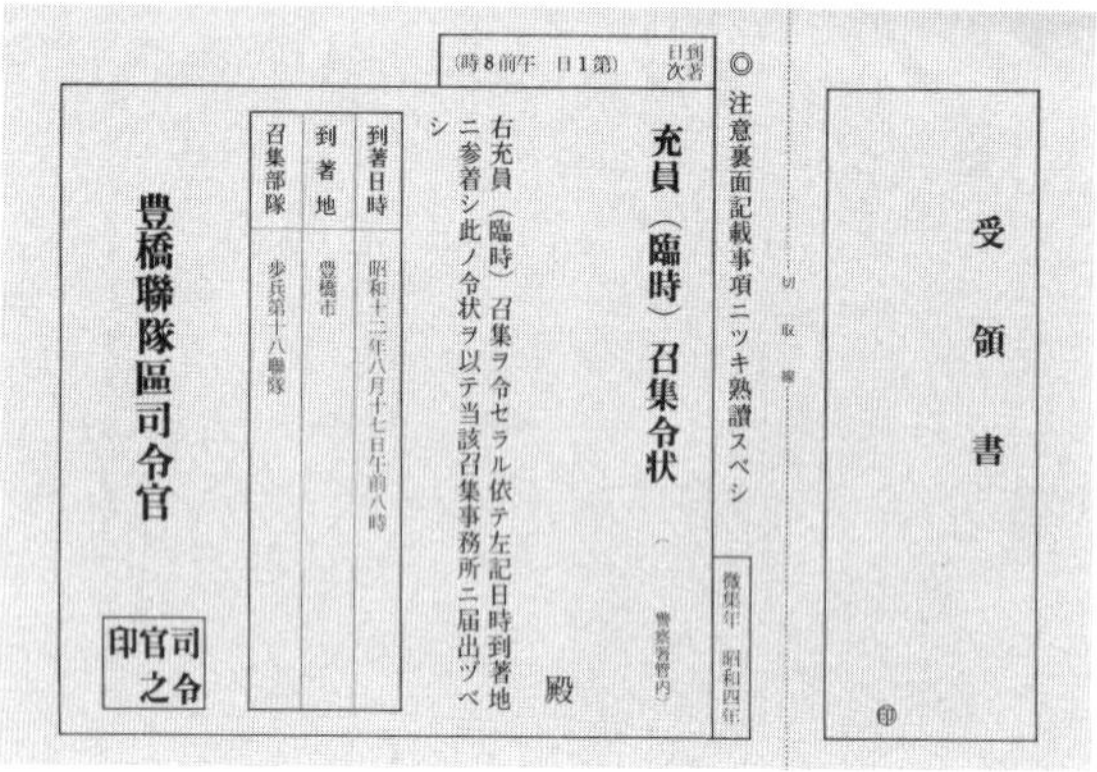
受領書
印
切取線
徴集年　昭和四年
◎注意裏面記載事項ニツキ熟讀スベシ
到著日次（第1日　午前8時）
充員（臨時）召集令状
（　警察署管内）　殿
右充員（臨時）召集ヲ令セラル依テ左記日時到著地ニ参着シ此ノ令状ヲ以テ当該召集事務所ニ届出ヅベシ

到著日時	昭和十二年八月十七日午前八時
到著地	豊橋市
召集部隊	歩兵第十八聯隊

豊橋聯隊區司令官
司令官之印

豊橋聯隊区の「赤紙」（複製）。これを受け取った者は、記載内容に従い、指定された場所に集合し、兵士としての訓練を受けなければならなかった（榊原秀雄・鈴木銀治郎編『歩兵第十八聯隊第二機関銃中隊史』、歩十八２機会、1980年所収）。

ともかく、いや応なく呉の海兵団に入隊することになり、五日間呉で過ごしていたところ、即帰どころか、大分の海軍航空隊に転属するよう命令され、そこで、三ヶ月間の新兵教育を受けることになってしまいました。

——すでに、そのときは太平洋戦争で日本が劣勢に立たされていて、加藤さんのような体の弱い方でも兵隊にならざるを得なかったんですね。

そうです。時代が許さなかったんです。それで、大分での新兵教育が始まったんですが、二ヶ月くらい過ぎたあたりで、教官から自動車の運転手はやらんかという誘いを受けました。任務としては、上官や兵隊を運ぶことで、自動車を運転するには練習をしないといけないので、残りの教育期間はそれに費やされることになりました。

——どんな練習をなさったんですか。

今の運転の練習と基本的には変わりません。最初は大分航空隊の飛行場でやってたんですが、手狭になったので、福岡の築城飛行場に移り、さらにそのあとに大分の耶馬溪《やばけい》という渓谷まで行って練習をしできました。それで、練習期間が終わると、次に広島に行って試験を受けて、何とか免許証をもらうことができました。

——何人くらいで練習をしていたんですか。

私を含め、三十人はいました。その中で成績のいい者が数人選ばれて海外に送られることになっていました。私もどうにかこうにかそのひとりに選ばれ、まずは大分の海軍自動車隊の車庫に配属されることになりました。車庫についてはじめの頃はそれほど任務がなかったので、海軍の飛行機が飛ぶときに自動車でそこまで行って、プロペラを巻く手伝いをしていました。

それから少し経ったあるとき、上官からフィリピンのレガスピーにあった第三十三特別根拠地隊第三十五警備隊の本部附を命ぜられました。私は車庫に配属された者の中でもそれほど成績が優秀な部類ではなかったんですが、なぜかいちばんはじめに海外に派遣されることが決まりました。そのあと、残りの四名も決まって、名古屋出身の長瀬機兵長が自動車隊の隊長になって私たちを率いてくれることになったんです。ところが、選ばれた中のひとりの伊藤というのが、呉の海軍部の偉い人の親戚だったようで、レガスピー派遣の命令を受けた途端に、なぜか彼だけ呉に残ることになりました。たぶん、今フィリピンに行ったら危ないということで、その呉の偉い人が彼を止めたんだと思います。

——確かに、当時の戦況ではフィリピンに行かれるのは危なかったでしょうね。

十九年なんて、日本はもう全然だめでした。昭和十七（一九四二）年六月のミッドウェー海戦で日本は海軍力を失い、戦争に事実上負けたんです。

――当時、加藤さんはその太平洋戦争の状況はご存じだったんですか。

呉の海軍部の偉い人は知っていたから、伊藤をフィリピンに行かせなかったわけで、私らみたいな新兵にはそんな情報は入りませんでした。私らは日本が勝つと思ってフィリピンに行ったんです。

――フィリピンに渡られたのはいつでしたか。

マニラに到着したのが昭和十九年の八月末でした。その次の日にマニラが米軍機の爆撃を受けてしまい、私らの乗っていた船が沈められてしまいました。その船には荷物も書類も、私たちが運転するはずだった自動車も積んであったんですが、それらもすべてなくなってしまいました。しょうがないので、マニラの海軍司令部に行って、そこに置いてあった外国製のトラックを受領することになりました。

でも、まずいことに、そのトラックはバッテリーが上がっていて、エンジンが全然かからなかったんです。だから、とにかくトラックをうしろから押して進んでいくしかありませんでした。

――加藤さんと一緒に選ばれて派遣された方は何をしていたんですか。

伊藤が来なかったので、私と一緒に来た同期は原田と平尾でしたが、原田はマニラに着くと、黄疸《おうだん》を出してしまい、一緒にレガスピーまでは行ったんですが、すぐにマニラに帰されてしまいました。だから、レガスピーのときの同期は平尾しかいませんでした。

その平尾がレガスピーに着いたとき、熊谷兵曹長という内務長がいました。ある日、熊谷兵曹長が車でどこかへ行きたいと言い出し、平尾が運転手になって出かけたんですが、当時、レガスピーにあった橋はほとんど壊されていて、普通の道路には、両側から木を組んで作ったバリケードが置かれていて、車だけが通れるようになっていました。平尾はバリケードを避けて運転していたんですが、運悪く、車がバリケードに当たってしまいました。すると、熊谷兵曹長は怒って、平尾をルソン島南端のレガスピーの外れのブーラン飛行場に飛ばしてしまいました。おかげで、レガスピーの自動車隊には長瀬機兵長と私しかいなくなり、新兵の私がいろいろとこき使われました。

私らがレガスピーに着いたあと、東京から来た柚木《ゆのき》少尉の乗った汽車がカマリグというところで事故を起こしたんですが、こういう場合でも、私は本部附だったので、車で応援に遣わされました。

――加藤さんの任務は応援に向かったり、送り迎えをしたりするのが主だったんですか。

もちろん、送り迎えもしましたが、たとえば、どこどこの陣地が敵の爆撃に遭ったとかいう知らせを受けると、その被害状況を見るために、司令官とか副官を車に乗せてお供することもありました。あと、荷物も運びましたし、兵隊を乗せて行くこともありました。

米軍との交戦

――レガスピーには、加藤さんの自動車隊以外にどんな部隊がいたんですか。

レガスピーの第三十五警備隊は、司令の佐藤《さとう》圓四郎《えんしろう》中佐のもと、国広《くにひろ》隊、金子隊、矢内《やうち》隊、入田谷《いりだや》隊、柚木隊がいました。その中で私らの自動車隊は本部隊の入田谷隊に属していました。佐藤中佐以外、部隊を率いていたのはみんな少尉、中尉クラスでした。

矢内隊と金子隊が陣を敷いたダラガの山

——当時のレガスピーの戦況はどうだったんですか。

私らが到着してしばらくはそれほど激しいことはなかったんですが、二十年に入ると、米軍機がときどき攻撃に来るようになり、三月になると、三日も空けずに襲うようになってきて、私たちはレガスピーにいられなくなりました。おまけに、そんな状況だと自動車も動かせなくなり、私は自動車隊から本部の内河《うちかわ》副官の伝令役に回ることになりました。

——レガスピーからどこかに移動されたんですか。

はい。レガスピーの近くにブーラン道路というのが通っていて、それを使ってダラガへ移動しました。ダラガに着くと、陣地を構築したんですが、そこへも米軍機が攻撃を仕掛けてきたので、私らは陣地を捨てて、その下にあった洞窟に逃げこみました。

当時、ダラガには一高山、二高山という場所があって、私らは一高山の洞窟にいました。このとき、佐藤中佐は別の場所にいて、私は副官の内河中尉、

加藤氏らが立て籠もった一高山

大平先任伍長、熊谷兵曹長、班長の河尻一等兵曹と一緒にいました。本部以外だと、国広隊が前線にいて、金子隊と矢内隊が二高山にいましたが、私は副官の伝令だったので、その部隊の間を行ったり来たりしていました。

――もうそのとき、レガスピーは占領されていたんですか。

そうですね。四月一日に米軍が上陸用舟艇と輸送船合わせて三十七隻でレガスピー湾に入ってきていました。私は一高山から双眼鏡で船の数を数えていたんですが、こんなにたくさんで来られたら、日本はどうにもならない、おしまいだと思いました。[13] だって、それに対抗できるものが日本になかったんです。[14]

金子隊は砲を二門持っていたんですが、敵機の攻撃を受けて、一門は爆弾の直撃を受けて駄目になり、もう一門は砲身に泥が覆いかぶさってしまい、使えなくなってしまいました。その爆撃が終わったあと、米軍は戦車の両側に歩兵を三列ずつ並ばせながら、ダラガに上陸してきました。

本部にいた私らはそれをただ見ているだけしかできませんでしたが、米軍はどんどん陸地を進み、二高山にいた矢内隊と秋里隊とで撃ち合いを始めたんです。

米軍の兵士は肩から機関銃を下げて、ダダダダと何発も連続して弾を撃ち込んできましたが、大きな音でものすごい威力でした。おまけに、その銃は水冷式なので、どれだけ撃っても銃身が熱くならない。

数発撃つだけで銃身が熱くなってしまう日本の銃とは全く違うんです。

——兵器の差だけみても、日米の力にはかなりの開きがあったんですね。そのときの日米それぞれの兵力はどれくらいあったのかご存知ですか。

米軍の方はよくわかりませんが、日本側は各隊に二、三〇〇人[15]いたかと思います。でも、このとき金子隊はもう兵力が半分になっていたし、前線にいた国広隊はもっとひどいことになっていました[16]。

でも、私らもただやられたばかりではないんです。ダラガで米軍と秋里隊が打ち合いをしていたとき、海軍陸戦隊出身の浜地上等兵が「俺がやってやる」と行って、軽機関銃を持って一高山に登り、米軍に向けて撃ち始めました。浜地の銃には五発に一発の割合で曳光弾が入っていて、それを撃つとパッと周りが明るくなりました。その明るくなった一瞬を狙って、浜地はダダダダと撃ったんです。そうしたら、面白いように敵が倒れていきました。陸戦隊の腕前はただものではありません。

それから少しして、様子を見に私と浜地で敵陣地を偵察に行ったら、米軍は逃げたあとで、背嚢や銃器とかがみんな捨ててありました。それらは全部ふたりの戦利品にしましたが、その中のものでいちばん嬉しかったのが煙草でした。

そのとき、たまたま前線から国広隊長が戻ってきました。隊長は激戦をくぐり抜けて服がボロボロでひどいことになっていましたが、私が戦利品の煙草を差し出すと、隊長はとても喜んでくれました。

——そのあと、米軍の反撃はなかったんですか。

米軍も私たちにやられて黙ってはいられず、次の日に猛烈な反撃をしてきました。それはすごいもので、艦砲、迫撃砲、戦車砲が入り乱れて、めちゃくちゃ弾が飛んできました。

――結局、その米軍との戦いは何日間続いたんですか。

八日間くらい続きました。私らの本部も被害を受けて、熊谷兵曹長もこのとき亡くなりました。熊谷兵曹長は、二高山の戦況を偵察するために、私らのいた一高山から双眼鏡で前方を観察していたんですが、遠くを見るのに少し高いところに登ったところを撃たれてしまいました。

たまに出る子は雨に当たるというもので、上官の上田上曹（上等兵曹）も敵の侵攻を阻止するために、一高山の上にあったたこつぼに入ったところ、敵の放った照明弾の直撃を受けて戦死してしまいました。

それで、戦闘が八日目に入って、いよいよもう駄目だということになって、上官から転進命令が出て、ダラガからカマリグに逃げました。

肉迫攻撃

カマリグに着くと、すでに米軍が間近に迫っていたので、上官から毎日「肉迫攻撃整列」という号令が出て、私ら兵隊七、八人を選んで敵に突っ込ませました。

号令がかかると、兵隊は整列して隊長から水がいっぱい入った盃を回されて、一口ずつ飲んでいって、最後に隊長が飲み干す。それが終わると、兵隊は持っていた小銃を取り上げられて、代わりに手榴弾を持たされて、それで戦車に突っ込むよう言われました。

ふつう、手榴弾は投げるものですが、このときは投げてはいけないと命令されました。なぜなら、手榴弾を投げるとどこへ飛ぶかわからない。持ったままで戦車のキャタピラに突っ込めば戦車は動かなくなる。要は爆弾を持って死んでこいということなんです。それで毎日毎日みんな行くんですよ。

――その突撃から戻ってきた方はいらっしゃらなかったでしょう。

はい、ほとんど戻ってきませんでした。唯一、名古屋出身の水谷《みずたに》だけは帰ってきました。水谷も敵に突っ込んだんですが、その途中で右肩を撃たれて、血だらけのままで敵の向こう側まで突き抜けてしまったらしいんです。そうしたら、たまたま向こう側に日本の陸軍がいて助けられたそうです。それで、陸軍と私ら本部とで連絡が取れるようになり、水谷は私ら陣地に陸軍の将校二人を連れてきました。

私は伝令で戦力にもならなかったので、突撃のお呼びなんてかからないものとばかり思っていたんですが、だんだんこちらの兵隊がいなくなってくると、とうとう私にも番が回ってきて、水盃をもらいました。

私もとうとうかと腹をくくりましたが、なぜかすぐに待機の命令がかかり、突撃が中止になりました。私は伝令なので、その待機命令をほかの部隊にも伝えなければならず、結局、突撃の人数からも外されました。

因縁の懐中時計

カマリグはダラガから十キロほど行った部落でしたが、そこに二日くらいいると、早くも米軍が迫ってきました。私ら本部はカマリグを守っていた上野《かんの》隊に身を寄せることになったんですが、私がある下士官と見張りをしていたところ、前方で米軍が迫撃砲陣地を構築し始めているのがわかりました。普通なら、すぐ日本側がそれを攻撃しに行くんですが、情けないことに、もう私らには小銃しか武器が残ってなく、反撃したところでひとたまりもないことは明らかでした。それに、米軍も私らが反撃できないのをわかっていたみたいで、向こうの陣地をよく見たら、兵隊が帽子も被らず、ワイシャツ一枚でコーヒーを飲んでいたんです。私らもなめられたもんでした。

カマリグから見たマヨン山。その優美な形から日本の将兵らは「マヨン富士」とも呼んだ。

そうこうしているうちに、敵の迫撃砲陣地が出来あがって、私らにドンドンドンと集中的に弾を撃ってきました。すると、私の隣にいた下士官の大腿部に迫撃砲の破片が刺さって血だらけになりました。私は慌てて持っていた布で止血して、本部のあった壕に引き返したんですが、四つん這いになったとき、ちょうど私も右のこめかみのところに何かが当たり、手で触ったら血がべっとりつきました。おまけに、一緒に連れてきた下士官にもまた何かが当たり、尻の肉がザクロの断片のようにぶち切れていて、血まみれになっていました。下士官は弾の破片で脊髄をやられていて、もう動かなくなっていました。

私はその下士官が懐中時計をポケットに持っていたのを知っていたので、それをもらって壕に戻ったら、上官がその時計をよこせと言ってきたんです。上官の言うことは絶対なので、私は懐中時計を上官に渡しましたが、その晩、上官は敵の集中攻撃を受けて右足を吹き飛ばされて亡くなってしまいました。

あとで仲間に言われたんですが、死んだ人のものを持っていてはいけない。持っているとあの世に連れていかれてしまうんだそうです。上官には悪いですが、私は懐中時計を手放してよかったと思いました。

死線を越える

本部のあった壕には、天蓋（アーマー）をつけた二十ミリ機銃がひとつあって、そこには、私以外に震洋隊(17)の兵長と河澄虎太郎《かわすみとらたろう》兵長、あと新兵が三人いました。その新兵のうち見張りをしていたひとりが手負いになって、「水をくれ、水をくれ」と叫んだんです。別の新兵が私にどうしますかと聞いてきましたが、攻撃を受けていたので、「やむを得ん、ほっとけ」と言って見捨ててしまいました。このことが今でも心に残って悔やんでいます。

そうこうしているうちに、米軍の総攻撃を受けたので、みんなで壕から飛び出して逃げました。逃げるとき、私は河澄兵長と一緒でした。河澄兵長は田原の出身で、同郷人ということで、私に目をかけてくれました。逃げる途中、私は落ちていたマニラ麻の実を河澄兵長とふたりで分けあって食べました。

部隊長の佐藤圓四郎中佐は、加藤らに指示を出したあと、ヤシの木が生い茂るジャングルに入って自決した。

兵隊にとって同郷人というのは、親子兄弟よりも宝でした。

――確かに、日本の軍隊は同じ出身地の兵隊を集めて部隊を作るので、郷土意識が根付いていました。

やはり、同郷人というのは心強いです。そう思ったのは、この時分、私は三十九度の熱があって動けなくなっていました。しょうがないので、レガスピーのカブト山というところからカマリグに来ていた草刈隊のたこつぼに河澄兵長と松下という新兵と一緒に隠れていました。そこに、数日間いると、佐藤圓四郎中佐から連絡が届き、天長節の四月二十九日を期して、米軍に対し総突撃するという無電をマニラの岩淵（三次〔第三十一根拠地隊〕）司令に打っておいて、君たちはイサログ山の陸軍部隊と合流するよう命令されました。

――つまり、司令に偽の無電を打てということですね。実際は逃げろということですね。

嘘も方便です。でも、私は高熱で動けなく、草刈兵曹長は私をそこに置いていけと言ったそうです。それを聞いていた河澄兵長が、私のところに来て、「加藤どうするんだ。私は行くところまで行く」と言って励ましてくれました。私もここで残ったらおしまいだと思って、根性で行けるところまでいこうと決めました。それで、草刈兵曹長の前まで引き出されると、草刈兵曹長は軍刀をしならせながら、「貴様、飯を食っとらんのか。飯を食え。飯も食えないのなら、ここでお前を叩き切る」と言って、いつもはおとなしい草刈兵曹長が私に気合いを入れてくれました。

私もどうせ殺されるんなら食ってやれと思って、握り飯を二人前食べました。そうしたら、気力が戻って元気になりました。

――まさに、そこが生きるか死ぬかの分かれ道だったんですね。

人間、最後は根性なんです。それで、二十九日になって、私らは敵の包囲から逃れるため、稲穂が垂れている田んぼのあぜ道を一列で横歩きしながら進み、ブーラン道路を越えて、マヨン山の沢に逃げ込みました。この日から、私らのジャングルでの逃亡生活が始まりました。

終戦から60年にあたる2005年、加藤氏（右端）は佐藤圓四郎中佐の子息・佐藤幸甫氏（中央）らと佐藤中佐自決の跡を訪れ、慰霊式を行った。

部下との別れ

――加藤さんがジャングルに入ったとき、一緒にいたのは何人でしたか。

草刈部隊みんなで逃げたので、だいたい二〇〇人から三〇〇人いました。けれど、ずっとこの人数でジャングルを進むのは危ないので、それぞれ思い思いの仲間を作って、逃げることになりました。結局、私は河澄兵長と福島県出身の今野上等兵、沖縄の松下一等兵の四人で移動することにしました。この辺りから、私の記憶があまりなくなってきているのでお許しください。

――憶えていらっしゃる範囲で結構です。

四人でジャングルの中を回っていたんですが、そのとき、松下が熱を出しました。肋膜炎だったと思うんですが、ある晩、松下が私の持っていた小銃を取って、足の指に引き金をかけて、「俺はここで自決する」と言い出したんです。私は慌ててそれを止めさせ、「今お前が銃の音を出したら、アメリカの捜索隊に居場所がばれる。明日の朝まで待て」と言い聞かせました。松下は何とか納得してくれましたが、朝になるのが本当に怖かった。けれど、朝になったら、松下は熱が下がって、私にゆうべは悪かったと謝ってきました。

それから、私らはまた歩き始め、マヨン山を登ったところ、木が腐ってできた洞穴を見つけました。歩いている途中で、でんでん虫を五匹拾っていたので、それを焼いてひとりひとつずつ分けて食べました。

次の朝、さらに先に進もうとしたところ、松下が「もう私は歩けません。ここに置いていってください。もし置いていってくれなかったら、今ここで自決します。もう朝だから大丈夫。三人で行ける」と言ったんです。私らもやむを得んと判断し、松下に「俺らが今、お前にやってやれることは、この残ったでんでん虫をやることしかない。これから俺らが通るところに目の高さで小枝を折っていくから、それを頼りについてこい」と言って別れました。それっきり、私は松下と会うことはありませんでした。

河澄兵長との再会

――その後のジャングルでの出来事を教えてください。

結局、松下と別れて、三人になってイサログ山を目指していくことになったんですが、少し歩くと、森を抜けて平坦なところに出ました。そこには陸軍の持っていた何かが捨ててあって、何かあったんだろうと思い、足跡を頼りに先へ進むと、草むらの向こうに道路があるのがわかりました。けれども、なんとそこにはアメリカの兵隊が銃を持って歩いていました。その銃も日本の銃みたいな小さいものではなく、トムソン銃（トンプソン・サブマシンガン〔SMG〕）(18)とかカービン銃(19)みたいな本格的なものでした。私らは彼らの目を盗んでその道を越さないと先へ行けなかったので、まずいことになったと思いました。

――それでどうなさったんですか。

とにかく、道路を横切っていくしかないということになり、私、今野、河澄兵長の順で突破していくことになりました。まず、私が先に出ていきました。すると、アメリカのジープがやたら動き出し、次に今野が出たら、アメリカ兵が銃を撃ち始めました。

今野も何とか先へ抜けることができ、道路を抜けたらとにかくまっすぐ先へ突っ走っていくという約束だったので、私と今野はかなり先まで走ってからうしろを振り返り、河澄兵長の名前を呼びました。でも、河澄兵長からは何の返事もありませんでした。これは兵長やられたかと感じましたが、とりあえず、今野と一緒に先に進むことにしました。

しばらく行くと、二軒の家がありました。左側は立派な家で、右側は藪に隠れたおんぼろの家でした。てっきり、おんぼろの家には誰もいないだろうと思って、家の中を突っ切ろうとしたら、家の中から悲鳴が聞こえました。これはまずいと、私が身構えると、今野がとっさに家に向けて銃を構えたんです。さすがに、銃を向けられると家の住人も容易に顔を出すことができない。私と今野は二歩、三歩後ずさりしてその場を逃げました。

逃げて逃げて、今野と二、三回はぐれたりして、最後には精も根も尽き果て、石に腰かけて、もう死んでもいいやと思いました。

しばらくすると、目の前に今野が立っていて、「おい、こんなところで寝てたら危ないから、先に進もう」と呼びかけてくれました。どうやら私はその石の上で三十分くらい寝てしまっていたようです。今野は補充兵で、私より階級は低かったんですが、年齢は十歳くらい上でした。だから、若い者より粘りがあったんでしょうね。

それから、またふたりでしばらく歩くと、屋根があるだけの小屋があり、その夜はそこで一晩過ごしました。あとでわかったんですが、そこは私らが目指していたイサログ山の麓でした。

――ひとまず、危険なところからは抜け出したんですね。ところで、河澄兵長は結局どうなされたんですか。

それもお話ししなければなりません。私と今野はイサログ山の沢の辺りまで来て、ここまで来ればもう安心だろうと思って、今野が持っていたトウモロコシを私のフライパンを使って焼いて食べました。

あと、私は煙草も持っていたので、それも吸ったりして、そこでしばらく休憩を取って、さらに山を登りました。

それから二日くらい経ったとき、私らのうしろから「加藤、加藤」と呼ぶ声がしたんです。驚いて振り返ると、なんと河澄兵長が私らを追っかけてきました。私らは河澄兵長が死んだと思っていたので、感激して三人で抱き合って泣きました。このことは、今思い出すだけでも涙が出ます。

何で河澄兵長は私らを見つけることができたのか聞いたところ、兵長は私らとはぐれたあと、ひとりでジャングルを移動していて、私らが入ったイサログ山の沢に着いたそうです。それで、私らが料理していたときの焚き火の跡とか、こぼれたトウモロコシの実とか、私が置いていったフライパンとかを見つけて、ふたりが一緒にいると思い、急いで私らのあとを追いかけてきたそうです。

それからは、また三人で行動することになり、山を登っていたら、今度はマヨン山で別れた草刈部隊の五、六人と出会って合流しました。そのあとも、みんなであっちへ登ろう、こっちへ下がろうといいながら進んでいって、川があると倒れていた栢《かや》の木を架けて渡ったりしました。それで、二畳くらいの広さがある絶壁に出て、下を覗いたら、鉄兜（鉄帽）やら背嚢やらが落ちていたので、近くに陸軍がいるだろうと判断して、そろそろと崖を下りたら、そこに陸軍の兵隊がいたんです。

彼らと合流したあと、これからどこへ移動しようかという話になり、イサログから北西に進んで、ナガからマニラに抜けるルートと、北東のカラモアン半島に出て、そこで丸木舟のバンガを盗んで、みんなで沖縄に逃げるというルートが考え出されました。

――丸木舟でフィリピンから沖縄に行くなんて、少し無茶な計画ではなかったんですか。

でも、そのときはそんなこと全然考えもしませんでした。とにかく、フィリピンから脱出しなければならないということで頭がいっぱいでした。結局、今野だけナガに行くルートを選び、私を含め、あとのみんなはカラモアン半島を目指すことになりました。

――地図で見ると、イサログ山からカラモアン半島までも、まだ距離があります。

そう。カラモアン半島に入るまでも大変でした。でも、半島の入り口にあった部落に着いたとき、終戦を知りました。

死刑の恐怖

――終戦を知ったのはいつですか。

ちょうど、太平洋戦争が始まって四周年目の昭和二十（一九四五）年の十二月八日です。四月の途中から転戦を始めたので、正味七ヶ月くらいジャングルの中を逃げ回っていたことになります。戦争が八月十五日に終わっていたなんて、まったく知りませんでした。

――終戦のことはどうやって知ったんですか。

日本の捜索隊が、現地の案内人とおまわりさんを連れて、私らを探しに来たんです。その捜索隊はガリ版刷りの紙を持っていて、そこには、「我が軍は九月二日をもって、無条件降伏せり。よって、諸氏は山を下りてこい」というような文言[20]が書いてあって、最後に尚武集団（第十四方面軍[21]）長だった山下奉文《ともゆき》陸軍大将[22]の名がありました。

そのガリ版を見て、ついに私は捕虜になるのかと思いました。そのあと、河澄兵長とふたりで、戦争に負けたから死刑になるのか、死刑場に行くくらいなら同郷人で刺し違えて死んだほうがましだと言っていたら、近くにいた草刈兵曹長から「貴様ら、みんないるところで卑怯なことを言うな。とにかく、一緒に死刑場に行こうじゃないか」と叱られました。その日はみんなで山小屋に一晩過ごすことにし、次の日の朝に山を下りました。

山道を歩いていると、道端にいた現地人が、私らに「ジャパン、ドロボウ、バカヤロウ」と罵ってきました。そうかと思えば、私らに腹は減ってないか、腹は痛くないかとか言って、米とか薬を持ってきてくれる現地人もいました。

しばらく歩いて山を下りると、そこに米軍がいて、武装解除をされました。何もかも全部取られたときは、本当に寂しかった。自決用の手榴弾も取られたので、自分で死ぬことすらできなくなりました。それで、次の日にゴアの刑務所に入れられました。そこは、コンクリートの壁で窓と扉がひとつずつあるだけの部屋でした。私らみんなそこに入れられて、昼は外、晩はその部屋の中で過ごしました。

そこでは毎日点呼があったんですが、あるときから点呼が終わるたびに健康そうな仲間がひとりずつ米軍に連れていかれました。これは死刑場に連れていかれるんだと思いましたが、あとで聞いたところ、仲間は死刑場に連れて行かれたのではなく、捜索隊としてまだジャングルで迷っている日本兵を探しに行っていたそうです。私なんて体が弱かったから、三重県出身の田中と最後まで部屋に残っていました。その捜索が終わると、また一団にされて、金網の張られたジープに乗せられました。私らもこれでいよいよ死刑場かと思っていたんですが、山を越え、また越えて、ずいぶん遠くで殺すのかと思っていたら、なんと、私らがもともといたレガスピーに戻ってきました。

――そこでは何をされたんですか。

それがよく憶えていないんです。食事は三度三度食べました。朝はパンとかコーヒーが出て、昼は鶏肉とパンとコーヒーとか、いい待遇を受けました。

――そこにはどれくらいの期間いらっしゃったんですか。

レガスピーには一ヶ月いました。(23) 捕まってから一ヶ月経てば、殺される心配も徐々になくなってきて、希望も少しでてきました。

米軍の病院で働く

レガスピーでの生活が終わると、今度は船でマニラに移動し、カンルバン収容所に入れられました。ここには山下将軍も収容されていました。

その収容所に入るのは、私らがいちばん遅かったようで、私につけられた捕虜の番号は十二万六三一〇番でした。

――十二万なんて、それほどその収容所には日本人の捕虜がいたんですか。

十二万いたかはわかりませが、相当な人数がいたことは確かです。その収容所で、私は米軍の病院（クラークフィールド第一五一兵站病院）に勤務することになりました。

――病院ではどんな仕事をされたんですか。

手術室で手伝いをしました。患者が来るとドアを開けて、〝Ok, Come in〟と呼びかけていました。手術室にはアメリカ人の看護婦も四人いたんですが、その中のひとり、名前は忘れましたが、ボーイの私をとてもかわいがってくれました。

米軍の病院に勤務していた頃の加藤氏

――英語はどこで習われたんですか。

そこで勤めながら自習しました。〝Wait a Moment〟とか、〝Hello, waiting, Coming〟とかいうことばも自然と覚えました。そのおかげで、今でも英語をしゃべるから、みんな不思議がります。

――確かに驚くでしょうね。ほかの仲間もどこかで働いていたんですか。

そうですね。たとえば、実家が農家だという人は農場で働かされていました。(24)私の実家も農家だったので、農場でトマトや野菜の収穫を手伝ったこともありました。

――収容所生活でつらかったことはありますか。

シベリア抑留された人よりはましです。シベリアは地獄の沙汰。私たちは大家のお坊ちゃんみたいな待遇でした。

――日本に戻られたのはいつですか。

昭和二十一（一九四六）年の十二月二十一日です。ジャングル生活は七ヶ月、捕虜生活は丸一年続きました。フィリピンに行ってから二年間、一度も日本に戻らなかったので、出征した兄(25)が戦死したことも、復員してから知りました。

※

太平洋戦線で日本軍が劣勢に立たされるなか、フィリピン・レガスピーに派遣された加藤氏は、米軍の圧倒的な火力の前に撤退を重ねた。その途中で加藤氏は病気を患い、死期を覚悟した。

そのとき、加藤氏を救ったのが古参兵で同じ東三河出身の河澄兵長であった。加藤氏に限らず、日本から遠く離れた地で戦っていた兵士にとって、同郷人は何にも代えがたい信頼できる存在であった。河澄の、ときには厳しい言葉による力強い励ましは、加藤氏に再び生きる力を与えた。

その一方で、加藤氏は戦地で仲間の死に何度も直面した。敵の様子を探るために姿を見せたところを射殺された上官、敵の爆撃によって肉を抉り取られた下士官、一緒にジャングルを逃げ回るなかで自ら死を選んだ新兵など、彼らの最期の姿、また彼らの死を救うことができなかった自責の念は、今でも加藤氏の心に深く刻まれている。

終戦から 50 年目の 1995 年、加藤氏（左端）ら元第三十五警備隊員らはレガスピーを訪れ、戦没者供養の慰霊塔を建立した。

現在、愛知県西尾市三ヶ根山頂の比島観音には、太平洋戦争中にフィリピン戦線で亡くなった将兵を弔うための観音像が安置されていて、毎年 4 月第 1 日曜日に「比島観音例大祭」が開かれ、戦没者を供養している。

注

(1) 本章作成にあたっては、加藤勝美『戦争体験記—フィリピンルソン島南部の私記—』(私家版、二〇〇六年)と、加藤勝美『戦争体験記—フィリピンルソン島の私記　前編—』(私家版、二〇一一年)を参考にした。

(2) 海兵団とは日本海軍の新兵教育機関で、新兵はここで約一年間、基礎教育と兵科教育を受けた。太平洋戦争以前、海兵団は海軍鎮守府のあった横須賀・呉・佐世保・舞鶴の四ヶ所に置かれたが、開戦後、逐次増設され、一九四五年春までに、武山(横須賀第二海兵団)・相浦(佐世保第二海兵団)・針尾・大竹(呉第二海兵団)・安浦・大湊・浜名・大阪・田辺・平・高雄・鎮海に設けられた(秦郁彦『日本陸海軍総合事典　第二版』、東京大学出版会、二〇〇五年、七一四頁)。

(3) 特別根拠地隊とは、一九三九年十月十九日発令の「海軍特別根拠地隊令」に基づいて設置され、艦隊前進根拠地の陸上防衛と海上警備、および港務と通信をおもな任務とした(坂本正器・福川秀樹編『日本海軍編制事典』、芙蓉書房、二〇〇三年、六四一頁)。第三十三特別根拠地隊は、一九四四年八月五日に編制され、同月二十三日、派遣先のセブ島に司令部が置かれた(「第三十三特別根拠地隊戦闘情況別冊」第三十三特別根拠地隊戦闘経過概要」、「戦闘概要　第三十三特根」、防衛省防衛研究所図書館所蔵、JACAR(アジア歴史資料センター)、Ref. C08030731800)。

(4) 第三十五警備隊は、もともと第三十三特別根拠隊の所属であったが、一九四四年十一月頃、同根拠地隊から離れて、マニラの第三十一特別根拠地隊に編入された(志柿謙吉『回想レイテ戦記』、光人社、一九九六年、二五頁)。なお、志柿は第三十三特別根拠地隊先遣参謀兼副長を務めた。

(5) 前掲『十五年戦争小史』、一八四頁。

(6) 「絶対国防圏」は、一九四三年九月三十日、天皇臨席の御前会議で決定した「今後採るべき戦争指導の大綱」に基づいて設定され、今後日本が絶対確保すべき要域を千島列島・小笠原諸島・内南洋(南洋群島)・西部ニューギニア・スンダ列島・ビルマを含む範囲とした。これにより、連合軍との戦いの真っただ中にあった、ラバウル・ソロモン諸島方面や中東部ニューギニアは戦略的に放棄された(種村佐孝『大本営機密日誌〈新装版〉』、芙蓉書房出版、一九九五年、一八二頁)。

(7) 前掲『十五年戦争小史』、二一九頁。

(8) 同右、二一四頁。

(9) 同右、二一四〜二一六頁。

(10) 同右、二一六頁。

(11) 徴兵検査では、身長1・55メートルで身体強健な者のうち、現役兵として最適であれば甲種、それに次いで現役兵か補充兵に適していれば乙種、さらに、身体や精神的に異常がある場合は、その度合いに応じて、丙種・丁種・戊種にそれぞれ分けられた。このうち、乙種のひとつである第二乙種は、甲種と第二乙種に次ぐ徴兵検査合格者で、大部分が第一・第二補充兵となって、現役兵となるのを免れた（吉田敏浩『赤紙と徴兵─105歳、最後の兵事係の証言から─』、彩流社、二〇一一年、二〇〜二一頁）。

（12）充員召集とは、動員にあたり在郷軍人の中から各部隊の要員を選んで召集することをいう（同右、五三頁）。その際、使用された令状が赤色の用紙であったため、これを通称、「赤紙」と呼んだ（同右、五〇〜五一頁）。

（13）このとき、加藤と同じく米軍の大船団を目撃したある海軍兵士は、「湾内に新しい島が出来たのかと思うような黒い塊を発見した。一寸の間に数え切れない上陸用舟艇と変化して、陸地に向って急速に進んで来る。八時頃岸に着いた処で、船の前方が割れたようにパッと大きな口をあけて、戦車を先頭に続々と無数の敵兵が、上陸するのを双眼鏡により認められて、何か悪い夢を見ているような強い恐怖を感じたという」（井上忠『続独混第二十六連隊比島の苦斗』、私家版、一九八三年、九頁）。

（14）このとき海軍部隊が所持していた兵器は、わずかな小銃と飛行機から取り外したマンドリン型機関銃のほか、数発のロケット砲弾があるだけであった。とくにロケット砲弾は発射台がなかったため、土で台座を造り、その上に砲弾を載せて、後部の発火点をハンマーで叩いて発射させていた（同右、九頁）。

（15）加藤が所属した第三十五警備隊は約七〇〇人の兵員を有したが、その多くが入隊まもない四十歳以上の応召兵と、二十歳未満の志願兵であった（同右、八頁）。

（16）国広隊はレガスピーから上陸してきた米軍を前に激戦を繰り広げ、米軍兵士二〇〇人以上を殺傷するとともに、米軍の自動車八輌・装甲車一輌・物資集積所二ヶ所を焼き払った（三五警備隊発大臣・聯合艦隊□・菲島部隊各□・総長・三三警備隊・バヨンボン通信基地着機密第一七一六一一番電二分ノ一、「感状　海軍少尉国広高□ノ指揮スル三五警備隊国広小隊」、「聯合艦隊菲島部隊　特殊功績綴」、防衛省防衛研究所図書館所蔵、JACAR、Ref.C08030696500。□は文字不鮮明─引用者注）。

（17）太平洋戦争後半、日本軍占領地に揚陸を試みる連合軍部隊を輸送船ともども沈没させるため、一九四四年五月、日本海軍はモーターボートに爆薬を積んで敵に体当たりさせる特攻兵器、「震洋」を開発した。「震洋」の性能は、たとえば実用船のひとつ、一型艇の場合、全長五・一メートル、重量一・四トン、速力二十三ノット、乗員数一人、爆薬搭載量二五〇キロあり、ほかの実用船と合わせて、終戦までに六二〇〇隻が進水した（前掲『日本海軍史　第七巻』、六九八頁）。

（18）トンプソンSMGは、一九一九年、アメリカのJ・トンプソン退役准将が開発した小型自動火器で、「トミーガン」または、その発射音から「シカゴ・タイプライター」という愛称で呼ばれた。同銃はそれまでのものと違い、肩当ての銃床や照準器がなく、引き金を引くと、装着されたドラム式弾倉から自動で五十発の拳縦断が連射された。また、銃弾を発射するときは、銃床がないために引き金の前後についていたグリップを持ち、腰だめの姿勢を取らなければならなかった。当初、トンプソンSMGは警察やギャングの間で用いられたが、改良が重ねられたことで軍事面での有用性が認められ、第二次世界大戦ではアメリカ軍の主要な歩兵用火器として活躍した（岩堂憲人『世界銃砲史（下）』、国書刊行会、一九九五年、八六五〜八六七頁）。

(19) カービン銃は、別名騎兵銃または騎銃といい、もともとは馬に乗った騎兵が用いる銃身の短いライフルで、歩兵に広く用いられるようになると、一般的に銃身がおよそ二十二インチ（五十五・八センチメートル）以下の銃のことを指すようになった（小林宏明『図説　銃器用語事典』、早川書房、二〇〇八年、五二頁）。

(20) 加藤氏が手にしたもの以外に、フィリピンで日本軍を投稿させるためにばら撒かれた伝単には、いろいろな文言が書かれていた。たとえば、尚武集団姫路第十四団所属の松田勇が一九四五年八月二十日に目にした伝単には次のような一文が載っていた。

「皇軍兵士ニ告グ
待望ノ平和再ビ来レリ。日本帝国ガ天皇陛下ノ命ニ依リ遂ニ連合国ト講和スルニ至ッタ事情ヲ吾々ハコノ一紙ヲ以テ諸君ニ通知ス。君達ノ気付ケル如ク吾ガ軍ノ射撃ハスデニ中止サレタ、君達ハ各自ノ本部ニ集合シ将校ノ指導ニ従エ。一同ガ秩序正シク吾ガ線ニ来得ル様ソノ方法ガ講ジラレツツアル」

なお、松田によると尚武集団は山下奉文集団長の名で八月二十九日に戦闘行動停止の命令を発していた（松田勇「比島散華」、平和祈念事業特別基金編『軍人軍属短期在職者が語り継ぐ労苦　第二巻』、平和祈念事業特別基金、一九九二年、一〇〜一一頁、http://www.heiwakinen.jp/shiryokan/heiwa/02onketsu/O_02_001_1.pdf、二〇一四年五月三十一日閲覧）。

(21) 一九四五年一月、米軍のルソン島上陸を受けて、マニラを守備していた日本陸軍第十四方面軍は、部隊を三つの集団に分けて、マニラ周辺で持久戦を展開することを決めた。このうち、山下奉文陸軍大将率いる尚武集団はマニラ北部に拠点を置いた主力部隊で、麾下には姫路第十師団・朝鮮羅南第十九師団・熊本第二十三師団・第百三師団・第百五師団・戦車第二師団・独立混成第五十八旅団・独立混成第六十一旅団などがあった（狩野信行『検証　大東亜戦争史　下巻』、芙蓉書房、二〇〇五年、二二一〜二二二頁）。

(22) 山下奉文は一八八五年、高知県生まれ。陸軍大学校卒業後、参謀本部附や陸軍省軍事課長などを経て、一九三五年三月、陸軍省軍事調査部長に補された。このとき、天皇親政の国家改造を目指していた陸軍皇道派の将校と親交を結んだことから、二・二六事件では皇道派のひとりと見なされ、一九三七年八月、朝鮮元山の歩兵第四十旅団長に転出された。以後、北支那方面軍参謀長や第四師団長、満洲の関東防衛司令官を歴任し、太平洋戦争では第二十五軍司令官として、マレー・シンガポール進攻を果たした。その活躍から別名「マレーの虎」と呼ばれた。その後、第一方面軍司令官に任じられて満洲北部に移るが、一九四四年九月、フィリピンの第十四軍司令官に転補され、ルソン島に上陸してきた米軍と激戦を繰り広げた。終戦後、B級戦犯としてマニラ軍事法廷で死刑判決を受け、一九四六年二月二十三日、絞首刑に処された（前掲『太平洋戦争人物列伝』、二一八〜二二五頁）。

(23) フィリピンに設置された米軍の捕虜収容所（キャンプ）に入った日本人兵士は、ＰＷ（または、ＰＯＷ。Prisoner of War〔戦地の囚人〕の略語）と表記された衣服を着用させられた（岡田録右衛門『ＰＷの手帳―比島虜囚日記　南方捕虜叢書１―』、国書刊行会、一九八二年、四九頁）。

(24) フィリピンの米軍キャンプ内では、およそ五〇〇人のＰＷが一団にまとめられて中隊組織に編成され、米兵の指揮監督のもと、簡単な労働に従事していた。また、中隊の運営はＰＷの自治に任せられていた（同右、五一〜五二頁）。

(25) 加藤氏の兄加藤十美は、一九四三年、教育召集（白紙）を受けて陸軍に入隊し、ニューギニアの戦いに動員され戦死した。

第三章　南洋・東三河

六　運命を分けた輸送船——ヤップ島からの脱出

話し手　今野《いまの》みどり

マリアナ、西カロリン、西部ニューギニア、比島南部

今野みどり氏

〈今野みどり略歴〉

一九三五年十月二十八日、ミクロネシア・ヤップ島生まれ。小学校三年生まで同島で過ごす。一九四三年に母親と弟らと帰国し、愛知県岡崎市に疎開する。現在、豊橋市在住。

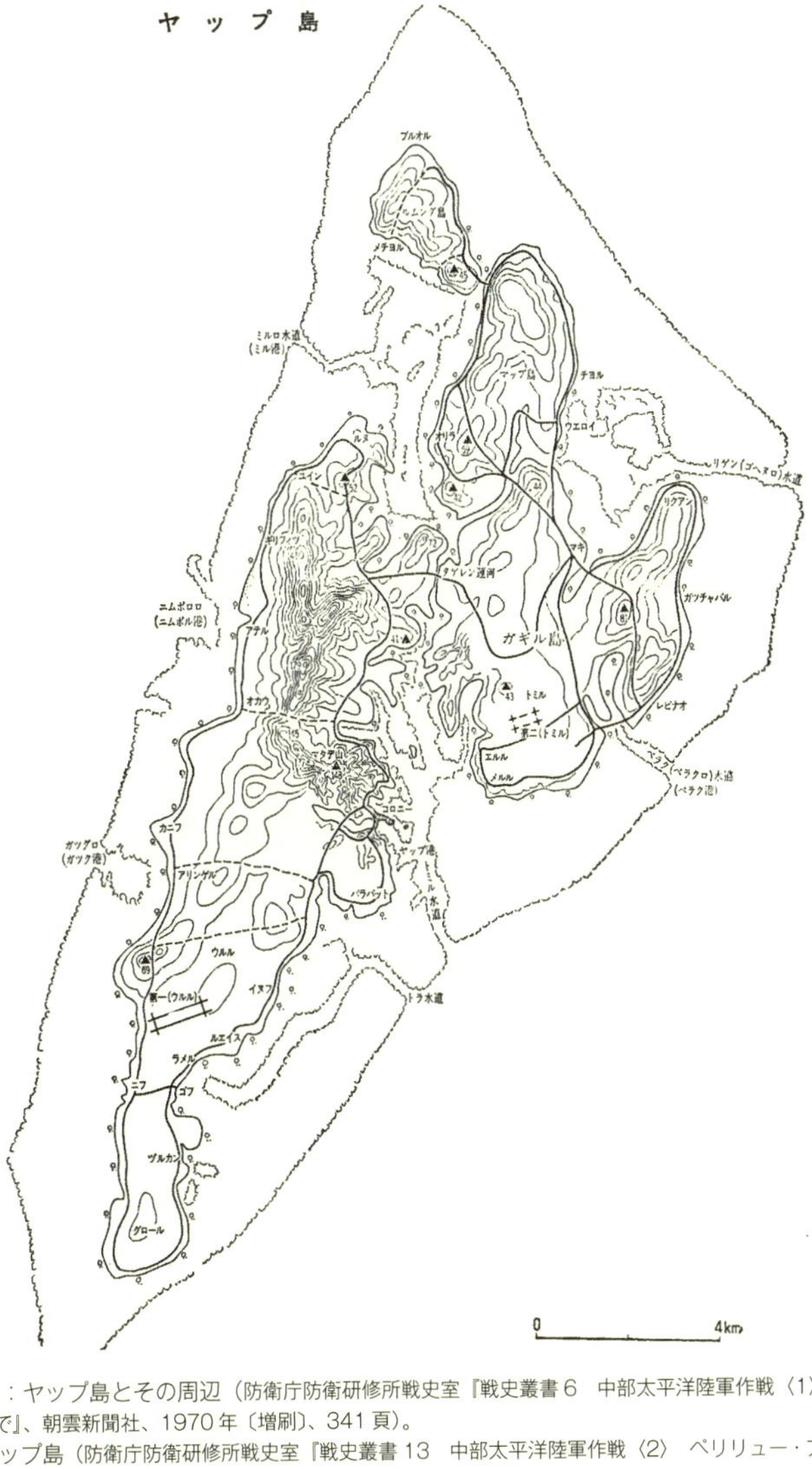

右頁上：ヤップ島とその周辺（防衛庁防衛研修所戦史室『戦史叢書６　中部太平洋陸軍作戦〈1〉 マリアナ玉砕まで』、朝雲新聞社、1970年〔増刷〕、341頁）。
上：ヤップ島（防衛庁防衛研修所戦史室『戦史叢書13　中部太平洋陸軍作戦〈2〉 ペリリュー・アンガウル・硫黄島』、朝雲新聞社、1968年、61頁）。

はじめに

古来、直径一メートルを超す大きなドーナツ状の石の「貨幣」（石貨）が使われていたことから、別名「アイランド・オブ・ストーンマネー」[1]（石貨の島）と呼ばれたヤップ島は、北緯十度、東経一三八度、環太平洋造山帯上のミクロネシア・カロリン諸島西部に位置する。[2]ヤップ島の隣にはムルング・マップ・カギルの三つの比較的大きな島があり、それら島を合わせた総陸地面積は、二六平方キロメートルに達した。四島の周囲にはサンゴ礁が広がり、海岸はマングローブで埋め尽くされていた。[3]

巨大な石貨の前に立つ今野氏とその母・よね。ふたりは1979年12月、ヤップ島を訪問した。

ヤップ島はミクロネシアで数少ない結晶片岩でできた陸島で、全島に広がる赤土からは、アルミニウムの原料となるボーキサイトが産出された。[4]また、その粘性の強い特異な粘土層を使って、ヤップ島では今から約二三〇〇年前から土器が作られていた。[5]

ヤップ島を含むカロリン諸島は、一五二七年、ポルトガル人探検家のディアゴ・ダ・ロシャによって発見され、[6]一六八六年にスペイン、[7]一八九九年にドイツがそれぞれ植民地とした。[8]その後、第一次世界大戦に参戦した日本が、一九一四年十月、ミクロネシアのドイツ植民地を占領し、以後、大東亜戦争が終結するまで、南洋庁(9)を介して実質的に統治した(10)。

日本が南洋群島と呼んだミクロネシアに住んでいた日本人は、占領当時の一九一四年でわずか数十人しかいなかった。しかし、その後急速に増加し、第一回島勢調査が行われた一九二〇年十月には、三六七一人、第五回島勢調査を施行した一九四〇年十月になると、八万四九〇人に膨れ上がった(11)。そして、ヤップ島にも多くの日本人が移り住み、一九三八年六月の時点で、朝鮮人・台湾人を含めて日本人居留民は七五五人を数えた。これは、全島民数の約一七パーセントに及んだ(12)。

一九三五年十月、ヤップ島で生まれた今野みどり氏は、太平洋戦争開戦後、戦火が島にまで及ぶと、家を守る父親を残し、母や弟とともに帰還船で日本へ逃れることになった。

敵艦がうごめく太平洋上を今野氏が乗る船はどのようにして日本へ向かったのか。また、太平洋戦争下、日本から遠く離れたヤップ島で、今野氏はどのような生活を送っていたのか。今野氏の証言から、これまであまり知られていなかった戦前・戦中のヤップ島居留民の様子に迫ってみる。

ヤップ島で生まれ育つ

——今野さんは、そもそもお生まれがヤップ島とうかがいました。ご両親がヤップに渡られたんですか。

そうです。私は昭和十（一九三五）年十月二十八日にヤップのコロ（コロール。またはコロニー）という町で生まれました。コロはヤップの中心にある島内でいちばん大きな町で、南洋庁の施設や病院などがありました。ヤップの隣にはパラオ諸島(13)がありましたが、ヤップはパラオより小さく、島の高台に登ると、島の端から端まで見えました。

両親がヤップに移り住んだのは、少し複雑な経緯がありました。父の天野十郎《じゅうろう》は東海道沿いの本宿《もとじゅく》村（現在の岡崎市本宿）の出身で、十人兄弟の末っ子でした。

私の祖父で、十郎の父の伴吉《ともきち》は本宿の村長(14)を務めたことがあり、非常に厳格な人だったそうです。父の年の離れた兄に代三郎というのがいたんですが、彼は伴吉さんの厳しいのを嫌がり、あるとき、単身東京に家出してしまいました。

ヤップ島コロールの天野商店。前列3人は日本から呼び寄せた店員、後方の人物は店で荷物運びなどに従事していた島民。当時、天野商店は島内で唯一の雑貨店だったという。

代三郎さんは、当時では珍しく、アメリカに行きたいという夢を持っていて、東京で人力車を引きながら一生懸命に渡航の費用を稼ぎました。そして、貯めたお金を持って外務省に出向いてアメリカに行きたいとお願いしたんですが、外務省はこれではお金が足りないと言って、代三郎さんを追い返そうとしました。

しかし、海外に出たい気持ちを諦めきれなかった代三郎さんは、そのお金でアメリカ以外に行けるところはないかと外務省の人に尋ねたところ、その人は南洋のヤップ・パラオはどうかと勧めてくれました。そこで、代三郎さんは、明治四十三（一九一〇）年、ヤップに渡りました。

ヤップに着いた代三郎さんは、コロで天野商店という雑貨店を開きました。それで、その商売が成功し、隣のパラオにもお店を出すことにしました。しかし、お店がふたつになると、もうひとつの店をみてくれる人が必要になるので、代三郎さんがパラオに移って新店舗の面倒をみる代わりに、ちょうど岡崎二中（愛知県立第二中学校。現在の愛知県立岡崎高等学校）を出たばかりの私の父を自分の養子にしたうえで南洋に呼び寄せ、ヤップの店を任せました。

でも、いきなりヤップでのひとりの生活では寂しいだろうということで、代三郎さんは、自分の奥さんの妹もヤップに呼んで、父と結婚させたんです。彼女が私の母です。

天野一家。コロールの自宅前にて。前列右端が当時３歳の今野氏。

——今野さんは、ご兄弟はいらっしゃいますか。

昭和八（一九三三）年生まれで、私より二つ上の姉と弟が二人います。そのとき、姉は日本の女学校に通っていました。当時、ヤップには幼稚園と高等小学校はありましたが、女学校はありませんでした。そのため、女学校に行きたい子どもは小学校三年生くらいになると、みんな親戚を頼って帰国し、日本の女学校に通うことになっていました。

私の姉も家族ぐるみでお付き合いしていた

親しい人を頼って、一人で船に乗って横浜まで行って、[15] そこから父親の実家に近い岡崎まで戻って女学校に通っていました。

私も姉のように女学校に通いたかったんですが、私が小学校三年生になったときには、太平洋戦争が激しくなって、簡単に日本に帰ることができなくなっていました。

――その頃、今野さんはヤップでどのように過ごしていたんですか。

今から思えば、私はヤップでまるでターザンみたいなことをしていました。女の子らしくままごとをするにしても、海へ行ってビール瓶を人形代わりにして遊んでいました。また、あるときには、海面に突き出た岩に登って、そこから何回も海に飛び込んだりしていました。

ヤップ島はサンゴ礁に囲まれていたので、湾内は安全でした。でも、一度だけべっ甲亀が湾内に入ってきたことがありました。そのとき、私の父は湾内を仕切って餌付けをしたのですが、亀はまったく餌を食べなかったので、湾外に放出しました。

日が落ちて夜になっても、月明かりを頼りに日本人の友だちと浜辺でずっと遊んでいました。あまりに帰るのが遅いと、母が「いつまで遊んでいるの」とよく呼びに来て、慌てて家に帰りました。そのとき私はいつも裸足でした。靴は特別な日以外は履きませんでした。

ヤップにはジャングルがあって、そこでも裸足で遊んでいました。ジャングルには木の実がいっぱいあったり、きれいな色の鳥もたくさんいたので、いつもそれを捕まえようとしたんですが、すぐ逃げられてしまいました。本当に野性的で、おてんばを絵に描いたような子どもでした。

——現地の子どもたちとは一緒に遊ばなかったんですか。

それはありませんでした。日本人は日本人と遊んでいました。現地の子どもは七歳くらいになると、日本人の家庭にお手伝いに入って、お風呂焚きやお米を買ってきたりしてお小遣いをもらっていましたが、そういう子どもとも遊んだりはしませんでした。

——やはり、日本人の間に現地の人に対する差別のようなものがあったんですか。

差別というか、日本人と現地の人との間に溝があったのかもしれません。学校も別々でした。現地の子どもたちは学校で日本語を勉強していたそうですが、彼らが日本語学校に来ることはありませんし、幼稚園にも入ることはできませんでした。

でも、現地の人と付き合いがまったくなかったのかといえば、そういうわけではなく、休みになると父たちは彼らと一緒に野球やテニスをして楽しんでいました。そもそも、現地の人は野球で使うような球すら触ったことがなかったので、最初は父たちが彼らに教えてあげるわけです。そして、いったんやり方を覚えてしまうと、彼らは日本人よりも運動神経がいいのか、すぐに上達してしまい、父たちはまったく勝ち目がなく、勝負してもいつも負けてしまうので、現地の人は現地の人で、日本人は日本人で試合をしていました。

日本兵との思い出

――今野さんは、戦争が起きたことはどのように知ったんですか。

私のところには新聞もラジオもありませんでしたが、どこから聞いたのかというと、たぶん町中に流れる無線だったかと思います。太平洋戦争が始まったときは、まだヤップは平和そのものでした。

しかし、私が小学校に通っていた昭和十八（一九四三）年頃になると、授業もそっちのけで、朝礼のあとにみんなで訓練をやるようになりました。訓練というのは、みんなで一緒に竹槍を突いたり、防空壕に逃げ込んだり、沖合いまでボートで行って、そこから泳いで戻ってくる練習などでした。私の母はこうやって訓練すれば敵が来ても大丈夫と言っていましたが、私はあまり信じていませんでした。

――そのような訓練をしているときとか、ヤップで生活しているときに、日本の兵隊に会うことはなかったのですか。

ありました。ヤップの周辺には海軍(16)の船がよく停泊していて、物資を買うために海軍の若い兵隊さんが小舟に乗ってヤップ島に上陸してきました。

その兵隊さんたちが私のところ、天野商店に買い物に来ると、店の中で遊んでいた私たち姉弟を見て、故郷の妹や自分の子どもを思い出すらしく、両親の許可を得て、私たちを海軍の船まで連れてってくれました。

船の中に入ると、慰問袋がいっぱいあって、私たちを帰したくないから、「まだ帰っちゃだめだよ」って言って、慰問袋をプレゼントしてくれました。慰問袋の中には指人形や風船、すごろくがあって、それで兵隊さんと遊びました。

でも、兵隊さんと遊んでいると、よく嫌がらせをされました。兵隊さんはふざけていただけでしょうが、子どもの私たちにとってみたら、そういうことをされると不安な気持ちにかられました。しまいには、兵隊さんたちが私たちに、「島に帰してあげない」とか、「今日はこの船で泊まっていくんだよ」と言って、私たちを離してくれなかったんで、不安でいっぱいになりました。それでも、やはり慰問袋をくれるのはうれしくて、何度も兵隊さんについていきました。

子どもながらによく憶えているのが、ヤップに来ていた飛行隊の上官だった大谷《おおたに》操縦士(17)のことで、私たちを随分かわいがってくれました。大谷さんは水上飛行機に乗っていたんですが、なぜか私に特別に目をかけてくれて、私と友だち二、三人をその飛行機に乗せて、水面をしばらく走ってくれました。おまけに、機内の冷蔵庫からアイスクリームを出してくれて、私たちに少しずつ食べさせてくれました。とてもおいしかったのを憶えています。

その大谷さんが日本軍の指令でいよいよどこかの戦地へ行くことになって、島の上空をくるくる旋回して、私たちに別れの挨拶をしてくれました。私たちも学校の校庭に出て、さよならと手を振って見送りました。

しかし、そのとき、私たちに飛行機に乗っている自分の姿を見せたかったのか、大谷操縦士はとても低い高度で旋回したので、島にある山に翼をぶつけて、海に墜落してしまったのです。私たちの目の前で起こったことで、大騒ぎになりました。

そのあとすぐに、現地の人が海に潜って大谷さんを引き上げたんですが、飛行機の燃料が海に流れて水面が油まみれになり、大谷さんだけでなく、救助に行った現地の人も息ができなくなって亡くなってしまいました。私は二人のお葬式に出ましたが、とても悲しかったです。

二隻の輸送船

おそらく、昭和十九（一九四四）年になって少し経ってからかと思いますが、ある日、学校で戦争のための訓練をやって家に帰ると、

今野氏らがヤップ島から離れる直前に撮影した家族写真。父・天野十郎はヤップ島に残り、終戦後まもなく帰国した。

その夜、空襲警報のサイレンがけたたましく鳴り響きました。私は父を残して、母と弟と一緒に近くのジャングルに逃げ込み、私たちと同じように、近所の人たちも家を飛び出してきて、行列を作ってジャングルに避難してきました。この頃になると、私もだんだん戦争というものを実感するようになってきました。[18]

今野氏らが逃げ込んだジャングル。木々が鬱蒼と生い茂り、敵機の視界から逃れられた。

最初は夜だけしか空襲警報が鳴らなかったの

で、夜が明けるとジャングルから外に出られたのですが、そのうち、昼間でも敵機が飛来してくるようになったんで、なかなかジャングルの中から出ることができなくなってしまいました。

そうなると、日々の生活に支障をきたすであろうということで、成人男性を残し、ヤップにいた日本人の女性と子どもを全員内地に引き揚げさせることになりました。それからまもなくして、日本から私たちを連れだすための輸送船がヤップに到着しました。

母と弟と私は急いでその船に乗ろうとしました。すると、父が船に乗るのを一回見送れと言って、急に私たちを呼び戻したんです。

今野氏らが当初乗船するはずだった輸送船・睦洋丸。東洋汽船所属、2726トン。ヤップ島出航直後に米潜水艦の攻撃に遭い、サイパン島に曳航されたところ、米軍のサイパン上陸に巻き込まれた。ヤップ島居留民を含む乗員は船外に脱出したが、その大半が戦死し、船も海中に没した（戦没船を記録する会編『知られざる戦没船の記録（上巻　激戦の海での特攻船団）』、柘植書房、1995年、176頁）。

――それはなぜですか。

そのとき父は私たちに、「次に来る船は大きな輸送船で、激しい戦闘をくぐり抜けてきているから、たぶん船長の腕がいいだろう」[19]と言いました。何か勘が働いたのでしょう。

そのとき、ヤップもだんだん危険になってきて、私たちも早く日本に帰りたくてしょうがなかったのですが、結局、父の言うことに従いました。

一隻目の輸送船が出てから数日後に、二隻目の輸送船がヤップに到着しましたが、乗ったところとても狭く、みんなひとかたま

ヤップ神社の参道で記念撮影をとるヤップ島居留民婦人会一同とその子どもたち。前列右から４人目の帽子をかぶっている子どもが今野氏。ここに写っている親子の大半が睦洋丸に乗船し、サイパン島で亡くなった。

りになって船底でしばらく過ごさなければなりませんでした。

でも、父の言うことを聞いて船を替えたことが運命の分かれ道でした。それは、もともと私たちが乗るはずだった一隻目の輸送船は船体が小さかったんですが、不幸にも敵に見つかってしまったんです。

敵の船から攻撃を受けたその輸送船は、船の中に人を乗せたままでは危険と判断し、乗っている人たちをみんなサイパン島に降ろしたそうです。そうしたところ、すでにサイパン島にいたアメリカ軍に見つかり、全員玉砕してしまいました。[20]

実は、私の学校の友だちがほとんどその一隻目の輸送船に乗っていて、助かった友だちは私と一緒に二隻目の輸送船に乗っていたほんの数人でした。[21]

これは戦後になってからの話ですが、ヤップで家族ぐるみで親しくしていたある一家がいて、そこのご主人は私の父と一緒に終戦間際に日本へ帰ってきました。[22]私の父は私たちが無事に戻っていたのでよかったたんですが、そのご主人は実家の四国に戻っても、誰一人先に帰ったはずのご家族がいなかったんです。ご主人は家族を探しにあちこち回り、私の父のところにも尋ねに来ました。

そこの家にはくにちゃんという長男と、けいこちゃんという女の子がいて、私とよく遊んでいましたが、その後、ご主人がいろいろと調査した結果、母親と一緒に私たちが乗るのを控えた一隻目の輸送船に乗ってサイパン島に上陸したことがわかりました。

お母さんと子どもふたりは、爆撃を受けながらサイパン島の中を逃げ回ったんですが、結局、三人とも爆風でやられてしまったそうです。

ご主人は三人の最後を見届けた人がいただけでもよかったと納得したそうですが、心中はいかばかりだったかと思います。

父の命令を受けて今野氏らが乗船した興新丸。岡田組所属、6529トン（日立造船株式会社編『日立造船百年史』、日立造船株式会社、1985年、178頁）。同船は今野氏を下船させたあと、船団を組んで南方に向かったが、1944年8月9日、台湾・基隆沖で被雷し沈没した（駒宮真七郎『戦時輸送船団史』、出版協同社、1987年、220頁）。

——本当に悲惨な話です。今野さんの乗っていた輸送船は、アメリカ軍に攻撃されなかったんですか。

いいえ、私たちの船も何度か危ない目に遭いました。あるとき、船内で警報のサイレンが鳴ったんで、何かと思って船の外に出てみると、ぶわっと波しぶきをあげて、魚雷が私たちの船をめがけて飛んでくるのが見えました。もうこれまでかと思いましたが、船はそれをうまくよけたんです。そうかと思えば、敵の飛行機が見えると、みんな一斉に船底に潜って身を潜めました。

船には船底と船外を繋ぐ階段がふたつあって、事前に母と弟でどちらの階段を使うかを決めていたのに、弟はいつも間違えてもう一方の階段で行ってしまったんで、あとで弟を探し出すのに苦労しました。

――当時は今のような救命用具はなかったんでしょうね。

浮き袋だけは何とかありましたが、それ以外の救命用具はなく、みんな着の身着のままで船に乗っている状態でした。でも、何かの拍子に海に落ちては危ないので、母は私と弟に一枚の長いさらし布と一本の鰹節を腰にぶら下げてくれました。

――それはいったいなぜですか。

これは、もし敵の魚雷が船に命中した場合の話なんですが、もし魚雷が当たって船が沈みそうになったら、船と一緒に渦に巻き込まれないよう、できるだけ遠くに飛び込む。そのとき、ひもで巻いていたさらしをほどくことになっていました。なぜかというと、南方の海には人食いザメがいたんですが、サメは自分より大きいものは食べないらしく、さらしをのばすことで、サメから身を守ることができるといわれていました。

もうひとつの鰹節は長く漂流してお腹が空いたときの非常食でした。これらは全部学校の訓練で先生から教わったことでした。こんなところでそれが生かせるとは思ってもいませんでした。

——船底で過ごしたり、敵に攻撃されそうになったこと以外に、船に乗っていて辛かったことはありますか。

あと辛かったことといえば、トイレでした。船には今の私たちが想像するようなトイレはなく、船の後ろに二本の板が海の方に飛び出すように取り付けられていて、そこに両足を置いて用を足しました。とても揺れるし、下を見ると一面の海で、船から流れてくるものを餌に、サメがトイレの真下の辺りをうろうろしていたので、子どもひとりで用を足すのはとても怖かったです。

もうひとつ辛かったのは、船の中で誰かが亡くなると、遺体をそのままにしてはおけなかったので、戸板のようなものに遺体を縛りつけて、船のうしろから海に投げ入れたことでした。そのときはみんなデッキに出て、一緒に頭を下げて念仏を唱えました。すると、下の方からズドーンと大きな音がするのです。それは、遺体が海に落ちた音で、みんな目をつぶってそれを見ないようにしていました。

——結局、船での生活はどれくらい続いたんですか。

今野　だいたい、一ヶ月くらいだったかと思います。敵の攻撃を避けながら避けながら、横浜港に到着しました。その日、横浜には霧が降りていたんですが、船に乗っていたみんなは、それを見て「雪だ、雪だ」と大騒ぎしました。ヤップ島では誰も雪を見たことがないので、霧と雪の区別がつかなかったのです。

横浜に着いたあと、何か菌を持っていないかと、いろいろ検査を受けました。それが済んで一ヶ月くらい経って、私たちは疎開先の岡崎の明大寺というところに行きました。

疎開先でも命を狙われる

――日本に戻ったとはいえ、まだ戦争は終わってなくてご苦労されたかと思います。

今野　確かにそうです。岡崎に来ても空襲はありましたし、安全ではありませんでした。岡崎で代三郎さんは、空き家を回って燃えやすいものはないかチェックしていました。さいわい、私たちの家に爆弾の直撃はありませんでしたが、危なかったので、兵隊さんが造ってくれていた防空壕に避難していました。(23)

1979年、ヤップ島を訪問した際に、今野氏はヤップ島神社跡にある墓碑にお札を貼って、戦没者の冥福を祈った。

そのあと、だんだん明大寺にいても危険になってきたので、私たちは本宿の近くの長沢というところに移りました。しかし、そんな村でも安全ではなく、お昼に長沢の疎開先でご飯を食べたあと、友だち五人と一緒に学校に戻る道の途中で、米軍の飛行機に襲われました。

どこからともなく低く飛んできて、バリバリバリと私たちに向けて機関銃を撃ってきたのです。あまりにも低く飛んできたんで、パイロットの顔も見えました。私たちは慌てて横の竹藪に飛び込んで難を逃れましたが、身の縮む思いでした。

戦争が終わると、長沢の疎開先の家が国道一号線沿いだったので、進駐軍のトラックが何十台も通っていきました。そのとき、進駐軍の兵士が、チューインガムやチョコレートをバンバン投げてきて、母は食べちゃだめだと止めましたが、子どもは甘いものには勝てません。

進駐軍からどうやってお菓子をもらうのかわからなかったんで、戻ってきていた父に聞くと、チューインガムがほしいときは、「プリーズ、ミー。チューインガム」、チョコレートがほしいときは、そのままチョコレートというんだよと教えてくれました。それを友だちにも教えてあげて、みんなでお菓子をもらいにいきました。恥ずかしい話ですけど、今からみると、私たちはまるで物乞いみたいでした。

それに、進駐軍は少し前に子どもの私に弾を撃ってきた敵であったわけですから、複雑な気持ちでした。

※

南洋の孤島、ヤップ島も大東亜戦争と無関係ではいられなかった。それでも、開戦まもない頃は平穏で、今野氏は実家の雑貨屋を訪れた日本海軍兵士や、ヤップ島に派遣されてきた航空隊隊長と交流を持った。

しかし、一九四四年に入り、連合軍の反攻が南洋群島にまで及ぶと、ヤップ島の日本人居留民は戦火を避けるため、住み慣れた島を離れなければならなくなった。このとき起きた睦洋丸の沈没と興新丸の日本帰還は、これまであまり知られていなかった事実であり、今回、今野氏の証言でその詳細が明らかとなった。

今野氏は偶然にも興新丸に乗り合わせたため、日本に帰国することができた。しかし、疎開先の岡崎では空襲に遭うなど、常に危険にさらされた。

とくに、今野氏は下校途中に米軍機の機銃掃射に襲われた。この今野氏の事例は西三河のものであるが、同様のことが隣の東三河でも起きていたことは容易に想像できる。この点からいっても、大東亜戦争では前線から遠く離れた東三河もいつ命を落とすかわからない危険な戦場であったといえよう。

注

（1）小林繁樹「世界最大の貨幣―石で作ったヤップのお金―」、印東道子編著『エリア・スタディーズ ミクロネシアを知るための58章』、明石書店、二〇〇五年、一七四頁。ヤップ語で「フェ」と呼ばれた石貨は、同じカロリン諸島のパラオ島から産出された結晶質石灰岩で、材料をパラオで掘りだしたあと、カヌーでヤップ島まで運び込んだ。石貨は小さいもので直径二十センチメートル、大きいもので直径四メートル、重さ五トンにもなった。現代の貨幣社会がヤップにもたらされるまで、石貨は取引や社会的地位のシンボルとして用いられたが、今でも一部儀礼的場面で使用されている（牛島巌『ヤップ島の社会と交換』、弘文堂、一九八七年、一六二～一六三頁）。

（2）同右、三五頁。

（3）前掲『中部太平洋陸軍作戦〈2〉』、朝雲新聞社、一九六八年、六〇頁。

（4）同右。戦前、三井鉱山株式会社が行った調査によると、ヤップ島にはボーキサイトが約一万トン埋蔵されていたほか、鉄鉱石も約三十万トンあったという。三井鉱山はヤップ島やパラオ島、トラック島などの調査をもとに、一九三六年十一月二十七日、南洋拓殖株式会社などとの共同出資で南洋アルミニウム鉱業株式会社を創設し、南洋でのボーキサイト採掘を始めた（峰松茂雄・倉田洋二「ボーキサイト採鉱業の発展」、倉田洋二・稲本博編『パラオ共和国―過去と現在そして21世紀―』、おりじん書房、二〇〇三年、二七六～二七八頁）。

（5）印東道子「土器を作った島、作らなかった島―土器作りに見る歴史の一端―」、前掲『ミクロネシアを知るための58章』、五八頁。

（6）防衛庁防衛研修所戦史室『戦史叢書６ 中部太平洋陸軍作戦〈1〉マリアナ玉砕まで』、朝雲新聞社、一九七〇年（増刷）、二頁。

（7）カロリン諸島の名は、スペイン統治時のスペイン王カルロス二世（在位一六六五年～一七〇〇年）から採られた（南洋庁『南洋群

島要覧』、南洋庁、一九三八年、一四頁)。

(8) 一八九八年、米西戦争でスペインがアメリカに敗れると、すでにマーシャル諸島を手に入れていたドイツは、一八九九年、財政難にあえいでいたスペインからマリアナ・カロリン両諸島を買い取った。以後、ドイツはヤップ島に通信施設を置いたり、拓殖会社を設立するなどして、植民地経営を行った(外務省編『外地法制誌 第10巻 委任統治領南洋群島 前編』、文生書院、一九九〇年、一三〜一四頁)。

(9) 第一次世界大戦終了後の一九一九年六月、国際聯盟の承認のもと、南洋群島が正式に日本の委任統治地域になると、日本政府は一九二二年四月一日、パラオ諸島のコロール島に南洋群島の政務を管掌する南洋庁を開設した。南洋庁はトラック(東部)、パラオ(西部)、サイパン(北部)の各島にそれぞれ支庁を置いて事務を分掌したが、ヤップ島には西部支庁管下の支庁出張所が設置された(防衛庁防衛研修所戦史室『戦史叢書38 中部太平洋方面海軍作戦〈1〉昭和十七年五月まで』、朝雲新聞社、一九七〇年、一三〜一五頁)。

(10) 日本は国際連盟の承認を受けて、一九二〇年から南洋群島を委任統治したが、それが完全に終了したのは、大東亜戦争を経て、一九五一年九月のサンフランシスコ平和条約で、委任統治に関するすべての権利を放棄したときであった(前掲『外地法制誌 第10巻』、一四頁)。

(11) 外務省編『外地法制誌 第11巻 委任統治領南洋群島 後編』、文生書院、一九九〇年、六二一〜六二三頁。

(12) 前掲『南洋群島要覧』、五四〜五五頁。

(13) パラオ諸島は主島のバベルダオプ島(パラオ本島)・カヤンゲル島・アンガウル島・南西諸島などで構成され、総陸地面積は四五八平方キロメートルに達した(印東道子「ミクロネシアの島じま—太平洋に浮かぶ「小さな島」—」、前掲『ミクロネシアを知るための58章』、一九頁)。

パラオには、すでに十七世紀にスペインの宣教師が一時上陸をしていたが、島民とヨーロッパ人との実質的な接触は、一七八三年、パラオ沖で座礁したイギリス東インド会社のアンテロープ号船長が、パラオ本島の大首長と対面したことから始まった。数年後、本国に帰国した船長がパラオを紹介した書籍を刊行したことをきっかけに、パラオの存在がヨーロッパ中に知れ渡った。しかし、ヨーロッパとの接触によって、パラオには銃器や病原菌が持ち込まれ、以後、一〇〇年間で島内の人口が十分の一に激減した(印東道子「ヨーロッパ人との遭遇—「発見」されたミクロネシア」、同右、七二〜七三頁)。

その後、パラオはスペインとドイツによる植民地支配を経て、第一次世界大戦後、日本の委任統治領となった。南洋庁開庁後、パラオでは日本人移民によって漁業やサトウキビ栽培、パイナップル缶詰製造などが営まれた。さらに、一九三六年、パラオに日本の南進政策を促進するための国策会社、南洋拓殖株式会社が設立されると、ボーキサイトやリン鉱石の採掘業、アルミニウム製造業、海運業、発電業などの事業が展開された（須藤健一「日本統治時代―日本の手に渡った植民地―」、同右、七八〜八〇頁）。

(14)　天野伴吉は、一八九四年十二月二十日から一九〇九年二月二十日までの十四年三ヶ月、本宿村村長を務めた（本宿村編『本宿村誌』、本宿村、一九二〇年、五頁）。

(15)　日本の民間航空会社による内地―南洋間の航路開拓は一九四〇年三月からで、それ以前に南洋諸島の日本人居留民が内地へ向かうには船舶を使うしか手段がなかった（前掲『中部太平洋方面海軍作戦〈1〉』、一九七〇年、一七頁）。

(16)　太平洋戦争開戦時、ヤップ島を含む西カロリン諸島地区の警備は、一九四〇年十一月十五日に設置された日本海軍第三根拠地隊が担当していた。その後、同隊は二度の改編を経て、一九四四年一月十日に第三十特別根拠地隊となった。ヤップ島には同隊麾下の第四十六警備隊が駐屯していた（前掲『中部太平洋陸軍作戦〈2〉』、六三頁）。

　また、ヤップ島の防備増強のため、同年二月、日本海軍は第二〇五設営隊を同島に派遣し、ヤップ第一（ウルル）・第二（トミル）飛行場の建設に着手させた。さらに、陸軍も四月、第四派遣隊をヤップ島に急派して米軍上陸に備えるとともに、その後も数個大隊をヤップ島に増派し、五月二十二日にそれら部隊を合わせて独立混成第四十九旅団に改編した。一九四五年七月末の時点で、ヤップ島に駐屯していた軍属・軍夫を含む将兵は陸海軍合わせて約五五四六人にのぼった（同右、一〇八〜一一三頁）。

(17)　「大谷操縦士」についての詳細は、はっきりしない。同姓では、一九四四年七月十日に第三十特別根拠地隊所属で西カロリン飛行隊（水上偵察機隊）司令の大谷龍蔵大佐がいた。しかし、大谷が司令に着任したとき、すでに今野氏はパラオを離れていた。また、大谷も同年九月二十六日に戦死（外山操編『陸海軍将官人事総覧（海軍篇）』、芙蓉書房、一九八六年、二三八頁）していて、今野氏の証言とは一致しない。

(18)　一九四四年三月三十日から三十一日にかけて、パラオ島は延べ六五〇機からなる米艦載機の攻撃を受けた（パラオ空襲）。この空襲により、パラオ市街地の大半が焼失したほか、死傷者二四六人、航空機一四七機、輸送船二十一隻（うち、沈没十八隻、座礁三隻）などの被害を受けた。空襲前日までパラオ港には日本海軍聯合艦隊旗艦「武蔵」をはじめ、第四・第五戦隊、第二水雷戦隊、第十七駆逐隊および附属の艦艇が停泊していたが、敵機襲来の情報を察知し、事前に港外へ退避していたため、被害がなかった（前掲『中部太平洋陸軍作戦〈2〉』、七八〜七九頁）。

　一方、ヤップ島でも三月三十一日から四月一日にかけて、断続的に米軍機の空襲に遭い、コロール市街地および近くのヤップ港などに大きな被害を受けた。さらに、六月に入り、米軍がマリアナ諸島にまで進出すると、ヤップ島上空には米軍B-24爆撃機が大挙して飛来し、ヤップ島を防衛する日本側地上部隊と激しい戦闘が繰り広げられた（同右、一三二〜一三三頁）。

(19)　ヤップ島にはコロールの近くに港があり、五〇〇〇トン級の艦船が二隻接岸できるようになっていた（前掲『中部太平洋陸軍作戦

〈2〉』、六〇頁）。このとき、ヤップ港に入港してきたのは、いずれも日本海軍が徴用した貨物船、「睦洋丸」と「興新丸」であったと考えられる。両船は中部太平洋域の防衛強化のための兵員輸送を目的とした東松七号船団に組み込まれ、一九四四年四月二十八日、東京湾から出航した（林寛司編著『日本艦船戦時日誌（下巻）』、私家版、二〇一二年、八四〇頁）。

総トン数は「睦洋丸」が二七二六トン、「興新丸」が六五三〇トンであるため、今野氏の証言から乗船したのは「興新丸」であったと思われる（戦没船を記録する会編『知られざる戦没船の記録　下巻　断末魔の海上輸送』、柘植書房、一九九五年、一七三、一七八頁）。

(20)　一九四四年五月十八日、内地引揚者約六十人を乗せてヤップ島を出航した「睦洋丸」は、二十一日、グアム島西方海域で米軍潜水艦の雷撃を受け航行不能となり、船団を組んでいた貨物船「白山丸」に曳航されて、二十五日、サイパン島に入港した。その後、同港で再出発の準備をしていたところ、六月十一日、米艦載機によるサイパン島空襲に遭遇し、「睦洋丸」は艦橋に直撃弾を受けて沈没した。この空襲で「睦洋丸」乗船者のうち、四十五人が死亡した。そして、沈没前に船外に脱出した生存者も、サイパン島に上陸してきた米軍との戦いに巻き込まれ、多くが命を落とした（前掲『日本艦船戦時日誌（下巻）』、八六三、八八五頁）。

(21)　興新丸は五月十八日にヤップ島を発ったあと、パラオ・ダバオ（ミンダナオ島）・マニラ・高雄・大阪などを経て、七月十六日、横浜に寄港した（「大東亜戦争徴傭船舶行動概見表　甲　第五回の一（カ～コの部）」、防衛省防衛研究所図書館所蔵、JACAR、Ref.C08050109100）。

(22)　天野家と親しくしていた「ご主人」についでは不明であるが、天野十郎が帰国したのは終戦間際ではなく、終戦直後の一九四五年十月二十四日であった（南洋群島協会編『南洋群島引揚者名簿』、私家版、一九五七年、五四五頁）。

(23)　戦時中、岡崎市は戦火を避けるために名古屋から疎開してきた中小の工場が多数あったことから、米軍の日本本土爆撃に際し、目標のひとつとされた。終戦間際の一九四五年七月十九日から二十日にかけて起きた岡崎空襲では、グアム島から飛来したB-29戦略爆撃機約八十機が岡崎市中心部を攻撃し、とくに二十日の空襲では、岡崎市内に焼夷弾が約一万二〇五六発も投下された。この空襲により、岡崎市では死者二〇七人、行方不明者十三人、被災者三万二〇六八人を出し、全焼家屋は市内全戸数の三分の一余りにあたる七三一二戸に及んだ。また、米軍機は一般市民に対する直接攻撃も行い、飛来してきたP-38ライトニング戦闘機の機銃掃射によって、母の目の前で幼児の首が吹き飛ばされるなどの痛ましい事件も起きた（新編岡崎市史編集委員会編『新編岡崎市史　近代4』、新編岡崎市史編さん委員会、一九九一年、一二七三～一二七七頁）。

七　東三河の水際防衛

話し手　野口《のぐち》志行《しこう》

野口志行氏

〈野口志行略歴〉

一九二〇年、名古屋市生まれ。一九四一年十二月、名古屋薬学専門学校（現在の名古屋市立大学薬学部）[1]を繰り上げ卒業後、徴兵検査に合格し、一九四二年二月一日、豊橋の中部第六十二部隊[2]一歩兵砲中隊に入隊する。一九四三年四月、歩兵第百十八聯隊[3]に転属し、一九四五年五月から、怒《いかり》部隊（第七十三師団）[4]小隊長として、静岡県浜名郡新居町新町《しんまち》（現在の湖西市新町）で速射砲陣地構築の指揮を執る。戦後は豊橋市で薬局を営む傍ら、風刺漫画家として活躍する。

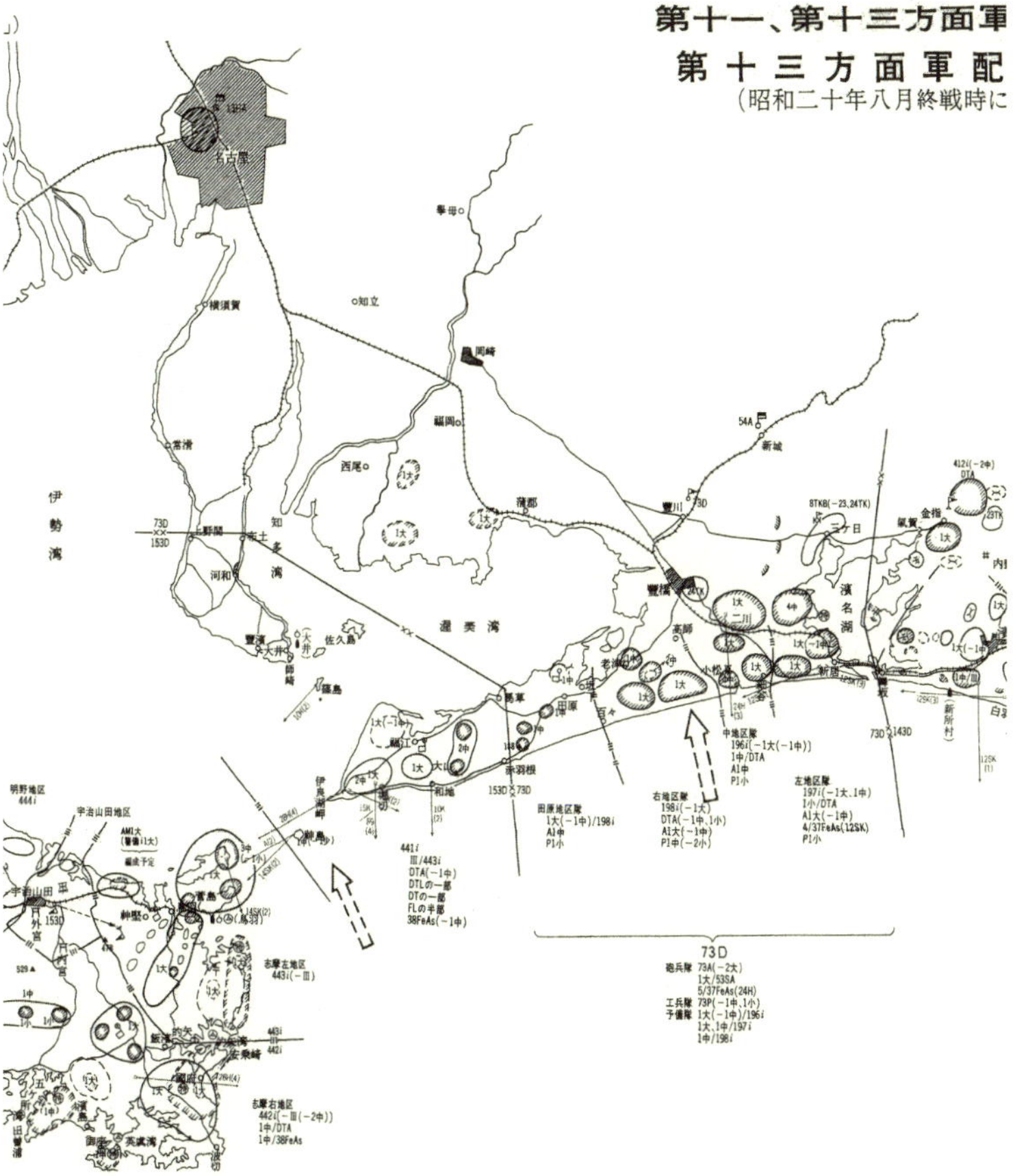

戦争末期の東三河の防衛体制（防衛庁防衛研修所戦史室『戦史叢書 51　本土決戦準備〈1〉―関東の防衛―』、朝雲新聞社、一九七一年、付図第四）

はじめに

本章は、戦争末期の一九四五年五月、東三河にほど近い静岡県の遠州灘で、米軍上陸を想定した本土防衛の任務に就いた野口志行氏の体験談をみていく。

アメリカが日本本土への侵攻を計画したのは、日本軍からマリアナ諸島を奪回し、フィリピンのレイテ島を目前にした一九四四年九月のことであった。具体的には一九四五年中に九州および関東方面に上陸を果たすというもので、ドイツ降伏後の一九四五年六月二十九日、米国統合幕僚会議の指令に基づき、ハリー・S・トルーマン米大統領は、同年十一月一日に九州上陸計画を実行する方針を了承した。(5) なお、アメリカは九州上陸作戦のことをオリンピック作戦、関東方面上陸作戦のことをコロネット作戦と呼んだ。

一方、日本陸軍はすでに太平洋戦争開戦以前の一九四一年七月に防衛総司令部を創設し、本土防衛の体制作りを始めていた。

一九四四年以降、米軍機による日本本土空襲や、フィリピン戦局の悪化などによって、米軍の本土侵攻が現実味を帯びてくると、一九四五年二月、陸軍は内地防衛軍を新設するとともに、三月には防衛司令部を解消し、新たに第一・第二総軍、航空総軍を設置して防衛体制を強化した。(6)

さらに、四月八日、陸軍は「決号作戦準備要綱」を決定し、日本本土要域で米軍を迎え撃つという基本方針のもと、軍民一体、国を挙げて作戦目的を完遂することを目指した。(7)

日本本土は海で囲まれているため、海上からの敵の上陸を阻止するには、いかに水際で食い止めるかが、作戦上極めて重要であった。

東海三県と富士川以東を除く静岡県、石川・富山両県を防衛する第十三方面軍は、米軍が本土侵攻作戦の一環として、日本を東西に分断する場合、海岸線の伸びる渥美半島か遠州灘に上陸する可能性が高いと判断し、同地に兵団を置いて水際で上陸を阻む方針を立てた。さらに、方面軍は戦局によって敵を豊橋の平地までおびき寄せ、そこで米軍と決戦に臨むことを決めていた。(8)

野口氏は第十三方面軍隷下の怒部隊小隊長として、遠州灘の防衛を担当していた。米軍の艦艇が間近に迫るなか、東三河を背に、野口氏はいったいどのような体験をしたのだろうか。

薬から砲に持ちかえて

——漫画家でいらっしゃる野口さんは、先ごろ、これまで描かれた漫画を作品集として一冊にまとめられたそうですね。(9)

はい、そうです。私は地元豊橋のローカル紙、東日《とうにち》新聞の前身である東三《とうさん》新聞に、昭和二十七（一九五二）年から昭和四十（一九六五）年まで風刺漫画を連載していて、昭和四十二（一九六七）年以降は「東風戯風《とうふうぎふう》」という、これも風刺漫画ですが載せていました。漫画家人生は今日まで足かけ六十年になります。(10)

——風刺漫画を連載されたきっかけは何だったんですか。

もともと絵を描くのが好きで、とくにユーモアを込めて社会を風刺するような絵を好んでいました。風刺漫画を描くようになったのは、あるとき、新聞社から頼まれたのが始まりでした。

東三新聞初代社長の杉田有窓子《すぎたゆうそうし》さん(11)から、「なんでも、好きなように描いておくれん」と言われたので、私は遠慮なく描かせてもらいました。あるとき、暴力団の抗争事件について描いた絵が問題になったとき、杉田さんは「私が責任を持つから、しばらく静かにしとりん」と言って、私をかばってくれました。

――作品集を拝見させていただきますと、風刺画とはいえ、登場人物の表情や姿が微笑ましく、見ていて心が和みます。また、太平洋戦争を題材にした作品もあって、豊橋空襲を受けた市内の様子を描いた「焦土・とよはし」は、ミレーの「晩鐘《ばんしょう》」(12)のような暖色系の色を使いながら、空襲で焼け野原になった豊橋を描き、拝見して衝撃を受けました。この作品は野口さんの実際の体験をもとに描かれたものですか。

そうです。昭和二十年六月十九日の深夜から二十日にかけて、豊橋は焼夷弾による空襲(13)がありました。当時、私は浜名湖の近くの新町で速射砲陣地を構築していたんですが、空襲の知らせを聞いた翌日に駆けつけて、そこで見た印象をもとに描きました。豊橋市内は一面の焼け野原で、額《ぬか》ビル(14)（額田《ぬかた》銀行ビル。現在のカリオンビル）がぽつんと墓石のように建っていて、あとはところどころに土蔵が残っているだけでした。

――絵からも、その空襲のすさまじさが見てとれます。ところで、野口さんは戦争末期に渥美半島から遠州灘にかけての本土防衛に参加したということですが、徴兵された経緯からお話いただけますか。

はい。太平洋戦争が始まったとき、私は名古屋薬学専門学校の三年生でした。太平洋戦争が激しくなると、昭和十七年に卒業するはずだった私たちは、在学期間を繰り上げられて徴兵検査を受けることになりました。[15]

検査が終わって外へ出ると、灯火管制が敷かれていて真っ暗でした。軍艦マーチや真珠湾奇襲成功の放送で興奮して、みんなで万歳、万歳でした。

徴兵検査に合格した私は、十七年の二月一日に初年兵として豊橋の中部第六十二部隊に入隊しました。私は歩兵砲中隊に配属となり、速射砲を使って戦車を撃つ訓練を受けました。

——訓練で豊橋市内を回ったりしましたか。

はい、高師天伯原《たかしてんぱくはら》が大演習場になっていて、毎日、黄土にまみれながら訓練に励んでいました。

——訓練はどれだけやられたんですか。

一般兵士としての訓練は半年間で、残りは幹部候補生[16]の教育を受けました。六十二部隊では将来の幹部候補生を作るため、私たち学生だった者ばかりを集めて特別訓練が行われました。実際の幹部候補生の勉強は熊本の教導学校でやりました。たしか五ヶ月くらい学校にいて、終わると原隊に戻りました。

——原隊に戻ってからはどうされたんですか。

しばらく原隊にいましたが、昭和十八年四月になって歩兵第百十八聯隊に編入することになりました。さらに、七月六日には豊橋から軍旗を持って静岡に入り、静岡の部隊と合併しました。この第百十八聯隊

豊橋市二川町に遺るコンクリート製のトーチカ。現在でも東三河各地には、本土防衛のために建てられた旧日本軍の遺構が点在している。

豊橋公園内に建つ歩兵第118聯隊碑

はまもなくサイパンに動員されて、私たちの戦友の多くが亡くなってしまいました[18]。そのとき、私はたまたま静岡の留守部隊として残留していました。なぜ日本に残ることになったのかは運というものでしょうか。

　それで静岡に残っているうちに、本土防衛を目的とした怒部隊の編成があって、私は新町というところで速射砲陣地を造ることになりました[17]。

――野口さんは、当時薬学専門学校の学生でしたが、部隊の中で薬品に関わるような仕事はやられたんですか。

　いいえ、薬剤官になるのはほんのわずかで、薬剤より鉄砲や飛行機を必要とする戦況でした。部隊の中で私は小隊長を務めました。

難航した陣地構築

――速射砲陣地とはどんな陣地だったんですか。

　それは、本土決戦に備えてトンネルを造り、その中に速射砲を入れて撃つ陣地でした。まず、トンネルを造るために、松の角材で枠を作って掘り進めました。あの辺りは赤土で、ところどころに粘土や砂があって、崩れる部分が多かったんです。土砂を止めるために松材の板をブロック塀のようにはめ込んで掘り進んでいきました。掘削は十字鍬とか円匙《えんぴ》（小型のシャベル）だけを使っての人海戦術でした。

私たちが守っていた遠州灘の海岸は砂浜で、松林や村落が脇にあって、東海道も通っていました。その東海道をそれて湖西へ抜ける脇道があって、敵はそこを狙ってくると予測されたので、その辺りの丘

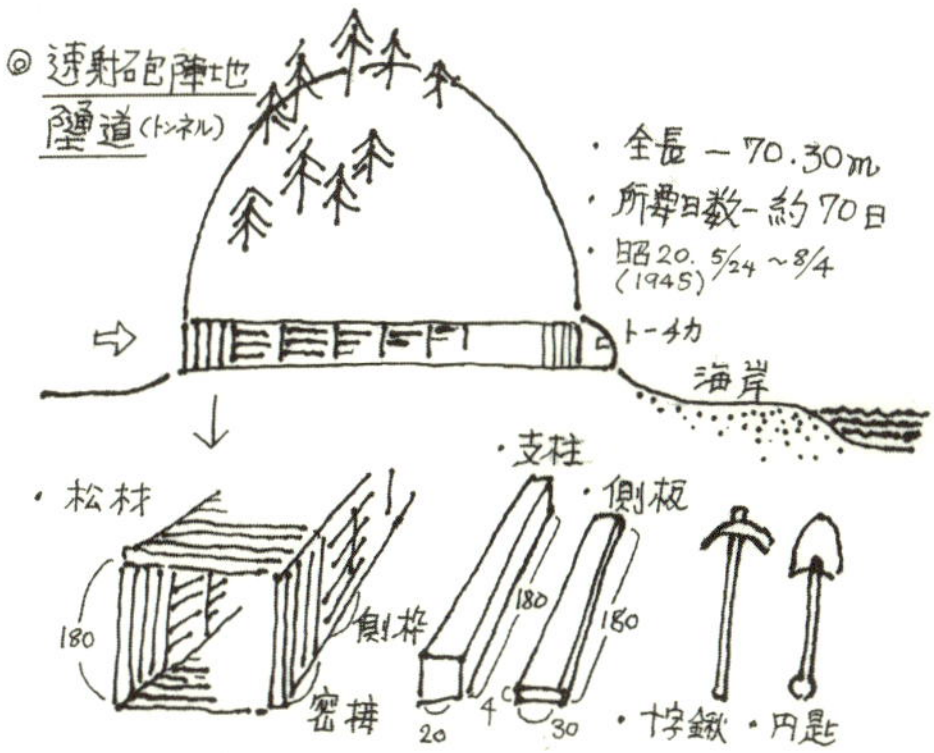

速射砲陣地の断面図（野口氏スケッチ）。トンネルの入り口から速射砲を搬入して、トーチカの銃口から上陸を試みる米軍部隊を迎撃する予定であった。

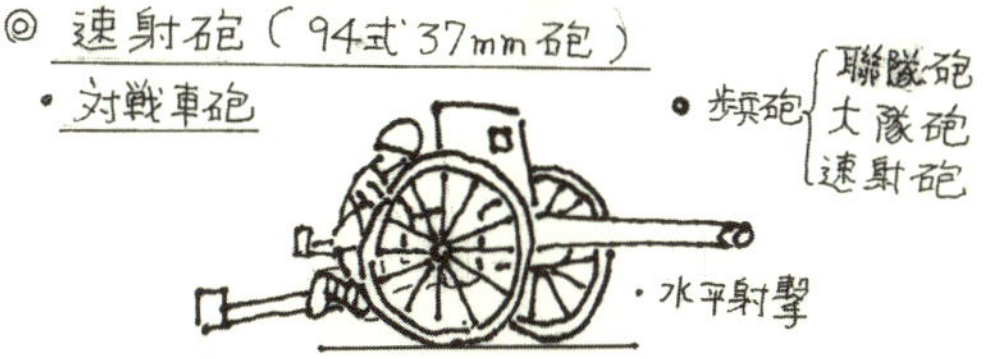

トーチカで用いることになっていた94式37ミリ速射砲（野口氏スケッチ）

速射砲陣地のトンネルを掘り進める兵士ら（野口氏スケッチ）

に防衛のためのトンネルを掘りました。

速射砲の砲身を出す穴も、敵が上陸してきたときに正面からではなく側面から撃てるよう工夫しました。さらに、敵が深く入り込んで来たら、後背から撃てるようにトンネルを縦横に造っていく計画でした。

でも、穴を掘るのはいいけど、掘った土を外に出したりすると、米軍が連日のように飛行機を飛ばしてきて偵察したり、写真を撮ったりしていたんで、排土がばれないように偽装しなければなりませんでした。その排土を雑草や葛のつる草でカバーするんですが、真夏の炎天下だったのですぐ枯れてしまいました。そんなとき、上官の視察があり、「早くかぼちゃでも作って、そのつる草で偽装したら」と言われました。排土がどんどん増すばかりで苦労しました。

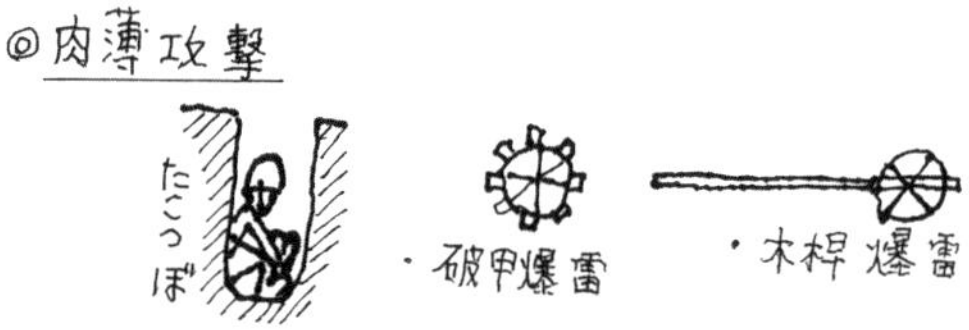

「たこつぼ」と爆雷を使った肉迫攻撃は、死と隣り合わせの極めて危険な作戦であった（野口氏スケッチ）

――そのトンネルは何人くらいで掘ったんですか。

二十人くらいの兵士で一組三人、昼夜三交代で掘り続けました。ときには、工兵隊が測量などを支援してくれました。いよいよ、海岸側に穴が通ったときは、終戦のわずか三日前でした。そのトンネルの長さは約七十メートルありましたが、そこに入れることになっていた私たちの速射砲は三十七ミリのもの（九四式三十七ミリ砲[18]）で、米軍戦車を撃ち抜く威力はありませんでした。

したがって、私たちはトンネル以外に海岸の砂浜に深く壕を掘って、戦車が乗り上げてきたら、その腹を狙うつもりでした。また、兵士ひとりが入れる穴を掘って、私たちはそれを「たこつぼ」と呼んでいました。
あと、トンネルを掘る以外に、私たちは棒の先に破甲爆雷《はこうばくらい》をつけて、戦車のキャタピラに差し込んで爆発させる練習や、戦車の腹に磁石付きの爆弾を貼りつけたりする練習とか、砲以外の戦闘訓練もしました。工兵隊では敵の空襲の不発弾を分解して急造地雷を造っていたようです。

――今からみると無茶な訓練をしていたんですね。そのトンネル掘りは兵士だけでやられていたのですか。近くの住民にも協力してもらっていたんですか。

いや部落の人たちの手伝いはありませんでした。

――結局、その陣地でのトンネル掘りやトーチカ造りはどれくらいの期間かかったんですか。

あれは昭和二十（一九四五）年の五月か六月頃から掘り始めたので、戦争が終わるまでの二、三ヶ月間かかりました。
そのときは、もう米軍が九州や四国か、神奈川か九十九里浜に上陸するとか言われているときでした。もし、九十九里浜に上陸した場合は、その支援作戦として、駿河湾や三河湾に米軍の支隊が上陸する可能性がありました。もし、米軍が渥美半島に上陸すると、豊橋には高師ヶ原が広がっているので、敵の空挺部隊が降下して橋頭堡を作られてしまい、東海道を東西に分断される恐れがありました。
私たちもついに本土決戦かと思っていましたが、あの八月六日の広島への原子爆弾でそれもなくなりました。でも、本土決戦が本当に起きていたら、豊橋も沖縄のように悲惨なことになっていたのかもしれません。

――広島と長崎に原爆が落とされたことは、当時すでに耳にしていたんですか。

はい、情報が来ました。でも、原子爆弾とは言わず、新型爆弾と呼んでいました。だから、もう穴掘りをしても無駄な戦局であることがわかりました。それ以前に、命令が精神論的な文言になってきていたので、このままではだめだと思っていましたが、この浜で自分も死ぬのだと覚悟はしていました。

間違って漁師を捕まえる

――野口さんは戦闘には参加されたことはあったんですか。

いいえ、戦闘はやりませんでした。でも、沖合いには米軍の潜水艦が現れたり、敵機の飛来が多くなったりして、危ない目には何度も遭いました。

私が陣地にいたときにこういうことがありました。私たちは戦車に対抗する速射砲の部隊だったので、戦車との距離を測る観測班という部署があり、その日は近くの松林で訓練をしていました。

そのとき、上空でおかしな音がするので見上げてみると、おそらく名古屋を爆撃して被弾したと思われる爆撃機のＢ－29一機が、太平洋の方に向かって煙を吐きながら高度を下げて、私の目の前の海へ落ちていったんです。(19)

1945年7月25日、新居町に襲来した米軍機B-17が弁天島高射砲の攻撃を受けて墜落した。戦後、墜落現場近くの神宮寺住職が死亡したアメリカ人パイロットを追悼する墓碑を建立し、平和への祈りを捧げた。

——海へ墜落したんですか。

そうです。落ちたのは遠州灘の沖合い一〇〇〇メートルか、二〇〇〇メートル先でした。一機だけ落ちたんですが、突然のことで呆気にとられ、万歳どころではありませんでした。

それからまもなくして、海の中から大きな黒い物体が浮上してきました。私は日本の潜水艦かと思い、双眼鏡で覗いてみると、船橋に水兵のような人影が見えました。その物体は米軍の潜水艦だったわけです。

まもなく、その水兵が何かを海の中に放り投げました。その物体は煙を吐いて落ちていったんですが、水面につくと、その物体がぼこぼこと膨らみだし、ゴムボートに早変わりしたんです。するとそのゴムボートに人間が乗ってオールを漕ぎ始めました。ボートはてっきり潜水艦の方に行くのかと思ったら、なぜか私たちのいた岸に向かってきました。

ボートがだんだん近づいてきたので、よく見てみると、乗っているのはどうやら中国人のようでした。おそらく、B-29に搭乗していたのでしょう。潜水艦もいろいろな信号を出して、そのボートを潜水艦の方に寄せようとしていたようでしたが、ボートはぐんぐん岸に近づいてきました。

そのとき、新居にいた海兵団（浜名海兵団[20]）が潜水艦に向かって二発ばかり大砲を撃ったんです。こういう場面では、相手に向けて大砲を撃ってしまうと、日本軍の陣地の所在がばれてしまうので、撃つのを控えるんですが、彼らはやってしまったのです。結局、その弾はどこにも当たらず、潜水艦も沈んでいきました。

そうこうしているうちに、ボートはさらにどんどん岸に近づいてきました。そのとき、いち早く、新居の海兵団から一個小隊六十人くらいが来て、ボートが接岸すると思われる付近に鉄砲を持って待機していました。

そして、ようやくボートが着岸したのですが、なんと、そのボートに乗っていた人物は上陸するとすぐに小便をしたのです。これは驚きました。

たちまち、そのボートの人物は日本側の水兵に囲まれて捕えられました。それで、後ろ手にして布で目隠しをされて連行されたところ、突然、その人物が日本語で、「俺は新居の漁師だ」と叫んだんです。

結局、あとから調べたところ、その人物は、やはり新居の漁師だということがわかりました。

なぜ新居の漁師がB-29の落下したあたりにいたのか、それでどうしてボートで救われたのか。私が直接に漁師の人から聞いたわけではありませんが、当時の状況から考えてみて、次のようなことが考えられました。

新居の近くには東海道本線の弁天島《べんてんじま》の鉄橋(21)があって、米空母から発進した戦闘爆撃機のグラマンF6Fの一群が三十機くらいその鉄橋をめがけて急降下し、爆弾を投下したり、周辺を機銃掃射しました。

その攻撃の際、その漁師は新居の沖合いで漁をしていて、グラマンの銃撃に遭遇して船から海に放り出されて漂流してしまったんです。すると、そこにB-29が落ちてきて、米軍は漂流していた漁師をてっ

きり墜落機からの搭乗員と間違えてしまったようです。(22)

——墜落したB-29のパイロットはそこにいなかったのでしょうか。

たぶん死んでしまったのではないでしょうか。米軍の潜水艦もわけがわからぬまま漂流していた漁師を助けてしまったのでしょう。まるで漫画かスペクタクル映画を見ているような一幕でした。

——緊迫した戦場にあって、少し微笑ましい話でもありますね。これはいつ頃起きたことですか。

七月二十四日です。その前には六月十九日と二十日に豊橋で空襲があったりして、記憶が強いので憶えています。

凄まじい米軍の攻撃

——それにしても、米軍の潜水艦がそんな近くで浮上してくるということは、終戦間際の頃、遠州灘に米軍の軍艦がかなり接近していたということでしょうか。

そうですね。米軍の潜水艦が堂々と近づいてきました。でも、これに対抗する飛行機や船が日本にあまり残っていなかったんです。おまけに、さっきも言ったように、新居の海兵団が潜水艦に向けて撃ったために、数日後に米軍の機動部隊から艦砲射撃を受けました。七月二十九日の夜のことでした。(23)

その夜、上空に一機だけ飛行機が旋回している爆音がしたので、何かおかしいと思って外に出てみた

浜名海兵団跡地に今も遺る防空壕。通常、防空壕は岩盤や地面を掘って造られるが、浜名海兵団付近は山がなく、地面も砂地で柔らかかったため、やむを得ず、コンクリート製の頑丈な構造物を作って防空壕とした。

ところ、新居の方向で赤いものを落として去っていくのを見ました。結局、それは信号弾で、艦砲射撃をするのに目標との距離を測るために目印として落としていったわけです。方向としては新居から浜松の方面でした。

私は虫の知らせで、それから少し経って、今晩あたり何かありそうな気配を感じました。それから少し経って、米軍の艦砲射撃が始まりました。艦砲射撃というのは、空襲と違って水平に弾が飛ぶわけです。凄まじい数の弾が撃ち込まれました。

——海上には何隻くらい船がいたんですか。

十隻くらいだったと思います。[24]二時間は攻撃をしていました。[25]

日本側は機動部隊への反撃もなく、この攻撃で海兵団は百人くらいの犠牲者をだしました。[26]私たちの部隊は、あくまで敵の上陸を予想しての布陣でしたので、あえて反撃はしませんでした。

この艦砲射撃で部落の住民は驚いて、私たちの掘った壕やトンネルに次々と避難してきました。本当はトンネルの中に住民が入るのは禁止になっていましたが、保護のために避難を許しました。

その地区の住民の中に、宮本惣三郎《みやもとそうざぶろう》さんという日露戦争に従軍した元海軍兵曹長のおじいさんがいて、「自分の体験からして、ここから後方の丘陵地へ下がるより、前方の海岸方向に向かったほうが安全であり、また敵情偵察もできる」と、私に言ってきたんです。宮本さんはとても気骨に満ちた明治の人でした。宮本さんの腰には脇差しがさしてあって、死なばもろともと老妻と一緒に海岸へ出ていってしまいました。遠州灘沖では発砲のたびに白銀の閃光が走って真昼のように輝き、空と水面に映った横並びの敵艦隊のシルエットは今でも鮮やかに目に浮かびます。

同じ頃、私の小隊の第二分隊は新居町に隣接していた地域にトンネルを掘っていたんですが、新居の海兵団を狙った米軍の弾がたまたまそのトンネルに退避しようとした馬に当たり、馬が戦死してしまいました。馬を引っ張っていた馭兵は咄嗟《とっさ》に伏せて無事でした。

艦砲射撃による怒部隊の損失はその馬一頭でした。軍馬の名前は「白良《はくりょう》」といって、戦死地点近くの東海道の松並木の根元に墓標を立てました。

浜名海兵団跡地にある慰霊碑

——米軍の艦砲射撃が壮絶だったことがわかります。もし、米軍が上陸してきたら、どうやって戦うことになっていたんですか。

とにかく、私たちは米軍を食い止めることが目的でした。もし、米軍が渥美半島に上陸してきた場合、東海道が東西に分断され、一部は名古屋へ進軍し、一部は東京に向かっていたでしょう。そのときは私たちの部隊や国民義勇隊[27]の人たちがゲリラ戦をやったかもしれません。

焦土・とよはし（1945・6・20）S.Noguchi

豊橋空襲の惨状を描いた野口志行画「焦土・とよはし」
（1945（昭和20）年6月19・20日豊橋空襲「焼け跡のミレー」）

豊橋の惨状を描く

――野口さんは、空襲で焼け野原になった豊橋の情景を絵にされましたが、実際の当時の豊橋の状況はどうだったんですか。

私のおふくろが岐阜の出で、家族はみんなそこに疎開していたので、戦争が終わると、まずは復員列車で疎開先へ帰って、しばらく落ち着いてから豊橋に戻ってきました。

当時の豊橋は本当に絵に描いたような状況でした。さっきも言ったように、額ビルがまるで墓石みたいに立っていて、あとはところどころ土蔵が残り、そのほかでは、現在の名鉄線の吉田駅舎が三角の外壁を残して立っているだけでした。

――戦争が終わったらすぐ除隊したんですね。

そうです。でも、すぐ召集があって外地へ労働奉仕に行かされたり、もしかしたら、捕虜として連行されないかと思ったりしました。そうなったら、岐阜か東三河の山の中に逃げるつもりでした。

――確かに、外地では収容所に入れられた兵士もいらっしゃったので、そう思われたのでしょう。

そうですけど、とにかく、外地の人は気の毒でなりませんでした。戦争が終わったらシベリアに抑留されて、ひどい使役をさせられたわけですから。それに比べると、私の軍隊生活は、学生の延長みたいなもので、運がよすぎました。演習で民家に泊まることになったときには、立派な布団に寝かせてもらえましたし、静岡の部隊にいたときは、泊まったところで、紅茶に角砂糖をつけてくれました。その角砂糖は蔵に大切にしまってあったものだったそうで、当時としてはとても貴重なものでした。でも、悲しかったのは、そこはご商売もあるのに、旦那さんが召集を受けてしまい、死を覚悟して戦地に赴いていったことでした。

良きにつけ、悪しきにつけ、軍隊生活は私の青春でした。面白いこともありましたし、もちろん、つらいこともたくさんありました。でも、戦後七十年、今は戦死した多くの友の魂魄《こんぱく》に心安かれと祈るばかりです。

※

米軍が沖縄を占領し日本本土に迫ると、太平洋に面する東三河もいつ戦場になってもおかしくはなかった。薬学専門学校の学生から東三河防衛の小隊長に転じた野口氏は、米軍の上陸を阻止するため、部下らと遠州灘に面した丘にトンネルを掘って、速射砲陣地を構築した。しかし、その速射砲は米軍戦車に対抗できるだけの能力がなく、野口氏らは、爆弾を持って敵戦車に近づいて爆発させるという危険な訓練を繰り返した。

さいわい、終戦までに野口氏の部隊の被害は、浜名海兵団の艦砲射撃による流れ弾で亡くなった軍馬一頭であったが、野口氏らが守るはずだった東三河は米軍機の空襲に遭い、罪のない多くの人々が亡くなった。「焦土・とよはし」には、戦争の悲惨さと戦死者への鎮魂の思いが刻まれている。

注

（1）名古屋薬学専門学校は、文部省から専門学校の認可を受けた愛知県愛知郡鳴海町（現在の名古屋市緑区鳴海町）の愛知高等薬学校を母体に、一九三六年四月開校した。終戦後は名古屋市に移管され、名古屋市立名古屋薬学専門学校となり、一九四九年に名古屋薬科大学に昇格し、さらに一九五〇年四月一日、名古屋女子医科大学と統合されて、名古屋市立大学薬学部に改編された（名古屋市立大学開学50周年記念誌編纂委員会編『名古屋市立大学50年の歩み』、名古屋市立大学開学50周年記念事業実行委員会、二〇〇一年、一八～一九頁）。

（2）中部第六十二部隊は、一九四一年四月、豊橋旧吉田城内にあった歩兵第十八聯隊補充隊の廃止にともない、同地に新設された。それまでの歩兵第十八聯隊補充隊は、外地に出征している歩兵第十八聯隊にのみ、毎年現役初年兵を入隊させていたが、中部第六十二部隊は、初年兵を広く各地の部隊に送り出した（前掲『改訂 歩兵第十八聯隊史』、三四一頁）。

（3）歩兵第百十八聯隊は、歩兵第十八聯隊補充隊の廃止を受けて、一九四一年四月二十日、豊橋旧吉田城内に新設された。同隊は、一九四三年七月、豊橋から静岡に移駐し、歩兵第四十三師団（誉部隊）に編入された（前掲『軍都豊橋』、一〇七頁）。

（4）怒部隊は、一九四四年七月、名古屋で編成され、中部軍の指揮のもと、愛知県の知多半島から静岡県の駿河湾までの一帯の防衛を担当した。まもなく、管轄範囲が豊橋南部から浜名湖までに縮小され、師団司令部も名古屋から豊橋に移された。さらに、一九四五年一月からは、所属が中部軍から新設の第十三方面軍に移された（前掲『陸軍師団総覧』、二一三～二一四頁）。

（5）防衛庁防衛研修所戦史室『戦史叢書57 本土決戦準備〈2〉―九州の防衛―』、朝雲新聞社、一九七二年、二三五頁。

（6）藤原彰「4 本土決戦体制の準備」、前掲『太平洋戦争史5』、三二三〜三二四頁。

（7）前掲『十五年戦争小史』、二二五頁。

（8）防衛省防衛研修所戦史室『戦史叢書51 本土決戦準備〈1〉―関東の防衛―』、朝雲新聞社、一九七一年、五六〇頁。

（9）野口志行『野口志行　漫画人生』、豊川堂、二〇一二年。

（10）東三新聞は、一九四八年八月十五日、豊橋で戦後初の日刊新聞として創刊された。当初はタブロイド判二頁であったが、三年目にブランケット判四頁に拡大された。その後、題号が『不二タイムズ』、『東海日日新聞』と改められ、二〇〇一年からはタブロイド判十六頁の「東日新聞」として発行されている（豊橋百科事典編集委員会編『豊橋百科事典』、豊橋市文化市民部文化課、二〇〇六年、四六五〜四六六頁）。

（11）杉田有窓子（本名は杉田英一郎）は、一九〇七年、豊橋市魚町に生まれた。青山学院神学部や明治大学専門部史学科で学んだのち、文部省維新史料編纂事務局、横浜専門学校（現在の神奈川大学）で勤務し、帰郷後の一九四三年、東三文化協会を創設して、東三河の地方文化普及に努めた。戦後になると、いち早く新聞界に転じ、『東三新聞』や『不二タイムズ』を発行した。
　一九六三年に引退すると、評論誌『騒友』、『燕雀』を刊行し、東三河の文化界を牽引した。一九八五年十月二十四日、病により死去した（東三河高等学校日本史研究会編『東三河の近代を築いた人びと』、東三河高等学校日本史研究会、一九九七年、一〇八〜一〇九頁）。

（12）『晩鐘』は、十九世紀フランスの写実主義絵画を代表する画家、ジャン・F・ミレー（一八一四〜一八七五）が、一八五九年に描いた作品をいう。ミレーはこのなかで、大地に祈りをささげる名もなき二人の農民の姿を通して、労働を介して大地と結びついた人間の尊さを表現した。このほかにも、ミレーは農民の生活と労働をテーマにした『種まく人』（一八五〇年）や、『落穂拾い』（一八五七年）などを描いた（三浦篤「概説 ロマン主義／写実主義」、高階秀爾・三浦篤編『西洋美術史ハンドブック』、新書館、二〇一一年〔九刷〕、一四〇頁）。

（13）豊橋空襲による被害面積は四二五万一七五二平方メートル（一二八万六一五五坪）、死者六四二人、重軽傷者三四四人、家屋の全焼または全壊が市内全戸数の約七十パーセントに当たる一万六八八六戸、罹災者数は市内人口の約半数の七万一五〇二人に及んだ（豊橋市史編集委員会編『豊橋市史 第四巻』、豊橋市、一九八七年、二九五頁）。

（14）額ビルは、一九二七年十二月、額田銀行豊橋支店の建物として豊橋市松葉町に建設された。建物は豊橋で初めての鉄筋コンクリート構造で、地上五階、地下一階、延べ床面積が八百九十二平方メートルあった。一九三二年、額田銀行の休業により、額ビルは津具金山株式会社が買収し、終戦まで産金ビルと称した。しかし、豊橋市民は引き続き、額ビルと呼んで慣れ親しんだ。戦争末期、額ビルは日本陸軍の貯蔵庫として利用されたが、戦後になると、丸平百貨店、日本相互銀行（現在の三井住友銀行）、山口毛織株式会社と所有者が移り、一九六六年、豊橋市が買い上げて、一九六七年十月に豊橋市民小ホールとなった（前掲『豊橋めぐり』、一七八～一七九頁）。

(15)　大東亜戦争が長期化するなか、文部省は戦地の兵員不足に対応するため、一九四一年十月十六日、省令第七十九号に基づき、昭和十六年度卒業の大学学部、専門学校、高等師範学校、実業学校の学生の修業年限を三ヶ月短縮した。これにより、一九四二年三月に卒業を予定していた学生は、一九四一年十二月に卒業が繰り上げられた。さらに、日本軍はその繰り上げ卒業者に対し、一九四一年のうちに臨時徴兵検査を実施し、合格者を一九四二年初めに現役兵として入営させた（蜷川壽惠『学徒出陣 戦争と青春』、吉川弘文館、一九九八年、三二～三三頁）。

名古屋薬学専門学校でも修業年限が短縮され、十六年度卒業予定の学生は、太平洋戦争が始まると、即日徴兵検査を受け、一九四一年末に臨時卒業した（名古屋市立大学薬友会編『名古屋市立大学薬学部百年』、名古屋市立大学薬友会、一九八五年、八五頁）。

(16)　日本陸軍は、有事における部隊指揮官としての予備役将校、および下士官を確保するため、一九二七年の兵役法制定に際し、それまでの一年志願制に代わって、新たに幹部候補生（幹候）制度を設けた。幹部候補生に選ばれるためには、配属将校の指導による学校教練に合格し、その後、現役兵として一定期間の教育と見習士官勤務を経験しなければならなかった。そして、すべての課程を修了した幹部候補生には、予備役少尉の階級が与えられた。幹部候補生は、一九三三年に将校要員の甲種（甲幹）と、下士官要員の乙種（乙幹）に分けられた。その後、大東亜戦争が泥沼化し、将校不足が深刻化すると、陸軍は一九四四年、特別甲種幹部候補生（特甲幹）を新しく置き、軍歴を積ませることなく、高等教育機関に在学経験のある志願者を見習士官として扱った（戸部良一『日本の近代９　逆説の軍隊』、一九八九年、三二四～三二五頁）。

(17)　一九四四年五月三十日、静岡歩兵第百十八聯隊を含む第四十三師団は、米軍の迫るサイパン島を防衛するため、輸送船七隻と護衛艦艇からなる船団を組んで、横浜港から出航した。しかし、数日後、日本近海を航行していた米潜水艦の攻撃に遭い、七隻中三隻（勝川丸、高岡丸、ふあぶる丸）が沈没した。漂流者は残りの輸送船によって救助されたが、第百十八聯隊は聯隊長の伊藤豪大佐以下二二四〇人が死亡し、六月七日にサイパン島に到着したときには、残存兵力が一〇〇〇人にも満たなかった。さらに、サイパン島では米軍の猛攻に遭い、同月二十七日、第百十八聯隊の生き残り約五十人は、島北部タッポーチョ山の「死の谷」と呼ばれた陣地で、米軍に対する最後の攻撃を行い、日本本土の留守部隊を残して玉砕した（前掲『軍都豊橋』、一一一～一一五頁）。

(18)　九四式三十七ミリ砲は、陸軍技術本部が開発した日本初の対戦車砲で、全備重量は三二七キロと比較的軽く、戦場で砲手三人が人力で牽引することができた。また、その軽さから、騎兵用運搬車上に載せたままで射撃することも可能で、生産数は昭和九（一九三四）年度から昭和十八（一九四三）年度までに三四〇〇門以上と推定されている（佐山二郎『大砲入門』、光人社、二〇〇八年、

三三八、三四一頁）。

(19)　実際に、B-29が遠州灘沖合いに墜落したのかどうかは関連資料で確認ができなかった。類似の事件として、一九四五年七月二十五日、海中で行方不明となっていた米軍機乗組員を捜索していた米軍B-17が弁天島の高射砲に撃たれ、新居町内の山中に墜落した（新居町史編さん委員会編『新居町史　第二巻　通史編下』、新居町、一九九〇年、三九四～三九五頁）。

(20)　浜名海兵団は、一九四三年一月十一日の海軍省令に基づいて、海軍記念日にあたる一九四四年五月二十七日、新居町駅の南側一帯に開設された。設置をめぐっては、海兵団用地として提供された地区に住む農家六百五十戸を、なかば強制的に立ち退かせたため、一部農民から反発の声が上がった（同右、三六〇～三六三頁）。

(21)　新居町弁天島周辺は、浜名湖を境に東海道を東西に繋ぐ浜名湖第三鉄橋や弁天島鉄橋など交通の要衝で、弁天島砲台や中島飛行機浜松製作所新居工場など軍事関連施設もあった（同右、三六九頁）ため、一九四五年に入ると、それらはしばしば新居町周辺に飛来する米軍機の格好の標的となった（同右、三九二～三九三頁）。

このうち、弁天島鉄橋では、一九四五年五月十八日、B-29が投下した小型爆弾によって、南側線路が約七十五フィート（約二十二メートル）にわたって破壊され、完全復旧に二十日間を要した（「米国戦略爆撃調査団報告書〔抄〕」、静岡県編『静岡県史　資料編20　近現代五』、静岡県、一九九三年、一〇五三頁）。また、中島飛行機浜松製作所新居工場では、七月二十五日の空襲で、工場敷地内にあった寮の区画に着弾し、建物の一部が破壊された（同右、一〇五〇頁）。

(22)　一九四五年五月以降、新居町に対する米軍機の空襲が激しさを増すと、沖合いで操業していた漁船が米軍機の攻撃に巻き込まれた。たとえば、七月九日、浜名湖の大正浜で漁をしていた漁船が、浜松三方ヶ原方面上空から現れた米軍機P-51三機に襲われ、漁師一名が銃弾を受けて死亡した。さらに、同月二十四日、米軍機襲来の合間を縫って操業していた鰹船の西虎丸と喜勇丸が米軍機の攻撃を受け遭難し、救助された数名を除き、乗組員が多数行方不明となった（前掲『新居町史　第二巻』、三九四頁）。

なお、当時、浜名海兵団に所属していた加藤久次郎によると、七月二十五日、米軍グラマンF6Fヘルキャット数十機が新居町上空に現れ、出漁していた鰹船二隻を攻撃し、十八人の死者を出した。しかし、その中で一人だけ米軍機のゴムボートに乗って助かり、海兵団で事情聴取されたという（加藤久次郎「浜団の想出記録」、清野次男編『浜名海兵団思い出』、浜団戦没者慰霊祭準備委員会、一九七八年、一五頁）。

(23)　一九四五年七月十四日、岩手県釜石市に対し、日本本土初の艦砲射撃を実施した米海軍艦隊は、日本沿岸を艦砲と艦載機で攻撃をしながら移動し、同月二十九日夜、遠州灘沖合いから浜松とその周辺に向けて砲撃を開始した。このとき、新居町を攻撃したのは、米海軍重巡洋艦のクインシーとボストンであったという（前掲『新居町史　第二巻』、三七三頁）。

攻撃目標は、おもに浜名海兵団で、米艦隊の攻撃により、兵舎など海兵団の建物が一部損壊したほか、防空壕に避難していた六十七人が直撃弾を受け死亡した。また、米艦隊は新居町周辺の鉄橋や砲台、軍需工場に向けても砲撃を行ったが、それらに被害はほとんどなく、砲弾の多くは流れ弾として新居町内に落下した（同右、三六八〜三六九頁）。

(24)　実際に、このとき遠州灘沖合いに現れた艦船は、米艦隊「第三四攻撃部隊八・二」所属の戦艦三隻（サウスダコタ、マサチューセッツ、インディアナ）、重巡洋艦四隻（シカゴ、クインシー、ボストン、セントポール）、駆逐艦十隻（アーベン、ステンベル、アボット、ホール、ウォーカー、バラード、ブラック、チョーンシー、ヘルマン、サザーランド）の計十七隻であった。このうち、駆逐艦は艦砲射撃を行わなかった（前掲「米国戦略爆撃調査団報告書〔抄〕」、『静岡県史　資料編20』、一〇三一〜一〇三二頁）。

(25)　米海軍の報告書によると、実際の砲撃時間は二十九日の午後十一時過ぎから三十日の午前十二時二十八分までの約一時間であった（前掲『新居町史　第二巻』、三七〇頁）。

(26)　一九四五年十一月十七日、旧浜名海兵団兵舎を訪れた米国戦略爆撃調査団艦砲射撃調査班の調べによると、同兵舎での艦砲射撃による死傷者は、死者が六十九人、負傷者が二十二人に上った（前掲「米国戦略爆撃調査団報告書〔抄〕」、『静岡県史　資料編20』、一〇五二頁）。

(27)　国民義勇隊とは、一九四五年三月二十三日、日本政府の閣議決定を受けて発足した補助部隊で、国民学校初等科卒業者の六十五歳以下の男子および四十五歳以下の女子によって編成された。国民義勇隊のおもな任務は防空、戦災復旧、陣地構築、輸送、警備に関する活動の補助で、有事に際しては、国民義勇戦闘隊に改編されて軍の統率下に置かれた。さらに、六月二十三日に公布された「義勇兵役法」によると、十五歳から六十歳までの男子と、十七歳から四十歳までの女子が義勇兵役に服することになっていた（前掲『アジア・太平洋戦争　シリーズ日本近代史6』、二一一〜二一二頁）。

おわりに

最後に本書で取り上げた八人の戦争体験者の証言を見比べながら、戦火のなかを生き抜いてきた彼・彼女らの足跡をまとめたい。

兵士になるということ

一八七三（明治六）年に徴兵制度が施行されて以降、特別な場合を除き、日本人男性は二十歳（一九四三年から十九歳に引き下げ）になる年に徴兵検査を受け、陸海軍で兵役を務め上げることが義務づけられた。たとえ、兵士になることを望まなくても、それを拒否することは許されなかった。ましてや、地域の有力者の子弟は、兵士に必要な条件を満たしていなくても、兵士になることがもはや当然の道であった。父親が作手村の村長を務めていた杉浦右一氏（第一章）は、家業を継ぐことを志していたため、はじめから兵士になるつもりがなかった。また、兵士になるための体格も持ち合わせていなかった。しかし、杉浦氏は父・重宏のとりなしで徴兵検査に甲種合格し、期せずして兵士としての人生を歩んでいくこととなった。

戦前、少年たちにとって兵士になることは一種の憧れであった。岩瀬博氏（第三章）は幼い頃から陸軍パイロットになることを夢みていた。しかし、残念ながら試験に落ちてその夢は果たせなかった。その後、岩瀬氏は陸軍兵士になると、歩兵科から航空兵科に転科し、航空兵の教官となって、パイロットを養成する側に回った。さらに、当時は片山学氏（第四章）のように「お国のため」に兵士になることを志願する若者も数多くいた。

そして、大東亜戦争が始まると、若者たちは次々と兵士として戦地に送られ、敵を前に厳しい戦いを強いられた。鈴木英一氏（第二章）・兼井成夫氏（同章）・加藤勝美氏（第五章）・野口志行氏（第七章）はいずれも前線に送り込まれ、陣地構築や塹壕戦（散兵戦、たこつぼ戦）に動員された。

前線からの撤退と戦友の死

大東亜戦争後半、連合軍の猛攻が激しさを増すと、前線では壮絶な戦いが繰り広げられ、多くの兵士たちが命を落とした。その死の光景はいずれも筆舌に尽くしがたいものであった。

岩瀬氏はインパール作戦の中止後、インド・ビルマ国境から逃れる際、道の両端に白骨化した日本兵の死体が重なり合う、通称「白骨街道」を歩き続けた。そのあまりの死体の多さに、初めは気の毒に思っていた岩瀬氏も、次第にそれらに対し何ら感情を抱かなくなった。

海軍自動車運転員としてフィリピン・レガスピーに派遣された加藤氏は、米軍が間近に迫ると、副官伝令役として前線から撤退する本部と行動を共にすることになった。その途中で、加藤氏は仲間の死に何度も直面し、加藤氏自身も手榴弾を持って敵戦車に突っ込む肉迫攻撃を行うよう上官から迫られた。

この肉迫攻撃は、いわば陸軍兵士の特攻作戦であり、鈴木氏や野口氏も敵襲に備え、肉迫攻撃の訓練を繰り返した。

ソ満国境の守備にあたっていた兼井氏は、最前線で塹壕戦を戦い抜き、補給を求めて後方の中隊本部に戻ったところ、すでに本部陣地はソ連軍の集中砲火を浴びて全滅していた。その光景は「まさに、この世の地獄」であった。

兵士たちにとって戦友は人間だけとは限らなかった。軍馬や軍犬など動物もまたかけがえのない仲間であった。野口氏の所属した怒部隊は、幸いにも米艦船の艦砲射撃で死者は出なかったが、部隊所有の軍馬「白良」が流れ弾に当たって戦死した。怒部隊は「白良」を偲び戦死地点の近くに墓標を立てて冥福を祈った。

戦火に巻き込まれた人々

戦場は兵士たちを死に追いやるだけでなく、そこに住む人々にも多大な犠牲を強いた。一九四五年八月九日、日ソ中立条約を破って、ソ連軍が満洲に侵攻すると、日本の大陸政策によって満洲各地に移り住んでいた満蒙開拓団の人々は、避難民となって満洲の中を逃げ回った。

東部ソ満国境の防衛に向かう途中、掖河駅に到着した兼井氏は駅に逃げ込んでいた満蒙開拓団から大きな声援を受けた。武器を持たない満蒙開拓団は、ソ連軍との戦いに向かう兼井氏ら関東軍守備隊を頼りにせざるを得なかった。

しかし、機械化されたソ連軍の大兵力を前に、戦力の著しく劣った関東軍は敗北を重ね、満蒙開拓団もソ連軍の攻撃を受けて命を落とした。終戦直前の八月十四日に起きた葛根廟事件は、避難途中の満蒙開拓団がソ連軍の戦車に襲われ多数の死傷者を出した痛ましい惨事であった。

南洋でも住民らは戦火に巻き込まれた。東カロリン諸島のヤップ島で生まれ育った今野みどり氏（第六章）は、戦火が島まで及ぶと、日本からやってきた帰還船「興新丸」に母と弟と一緒に乗船して帰国した。もともと、今野氏は「興新丸」より先に島に到着した同じく帰還船の「睦洋丸」に乗り込むつもりであったが、父のとっさの判断で「興新丸」に乗り換えた。「睦洋丸」には今野氏の友人とその家族が多く乗り込んでいたが、停泊中のサイパン島で米軍の攻撃に遭い全滅した。今野氏は日本に帰国してからも疎開先の本宿で米軍機の攻撃に遭うなど命の危険にさらされた。

大東亜戦争末期、豊川や豊橋を中心に、東三河は米軍機による激しい空襲に見舞われた。一九四五年六月十九日深夜から二十日未明にかけて起きた豊橋空襲で、市内の七十パーセントの家屋が倒壊し、およそ一〇〇〇人が死傷した。この光景を目の当たりにした野口氏は、その印象をもとに「焦土・とよはし」を描き、空襲被害の凄まじさと、そこに生き残った被災者の悲しさや虚しさをキャンバスに表現した。

それぞれが迎えた「終戦の日」

一九四五年八月十四日、日本政府は連合国に対し、日本の無条件降伏などを内容とするポツダム宣言を受諾したことを通告した。そして、翌十五日、昭和天皇の声による終戦の詔書の玉音放送がラジオで流れ、日本国民に敗戦が伝えられた。九月二日、東京湾内に停泊中の米戦艦「ミズーリ」上で日本と連合軍双方代表は降伏文書にサインを交わし、多くの人々に被害をもたらした大東亜戦争は幕を閉じた。

しかし、日本の勝利を信じて前線で戦っていた兵士たちに、日本が無条件降伏したという知らせはすぐには届かなかった。たとえば、西部ソ満国境で戦っていた鈴木氏が終戦を知ったのは、降伏文書調印式から八日後の九月十日であった。また、マニラ陥落後の一九四五年四月からフィリピンのジャングルに潜んでいた加藤氏は、日本の無条件降伏から四ヶ月近く経った十二月八日になって捜索隊に発見され、戦争がすでに終わったことが伝えられた。

今日でも、日本では一般的に「終戦の日」は八月十五日、または九月二日とされるが、そのとき前線で戦っていた兵士たちにとって、この「常識」は通用しない。

捕虜の扱いをめぐる違い

日本は捕虜の取り扱いについて定めた「ハーグ陸戦法規」を一九一二年に批准していた。しかし、捕虜になることは恥であるという観念から、日本軍将兵は捕虜を人道的に扱うという意識が乏しかった。杉浦氏の所属していた歩兵第十八聯隊では度胸をつけるという理由で捕えた中国兵を生きたまま柱に縛りつけて銃剣で刺し殺した。片山氏のいた海軍第十二防空隊では、捕虜を尋問したうえで木に縛りつけ、さらに、敵の爆弾でできた穴に突き落として遺体を処理していた。

もともと、日本軍の兵士たちに捕虜を殺害する意図はなかったであろうが、今日から見て、これら行為は人道上許されないことであり、戦争中に犯した罪として反省しなければならない。

一方、連合軍側は国によって日本人捕虜の扱いはさまざまであった。もっとも厳しかったのは日本の軍人や軍属など合わせて約五十七万五〇〇〇人をシベリアに抑留したソ連で、鈴木氏や兼井氏の証言にあるような、日本人捕虜に対する不当な扱いを続けた結果、多くの抑留者が帰国を果たせずに亡くなった。

故郷東三河を思う気持ち

長く戦場で戦った兵士たちにとって、故郷とはいったいどういう存在であったのか。兵士になった若者たちは、家族だけでなく故郷の人々の期待を一身に背負った。そして、若者たちにとって、戦場で命を惜しまずに戦い抜くことが、見送ってくれた家族や故郷の人々への恩返しであり、途中で生きて故郷に戻ってくることは恥ずべき行為であった。故郷の人々の期待は出征する兵士たちに勇気を与えた反面、それに応えなければならないという重圧となった。

故国の土を二度と踏まない決意で出征した杉浦氏は、現役を満了し作手村へ戻ると、温かい言葉で迎えてくれた村の人々を前に生きて帰ってきてしまったことを詫びた。

フィリピンの戦場で死線をさまよっていた加藤氏を救ったのは、同じ東三河出身の河澄虎太郎兵長であった。河澄兵長は、逃亡に疲れ果てて死を覚悟した加藤氏を励まして生きる力を与えた。さらに、半年あまりのジャングル生活で、河澄兵長と加藤氏は途中離れ離れになりながら支え合って生き続けた。日本から遠く離れ、かつ敵味方が入り乱れる戦場にあって、同郷という意識は何ものにも代えがたい心の拠り所であった。

※

本書の作成にあたっては、長時間インタビューに協力していただいた戦争体験者のみなさまに大変お世話になりました。本書を直接お手渡しすることでささやかなお礼になればと思います。

このほか、豊橋市中央図書館調査専門監の山本教子様、ならびに安形健郎様には戦争体験者の方を紹介していただき、小林忠司様にはたくさんの関連資料を提供していただきました。この場をお借りして暑く御礼申し上げます。

不本意ながら、今回紙幅の関係で収録できなかったインタビューは、また機会を設けてご紹介したいと考えています。また、読者のみなさまには、インタビューの編集内容や注釈について、ご不満の点がおありかと思いますが、これについては筆者の勉強不足ということでご容赦ください。

これからも、微力ながら戦争の「記憶」を風化させないための活動を続けていきたいと思います。

終戦から六十九周年を迎えて

広中一成

西暦（和暦）	日本に関する動向	世界に関する動向	本書関連事項（（　）は関連した人物）
一九三七 （昭和12）	6/4第一次近衛文麿内閣成立 7/7盧溝橋事件　29通州事件 8/13第二次上海事変 11/6イタリアが日独防共協定に参加 20大本営設置 12/13南京占領	4/26独空軍がスペイン・ゲルニカを空爆 8/21中ソ不可侵条約調印 9/23第二次国共合作成立	
一九三八 （昭和13）	1/16第一次近衛声明 4/1国家総動員法公布 7/11張鼓峰事件 10/27武漢三鎮占領 11/3第二次近衛声明 12/16興亜院設置　22第三次近衛声明	2/4ヒトラーが統帥権を掌握 3/13ドイツがオーストリアを併合 9/30ドイツがチェコスロバキアのズデーデン地方を併合 12/20汪兆銘が重慶を脱出し、ハノイ着	1/10歩兵第十八聯隊に入隊（杉浦） 2/　二等兵に進級（杉浦） 4/　上等兵に進級、南京へ出征（杉浦） 9/　戦闘中に負傷（杉浦）
一九三九 （昭和14）	1/4第一次近衛内閣総辞職 5平沼騏一郎内閣成立 5/11ノモンハン事件　31汪兆銘来日 6/14天津英仏租界封鎖 7/8国民徴用令公布 8/28平沼内閣総辞職　30阿部信行内閣成立 9/1興亜奉公日開始	3/15ドイツがチェコスロバキアを解体 4/1スペイン内戦終結 7イタリアがアルバニアを併合 8/23独ソ不可侵条約 9/1独軍がポーランドに侵攻（第二次世界大戦勃発） 3英仏がドイツに宣戦布告 28独ソによってポーランド分割 11/30ソ連軍がフィンランドに侵攻	3/　高等小学校卒業（兼井） 8/　現役満了（杉浦）
一九四〇 （昭和15）	1/14阿部内閣総辞職　16米内光政内閣成立 26日米通商航海条約失効 2/2衆議院で斎藤隆夫が反軍演説 7/16米内内閣総辞職　22第二次近衛内閣成立 27大本営政府連絡会議が武力行使を含む南進政策を決定 9/23北部仏印進駐　27日独伊三国同盟調印 10/12大政翼賛会発会	3/30南京に汪兆銘政権成立 4/9独軍がノルウェー・デンマークに侵攻 5/10独軍がオランダ・ベルギー・ルクセンブルクに侵攻　11チャーチル英内閣成立 7/12仏ヴィシーにペタン政権成立 8/2百団大戦開始 9/7独空軍が英本土爆撃開始 13伊軍がエジプトに侵攻 11/5ルーズベルトが米大統領に三選	7/1新城の職業紹介所に勤務（杉浦）

一九四一 （昭和16）	1/8『戦陣訓』示達 4/13日ソ中立条約調印　16日米交渉開始 7/18第三次近衛内閣成立　25アメリカが在米日本資産凍結　28南部仏印進駐 8/1アメリカが対日石油全面禁輸 10/16第三次近衛内閣総辞職 18東條英機内閣成立 11/26アメリカが日本に「ハル・ノート」提出 12/1御前会議で対米英蘭開戦を決定 8日本軍がマレー半島上陸、真珠湾攻撃、対米英宣戦布告　10マレー沖海戦	3/11アメリカで武器貸与法成立 4/17ユーゴスラビアがドイツに降伏 6/22独ソ戦開始 7/12英ソ相互援助協定調印 8/14大西洋憲章発表 10/2独軍がモスクワ総攻撃を開始 12/8ヒトラーがモスクワ攻撃中止を指示 11独伊が対米宣戦布告	1/　歩兵第十八聯隊第四中隊入隊（岩瀬） 8/2歩兵第三十四聯隊に召集（杉浦） 10/　豊橋教導学校に入校（岩瀬） 12/8海軍志願兵に合格（片山） 12/　名古屋薬学専門学校を繰り上げ卒業（野口）
一九四二 （昭和17）	1/2日本軍がマニラ占領　23日本軍がラバウル占領 2/15シンガポールの英軍降伏 3/1日本軍がジャワ島上陸 8日本軍がラングーン占領 9ジャワのオランダ軍降伏 4/11日本軍がフィリピン・バターン半島占領 18ドーリットル空襲 5/7珊瑚海海戦 6/5ミッドウェー海戦 8/7米軍がガダルカナル島上陸	1/20ドイツがヴァンゼー会議でヨーロッパのユダヤ人絶滅政策を決定 3/21米中が5億ドル借款に調印 4/3中共が整風運動開始 5/12ドイツ軍がソ連再攻撃 6/11英米ソ三国共同宣言 8/13アメリカでマンハッタン計画開始 8/25独軍がスターリングラード包囲 10/2アメリカがドゴール仏亡命政権承認 11/23ソ連軍がスターリングラードの独軍を包囲	2/1中部第六十二部隊歩兵砲中隊に入隊（野口） 3/　航空科に転科、岐阜第一航空教育隊に転属（岩瀬） 5/　大竹海兵団に入団（片山） 11/　初年兵の輸送指揮官としてビルマに転進（岩瀬） 12/　陸軍軍属として陸軍燃料廠に入廠（兼井） 12/　一根第十二防空隊員としてブインに移動（片山）
一九四三 （昭和18）	2/7日本軍がガダルカナル島からの撤退完了 4/18山本五十六がソロモン諸島上空で戦死 21古賀峯一大将が連合艦隊司令長官に就任 5/29日本軍アッツ島守備隊玉砕 7/29キスカ島撤収作戦 8/1日本・ビルマ同盟条約調印、ビルマ独立	1/9汪兆銘政権が対米英宣戦布告 14カサブランカ会議 2/2スターリングラードの独軍降伏 5/13北アフリカでの戦闘終結 15コミンテルン解散決議 7/25イタリア首相ムッソリーニ逮捕 26イタリアでバドリオ政権成立	1/　第三航空軍第五飛行師団派遣隊長に任じられミイトキーナに転進（岩瀬） 3/1満洲電電に入社（鈴木） 4/1満洲電電委託生として興亜通信工学院に入校（鈴木） 4/　歩兵第百十八聯隊に転属（野口） 7/6静岡に移動（野口）

西暦（和暦）	日本に関する動向	世界に関する動向	本書関連事項（（　）は関連した人物）
一九四三 （昭和18）	30絶対国防圏設定 10/14日比同盟条約調印、フィリピン独立 21シンガポールで自由インド仮政府成立 21学徒出陣壮行大会 11/5大東亜会議	9/8イタリア無条件降伏 10/13イタリアが対独宣戦布告 11/22カイロ会談　28テヘラン会談	8/　陸軍燃料廠四平支廠に勤務（兼井）
一九四四 （昭和19）	3/8インパール作戦開始　31海軍乙事件 4/17日本軍が大陸打通作戦開始 5/3豊田副武大将が連合艦隊司令長官に就任 6/15米軍がサイパン上陸　19マリアナ沖海戦 7/3インパール作戦中止命令 7サイパン島の日本守備隊玉砕 18東條内閣総辞職　21米軍がグアム島上陸 22小磯国昭内閣成立 10/10米軍が沖縄を空襲　23レイテ沖海戦 25神風特別攻撃隊がレイテ沖へ初出撃 11/24マリアナ基地からB29が初めて東京空襲	1/26ソ連軍が独軍からレニングラード奪還 3/19独軍がハンガリー進駐 6/4連合軍がローマ入場 6連合軍がノルマンディーに上陸 15独軍がV1号でロンドン爆撃 7/20ヒトラー暗殺未遂事件 8/25連合軍がパリ入城 9/9ドゴール仏臨時政府成立 11/8ルーズベルトが米大統領に四選	1/5海兵団に入団（加藤） 3/1満洲電電チチハル管理局技術課線路係に勤務（鈴木） 3/30パラオ空襲　3/　インパール作戦に参加（岩瀬） 5/8睦洋丸がヤップ港到着　11興新丸がヤップ港到着　18興新丸がヤップ港出発　20睦洋丸がヤップ港出発 6/12睦洋丸がサイパンで沈没 7/16興新丸で横浜港に帰国（今野） 8/　遼陽の歩兵第二百四十二聯隊に入隊（杉浦） 8/　レガスピー派遣隊に入隊（加藤） 9/25関東軍第一兵技教育隊に入隊（鈴木）
一九四五 （昭和20）	1/9連合軍がルソン島のリンガエン湾に上陸 2/19米軍が硫黄島上陸 3/9東京大空襲 17硫黄島の日本軍守備隊玉砕 4/1米軍が沖縄上陸　5小磯国昭内閣総辞職　5ソ連が日本に日ソ中立条約不延長を通告　7鈴木貫太郎内閣成立 7坊ノ岬沖海戦で戦艦「大和」撃沈 5/29小沢治三郎中将が連合艦隊司令長官に就任 6/8御前会議で本土決戦の方針を決定	1/17ソ連軍がワルシャワ占領 2/4ヤルタ会談 4/12ルーズベルト米大統領死去、トルーマン副大統領が昇格 28ムッソリーニ銃殺　30ヒトラー自殺 5/2ソ連軍がベルリン占領 7独軍無条件降伏	1/　関東軍第百七師団歩兵第百七十八聯隊に転属（鈴木） 2/　関東軍第二百二十九国境警備隊に入隊（兼井） 3/　レガスピーから撤退（加藤） 4/　長城付近駐屯の中隊に転属（杉浦） ジャングルに潜伏（加藤） 5/　怒部隊小隊長に着任、陣地構築開始（野口） 6/19豊橋空襲　6/　林口に移動（兼井） 7/19岡崎空襲 24米艦船が浜名海兵団に艦砲射撃

	18沖縄戦でひめゆり部隊の生徒が戦死 22御前会議で天皇が終戦意志表明 23義勇兵役法公布　30花岡鉱山事件 7/28鈴木首相がポツダム宣言「黙殺」 8/6米軍が広島に原爆投下　8ソ連が対日宣戦布告　9米軍が長崎に原爆投下 14御前会議でポツダム宣言受諾 15天皇が終戦の詔勅を発表（玉音放送） 宮城事件　鈴木内閣総辞職 17東久邇宮稔彦内閣成立 28横浜にＧＨＱ設置　東久邇宮首相が国体護持・国民総懺悔を言明 30ＧＨＱマッカーサー元帥が厚木に到着 9/2米戦艦「ミズーリ」上で降伏文書調印 11ＧＨＱが39人の戦犯容疑者に逮捕指令 10/5東久邇宮内閣総辞職 9幣原喜重郎内閣成立　11五大改革指令	7/14イタリアが対日宣戦布告 16アメリカが原爆実験に成功 17ポツダム会談　26ポツダム宣言発表 8/17インドネシア共和国独立 9/2ベトナム民主共和国独立 10/24国際連合成立 11/20ニュルンベルク国際軍事裁判開廷	8/7豊川海軍工廠空襲　14シーコウに移動（鈴木） 14葛根廟事件　15ソ連軍によって武装解除（杉浦） 17横道河子で武装解除（兼井） 20豪軍に降伏（片山） 8/　英軍によって武装解除、モールメンで捕虜生活（岩瀬） 9/10イントールで武装解除（鈴木） 10/24天野十郎が帰国（今野） 30シベリア抑留（鈴木） 12/8米軍に投降（加藤）
一九四六（昭和21）	1/1天皇の人間宣言 2/23マニラで山下奉文大将の絞首刑執行 5/3極東国際軍事裁判（東京裁判）開廷 11/3日本国憲法公布 12/8シベリア引揚船第一船が舞鶴入港	3/5チャーチル英首相が「鉄のカーテン」演説 10/1ニュルンベルク国際軍事裁判閉廷、12人に絞首刑判決	2/10日本に帰還（片山） 7/　広島大竹に帰還（岩瀬） 12/21日本に帰還（加藤）
一九四七（昭和22）	5/3日本国憲法施行	2/28台湾で2・28事件発生 6/5アメリカがマーシャル・プラン発表	4/　佐世保に帰還（杉浦）
一九四八（昭和23）	11/12東京裁判で戦犯被告25人に有罪判決 12/23Ａ級戦犯7人の絞首刑執行	1/14ビルマ民主共和国独立 4/1ソ連がベルリン封鎖 8/13大韓民国成立 9/9朝鮮民主主義人民共和国成立 12/10国連総会が世界人権宣言採択	6/27舞鶴に帰還（鈴木） 12/　舞鶴に帰還（兼井）

本書関連文献目録

〈従軍体験〉

D・ジョーンズ著・中村定訳『長編記録小説 タッポーチョ』、祥伝社、一九八二年

※元豊橋歩兵第十八連隊衛生隊長の大場栄《おおばさかえ》大尉を主人公にしたノンフィクション小説。大場は愛知県宝飯郡蒲郡町（現在の蒲郡市）出身。一九四四年、サイパン島の戦いに参加し、終戦後もサイパン島最高峰のタッポーチョ山に立て籠もってゲリラ戦を展開した。二〇一一年、この小説を原作とする映画『太平洋の奇跡―フォックスと呼ばれた男―』（監督・平山秀幸）が公開された。

池田誠編『戦車第十一連隊の光芒』、私家版、一九九四年

※著者は豊橋出身で戦車第十一連隊（先四九七部隊）聯隊長池田末男《いけだすえお》大佐の子息。池田率いる戦車第十一連隊は、終戦直後の一九四五年八月十八日、駐屯地の千島列島占守島《シムシュ》に上陸してきたソ連軍と激戦を繰り広げた（占守島の戦い）。

伊藤栄一『一兵卒の戦争日記』、私家版、一九九五年

※豊橋歩兵第十八聯隊兵士として第一次上海事変に従軍した著者の体験記。

大木龍雄『わが戦記と戦跡めぐり』、私家版、一九九八年

※著者は豊橋市石巻町出身で、召集兵として満洲、トラック島に出征。

金子政美『アバカの林』、豊川堂書店、一九七二年

亀井人司『残心！ 私の戦争体験と剣道』、東京図書出版、二〇一二年

※著者は一九二一年、宝飯郡塩津村（現在の蒲郡市塩津町）生まれ。南支派遣第百八聯隊に所属し、中国・湘桂《しょうけい》作戦などに従軍。

川口吉夫『赤い夕陽の満州で』、私家版、二〇〇二年

※著者は南設楽郡長篠村（現在の新城市長篠）出身。豊橋騎兵第二十五聯隊入隊後、一九三二年、満洲に出征し、国境警備などにあたった。

後藤治夫『シベリア抑留記 奥三河の山里から』、春風社、二〇〇五年

※著者は北設楽郡名倉村（現在の北設楽郡設楽町）出身。豊橋騎兵第二十五聯隊入隊後、一九三五年、満洲に派遣される。終戦後、シベリアに抑留され、一九四七年九月に帰還。

近藤鎌弘編『「フィリピン戦」戦慄の回顧』、私家版、一九九六年

※中部第一部隊豊橋工兵隊に教育召集された著者が派遣先のフィリピン戦線で体験した従軍記。

榊原秀雄・鈴木銀治郎・Ⅱ機会戦史編纂世話人編『歩兵第十八連隊第二機関銃中隊史』、歩十八Ⅱ機会、一九八〇年
鈴木康生『樺太防衛の思い出』、私家版、一九八七年
※鈴木は一八九九年、蒲郡生まれ。一九二〇年、陸軍士官学校卒業（第三十二期）。陸軍大学校卒業後、支那駐屯軍司令部附や参謀本部附などを経て、一九三九年二月、関東軍参謀に着任。その後、梅津美治郎《うめづよしじろう》関東軍司令官兼駐満大使秘書官、チャムス特務機関長、ハルピン特務機関員などを務め、一九四五年三月には、樺太第八十八師団参謀長に就任した。終戦後、シベリアに十二年間抑留され、一九五六年帰国した。
豊橋第一陸軍予備士官学校特別甲種幹部候補生第一期生『鎮魂』、博愛教育研究所、一九九五年
豊橋第一陸軍予備士官学校第一期特別甲種幹部候補生士魂会編『特別甲種幹部候補生の記』、中央公論事業出版、一九八六年
守屋賢至雄編『歩兵第十八連隊第八中隊史』、歩一八・八中会隊史刊行委員会、一九七八年

〈豊橋空襲〉

空襲体験を記録する会（豊橋市立中部中学校第七回生三年二組有志）編著『あの時の私たち小学生の体験した戦争』、空襲体験を記録する会、二〇〇三年
豊橋空襲を語りつぐ会『豊橋空襲体験記』、豊橋空襲を語りつぐ会、二〇〇〇年
松葉二七会『あの日あの時』、私家版、一九九六年
※豊橋市立松葉小学校第二十七回卒業生による戦争体験記。

〈豊橋空襲（豊川海軍工廠空襲）〉

粟生博『被爆40周年記念 嗚呼豊川海軍工廠』、私家版、一九八五年
大島信雄『豊川海軍共済病院の記録〈私たちの戦争（仮題）〉』、私家版、一九八四年
※豊川海軍共済病院（共病）は、現在の豊川市民病院の前身にあたる。当時は、豊川海軍工廠の一角にあり、豊川空襲の際に海軍工廠とともに焼け落ちた。
大島信雄『追補のつづき・豊川海軍共済病院の記録』、私家版、一九八四年
栗原福雄『悲惨 豊川海軍工廠勤労動員学徒（早稲田大学学生の手記）』、国会ニュース社、二〇〇二年
近藤恒次『学徒動員と豊川海軍工廠』、豊橋文化協会、一九七七年

斉藤俊蔵『あゝ豊川海軍工廠 僕等の青春』、静岡新聞社、一九九七年
松操高等女学校八・九回卒業生編『豊川海軍工廠・被爆学徒たちの手記 母さんが中学生だったときに』、エフエー出版、一九八八年
※女子挺身隊として動員され、豊川海軍工廠で空襲に遭った元松操高等女学校生徒らの証言集。同校は豊橋市山田町にあった。
創価学会青年部反戦出版委員会編『戦争を知らない世代へ16 豊川の熱い日―8・7空襲の記録』、第三文明社、一九七六年

〈戦時下の生活〉

渥美半島郷土研究会編『太平洋戦争下の学徒勤労動員―愛知県成章中学校と田原女子実業学校の場合―』、渥美半島郷土研究会、一九九四年
※愛知県成章中学校（現在の愛知県立成章高等学校）と田原女子実業学校卒業生へのアンケートと関連資料を手がかりに、戦時下、同校生徒が日本曹達株式会社田原工場・小野田セメント田原工場・豊川海軍工廠へ学徒動員した経緯や実態について検証した。
伊藤裕夫『赤き満州から届いた手紙』、私家版、二〇〇七年
※愛知県北設楽郡豊根村出身で、一九四二年に満洲に出征した伊藤裕夫の兄・伊藤肇が故郷に送った手紙をとおして、兄との思い出や戦時下の豊根村の様子などを綴った。
北川裕子（聞き書き）『はるなつあきふゆ叢書14 2005秋 戦争の記憶 東三河の戦争体験』、春夏秋冬叢書、二〇〇五年
※東三河などで戦争体験をした二十人による証言集。
記念誌発行委員会編『国に捧げた青春』、記念誌発行委員会、一九九七年
※豊橋市石巻町西郷校区出身者による戦争体験記。
近藤正典『大崎島』、大崎島変遷史編纂委員会、一九七七年
※大崎島は豊橋南部の三河湾奥にあり、一九四三年四月、豊橋海軍航空基地が開設された。戦争末期には神風特攻隊の基地として利用された。
塩野谷鈴江『少女の目が見た戦中の牟呂』、奥三河書店、一九九八年
※豊橋市牟呂町で生まれた著者の戦争体験記。
設楽町文化財保護審議委員会編『子どもたちに伝えたい「私の昭和20年8月15日」の記録』、設楽町教育委員会、二〇一〇年
※設楽町小中学校ＰＴＡが、二〇〇九年七月下旬から九月上旬にかけて、学区在住の戦争体験者から一九四五年八月十五日に体験したことをアンケートし、それをまとめたもの。

新城市立八名小学校編『子どもたちに伝えたい　わたしの戦争時代　八名小学校創立50周年記念』、新城市立八名小学校、二〇一一年
東京新聞出版局編『東京ブックレット14　淑子の日記　13歳・女学生は戦死した』、東京新聞出版局、一九九五年
※勤労動員中の豊川海軍工廠で空襲に遭い亡くなった、旧制豊橋市立高等女学校（現在の愛知県立豊橋東高等学校）生徒の大林淑子が遺した日記を収録。
豊中四七回文集編集委員会編『戦争帽の中学生　豊橋中学四七回生の五年間』、私家版、二〇〇〇年
豊橋市立高等女学校四五会編『最後の女学生―わたしたちの昭和』、豊橋市立高等女学校四五会、一九九五年
七原恵史・林吉宏・新崎武彦『ぼくら国民学校一年生』、ケイ・アイ・メディア、二〇〇一年
※南設楽郡長篠村立長篠国民学校に通っていた著者らによる戦争体験記。
「わたしの戦争体験」編集委員会編『50人の証言　わたしの戦争体験』、蒲郡・金沢嘉市研究会、二〇〇三年
※蒲郡出身者による戦争体験記。

〈三河地震〉
※アジア太平洋戦争末期の一九四五年一月十三日早朝、三河湾を震源とするマグニチュード六・八の地震。被害報道による国民の戦意低下を避けるため、日本政府は報道管制を敷いて、被害状況を公にしなかった。
角岡田賀男『学童集団疎開と三河地震』、私家版、一九九〇年
木股文昭・林能成・木村玲欧『三河地震　60年目の真実』、中日新聞社、二〇〇五年

〔著者紹介〕
広中一成
（ひろなか いっせい）

1978年、愛知県蒲郡市生まれ。2013年、愛知大学大学院中国研究科博士後期課程修了。博士（中国研究）。専門は中国近現代史、日中戦争史、中国傀儡政権史。
現在、三重大学と愛知大学で非常勤講師を務める傍ら、豊橋市立豊橋高校で「郷土研究」の授業を担当。東三河を中心に戦争体験者のオーラルヒストリーも行っている。

著作：『「華中特務工作」秘蔵写真帖―陸軍曹長　梶野渡の日中戦争』（彩流社、2011年）
『ニセチャイナ　中国傀儡政権　満洲・蒙疆・冀東・臨時・維新・南京』（社会評論社、2013年）
『日中和平工作の記録―今井武夫と汪兆銘・蔣介石』（彩流社、2013年）
『中日戰爭 真實影像紀錄 一位日本士兵經歷的戰時生活』（梶野渡口述・暁敏訳、香港中華書局、2013年）

Emishi Shobo

語り継ぐ戦争

――中国・シベリア・南方・本土「東三河８人の証言」

2014年 8月15日 初版第1刷発行

■著者　広中一成
■発行者　塚田敬幸

■発行所　えにし書房株式会社
〒102-0073　東京都千代田区九段北1-9-5-919
TEL 03-6261-4369　FAX 03-6261-4379
ウェブサイト　http://www.enishishobo.co.jp
E-mail　info@enishishobo.co.jp

■印刷／製本　壮光舎印刷㈱
■装幀　又吉るみ子
■DTP　板垣由佳

ISBN978-4-908073-01-4 C0021

定価はカバーに表示してあります
乱丁・落丁本はお取り替えいたします。